El Juego del Multimillonario

LA OBSESIÓN DEL MULTIMILLONARIO
Kade

J. S. SCOTT

Traducción: Marta Molina Rodríguez

Edición y corrección de texto: Isa Jones

Diseño de cubierta: Cali MacKay – Covers by Cali

ISBN: 978-1-946660-00-8
(formato en papel)

ISBN: 978-1-939962-99-7
(formato de libro electrónico)

Nota de la autora:

Este libro está dedicado a mis dos personas favoritas de sangre india telugu: mi querida amiga, Rita, y mi marido, Sri. Gracias por vuestra ayuda y por vuestros conocimientos sobre la cultura india. Ambos sois extraordinarios y habéis sido el viento bajo mis alas cuando necesitaba vuestro apoyo. Gracias por responder a mis interminables preguntas sobre la cultura e historia indias con tanta paciencia.

El año pasado fue un año increíble para mí y me gustaría agradecérselo a todas mis lectoras, que siguen enamorándose de mis multimillonarios alfa. Sois todas increíbles y de gran apoyo. ¡Me siento agradecida a todas y cada una de vosotras por ayudar a que mis sueños se hagan realidad!

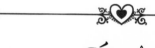

Índice

Prólogo

Sur de California, hace dos años

La mujer golpeada, maltratada y magullada que yacía en el suelo del salón de su apartamento gimió débilmente, apenas consciente después de la paliza que le había propinado su marido. Había intentado esconderse por todos los medios, estar en cualquier otra habitación que aquella en la que estuviera su marido cuando llegara a casa del trabajo aquel día. Por extraño que parezca, tristemente empezaba a saber con exactitud cuándo iba a sentir el dolor de su ira. Últimamente, ocurría cada vez más a menudo, normalmente por razones que ella no alcanzaba a comprender. No le contestaba mal, no era desobediente y hacía todas sus tareas de la casa. No parecía importar. Siempre había alguna infracción, algo que la hacía merecedora de un castigo.

«¡Sobrevive! ¡Sobrevive! ¡Sobrevive!».

Abrió un ojo hinchado y se puso en pie con dificultad. Su marido se había ido en un ataque de cólera. Había llegado la hora. Si no salía pronto de allí, sabía que llegaría el día en que ya no podría ponerse en pie y marcharse. Su resistencia había desaparecido, pero sus ganas de vivir eran más fuertes que la culpa y la vergüenza.

«¡Corre! ¡Corre! ¡Corre!».

Fue a trompicones hasta su armario, reunió unas cuantas cosas básicas y las metió en un bolso maltrecho. Tomó su bolso, que contenía menos de cincuenta dólares, volvió al salón entre dolores y se detuvo al oír unos pasos pesados en el vestíbulo.

«¿Ha vuelto? Por favor, que no sea él».

Contuvo la respiración y esperó hasta que las pisadas pasaron junto a su puerta; todo su cuerpo tembló de alivio cuando exhaló aire a toda prisa y puso una mano temblorosa sobre el picaporte. Sacó las llaves de su bolso y las arrojó en la mesa junto a la puerta, un símbolo a sí misma de que nunca volvería. Lo que le ocurriera en el futuro tenía que ser mejor que su pasado.

«Estoy sola. Estoy dañada. Estoy arruinada, con menos de cincuenta dólares a mi nombre. Y estoy asustada».

Sin embargo, ninguna de esas cosas iba a desanimarla ahora. Echó un último vistazo rápido al apartamento, reconoció que nada de lo que había allí le pertenecía de cualquier forma y que aquello nunca había sido un hogar. Había sido su infierno, su prisión. No tenía nada que perder. Encontraría la manera de construirse una nueva vida.

«¡Sobrevive! ¡Sobrevive! ¡Sobrevive!».

La mujer huyó y nunca volvió la vista atrás, esperanzada de dejar su dolorosa historia a sus espaldas.

Capítulo 1

A Kade Harrison siempre le habían gustado los juegos. Es posible que incluso tuviera que decir que vivía y respiraba únicamente con el fin de participar en casi cualquier tipo de acontecimiento deportivo. Era la única cosa en la que era bueno, la única cosa en la había destacado en toda su vida, y no le gustaba perder. Por desgracia, llevaba perdiendo los dos últimos meses y eso estaba empezando a enojarlo de veras.

«¿Dónde demonios está?».

Rastrear a Asha Paritala casi se había convertido en un deporte de competición. Kade llevaba dos meses trabajando en arrinconar a Asha, viajando de un extremo del país al otro, solo para terminar con las manos vacías todas y cada una de las veces. Estaba perdiendo aquella competición en particular y eso no le gustaba. La mujer era inteligente y se deshacía de él antes de que pudiera alcanzarla del todo. Kade no tenía ninguna duda de que él y Asha estaban jugando al ratón y al gato ni de que ella estaba evitándolo. Dios sabía que había dejado suficientes mensajes en varios lugares como para que hubiera recibido al menos uno de ellos. Estaba evitándolo por alguna razón que desconocía, pero el gato iba a abalanzarse tan pronto como pudiera arrinconar a la cautelosa ratoncita.

Kade abrió la puerta de su habitación de hotel en Nashville, se quitó su gorra de béisbol y se dejó caer sobre la cama tamaño rey con un suspiro. Tendría que llamar a su cuñado, Max, y hacerle saber que había fracasado... otra vez. Asha acababa de abandonar el refugio para personas sin hogar pocos minutos antes de que llegara él, y no tenía ni idea de adónde se dirigía. Había dejado atrás sus pocas y exiguas pertenencias, de modo que Kade tenía cierta esperanza de que volviera, pero nadie en el refugio la conocía realmente y nadie parecía seguro de dónde estaba ni de si volvería.

«Todo vale en la persecución y para ganar este juego. Noticias de última hora, ratoncita: sé jugar sucio. Ya sabes dónde están tus cosas... ven a buscarlas».

Sonriente, Kade rodó sobre la cama y agarró la bolsa con las pertenencias de Asha. Sólo luchó con su conciencia durante un momento en cuanto a llevarse sus cosas y dejarle un mensaje acerca de dónde podía recogerlas. Se las devolvería si se presentaba. Mientras tanto, utilizaría cualquier pista que pudiera encontrar para averiguar exactamente quién era y si cabía cualquier posibilidad de que fuera la hermana perdida de Max. Había perdido dos meses haciéndole este favor: rastreando a una mujer que no conocía, a una mujer que podría estar emparentada con Max, e iba a hacer que llegara a su fin. Aunque su hermano gemelo, Travis, hacía la mayor parte del trabajo en Tampa para Harrison Corporation, Kade tenía *algunas* responsabilidades de las que había insistido en hacerse cargo cuando terminó su carrera futbolística, y tenía que volver a Tampa tarde o temprano.

Hizo una mueca mientras estiraba el cuerpo en la cama. Le dolía la pierna derecha coja después de dos meses buscando sin cesar a una mujer de quien empezaba a pensar que no era más que un fantasma, una ilusión. Pero sabía que Asha Paritala existía, que era real, y estaba decidido a encontrarla. Maddie y Max se merecían saber si esta mujer era su hermana. Daba igual que ni siquiera hubiera vislumbrado a Asha. Lo haría. Pronto. En algunos sentidos, casi no quería que la búsqueda terminara. Se había sentido más vivo en los dos últimos meses que desde su accidente. Competir en ingenio con la mujer desconocida era un reto, y no había nada que le gustara más a Kade que ganar un juego difícil. Sus instintos le decían que ella sabía que estaba buscándola. La pregunta era: ¿por qué huía? No era como si él quisiera nada de ella excepto información, y eso podría valerle dos hermanos de cuya existencia nunca había tenido noticia. No había mucha gente que *no querría* estar emparentada con Max y Maddie, teniendo en cuenta que eran dos de las personas más ricas del mundo, aparte de ser dos de los individuos más buenos que conocía Kade.

—No estoy seguro de por qué estoy tan condenadamente impaciente. No es como si tuviera nada más que hacer hasta que Travis me necesite —se dijo en tono sombrío, reconociendo que su gemelo rara vez le llamaba para pedirle nada; Travis *nunca necesitaba* a nadie. Y aquello había dejado a Kade sintiéndose inútil, inquieto. Sus días de jugador de fútbol americano profesional habían terminado. El periodo que había pasado como *quarterback* o mariscal de campo para los Florida Cougars no era más que un recuerdo. Lo único que amaba le había sido arrebatado hacía casi dos años cuando un conductor borracho no lo vio en su moto. La pierna se le quedó machacada cuando el idiota ebrio entró en su carril y atrapó la pierna de Kade entre su camioneta y la moto de este. No recordaba mucho del accidente, pero una de las primeras cosas que recordaba con claridad cristalina era despertarse en la UCI con su novia de hacía mucho tiempo, Amy, mirándolo con el ceño fruncido como si la hubiera decepcionado. Y, obviamente… lo había hecho. Lo dejó ahí mismo, haciéndole saber en términos nada inciertos que se negaba a estar con un tullido que ya no sería una celebridad.

Intentando darle un portazo mental a los dolorosos y desagradables recuerdos de su accidente, se concentró en las pertenencias que había volcado sobre la cama: unas cuantas prendas de ropa usada, un cepillo para el pelo, un cepillo de dientes que decididamente había visto tiempos mejores, un cuaderno grande de papel y unos cuantos carboncillos y lápices gastados. Apartó los demás artículos a un lado y abrió el cuaderno de papel para quedarse fascinado mientras pasaba las páginas lentamente, estudiando cada dibujo antes de pasar al siguiente.

Cada una de las imágenes prácticamente saltaba de la página, tan reales que casi parecía como si pudieran saltar del papel y cobrar vida frente a él. Los dibujos eran fantásticos en la primera parte de la colección; muchos de ellos parecían criaturas mitológicas o animales.

«Es una artista. Una artista jodidamente increíble».

—Maldita sea —susurró en tono de asombro cuando pasó unas cuantas páginas en blanco y llegó a otra sección que revelaba sus retratos. No reconocía a ninguno de los individuos que había dibujado. Obviamente, eran personas corrientes realizando sus actividades diarias, pero sentía cada emoción en un retrato del rostro de una anciana, una mujer que parecía sentada en el banco de una parada de autobús, y casi pudo compartir la alegría de un grupo de niños que jugaban en el parque. Hojeó el resto de retratos, mudo de asombro al ver el talento de Asha. Él no era ningún artista, pero los dibujos podían conmover incluso *sus* emociones, y él no era precisamente el tipo de chico sensible.

Kade sintió se que se le quedaba la boca seca y que le daba un vuelco el estómago cuando desveló el último dibujo: un hombre y una mujer a punto de abrazarse apasionadamente. El rostro del hombre estaba en sombras, su cabeza ladeada, pero el deseo de la mujer estaba dibujado con tanta intensidad que sentía su anhelo desnudo, su desesperación mientras esperaba a que el hombre que abrazaba la besara. Una cascada de cabello largo y sedoso le caía a la espalda, con la cabeza ladeada para el beso, mientras que su rostro revelaba una necesidad expuesta.

Las palabras garabateadas bajo el dibujo golpearon a Kade con una reacción visceral.

«¡Alguien! ¡En algún momento! ¡En algún lugar!».

Vaya si Kade no quería ser el misterioso hombre en las sombras, el tipo que besara a la mujer hasta dejarla sin aliento, que pudiera proporcionarle la pasión que presentía que ella deseaba tan desesperadamente. Sabía exactamente cómo se sentía ella; él se había sentido igual. De hecho, *todavía* se sentía así cada vez que veía a su hermana pequeña Mia y a su marido Max juntos, o a sus amigos, Sam y Maddie, y Simon y Kara. Todos habían encontrado a su pareja, a la persona que los hacía sentir completos; para un hombre como él, que se sentía muy solo y solitario, la felicidad que rodeaba a esas parejas era casi tan dolorosa como una patada en las pelotas. Estaba condenadamente feliz por todos ellos; todos y cada uno de ellos merecían ser felices, pero no era fácil no sentirse perdido, por no decir un poco impar cuando estaba con ellos. Simplemente, Kade no funcionaba así y mantenía sus emociones bajo control. Había sido condicionado para mantener el autocontrol desde que era niño, y había aprendido a mantenerse a raya durante su carrera futbolística. Era demasiado vital para él mantenerse fresco e imparcial. Permitir que sus emociones reinaran sobre él habría significado errores, y él rara vez cometía errores en el campo de fútbol. Además, un tipo con un padre tan loco como el suyo tenía que tener autocontrol. Él y sus hermanos habían intentado no hacer nunca nada que pudiera ser malinterpretado como emocional o fuera de lo común en lo más mínimo. Era su manera de intentar separarse de su señor padre.

Kade suspiró con pesadez y siguió mirando fijamente el dibujo, preguntándose cómo sería sentir esa clase de pasión. Sí. Claro. Le gustaba el sexo. ¿A qué chico no le gustaba? Pero el deseo era efímero y se solucionaba fácilmente. De acuerdo, no había tenido que solucionar *ese* problema en dos años. Casi perder una pierna y dos años de rehabilitación extenuante habían apartado ese deseo en particular hasta un segundo plano.

«La mujer no es real. Solo es un dibujo».

Kade cerró el cuaderno de dibujo con más fuerza de la necesaria, disgustado consigo mismo. Nunca había sido la clase de tipo romántico. Era un atleta universitario. Había salido con Amy desde la universidad y ella odiaba las demostraciones públicas de afecto. Lo único que le gustaba realmente eran los regalos caros que le prodigaba y las fiestas extravagantes a las que estaba obligado a asistir debido a su condición de celebridad y a las promociones. Y ahora que era cojo, no era la clase de tipo al que las mujeres miraban como si fuera el único hombre en el mundo para ellas, rico o no. Aunque ninguna mujer lo había mirado *nunca* de esa manera, incluso antes de haberse jodido la pierna. Después de todo, era uno de esos Harrison loco con un viejo que había liquidado a su propia esposa. Aunque era posible que una mujer apreciase sus atributos monetarios, estaba bastante seguro de que ninguna mujer lo codiciaría *a él*. Era un bien dañado, incapaz de volver a jugar al fútbol nunca más, lo único que hacía que se sintiera valioso. Era posible que tuviera dinero, pero eso era prácticamente *todo* lo que le quedaba para dar. Sinceramente, tal vez siempre hubiera sido así para él; tal vez simplemente no fuera capaz de tener a una mujer que sintiera eso por él. No era exactamente el *ideal* de caballero andante de ninguna mujer, y dudaba mucho que mereciera esa clase de amor. Tenía un padre que estaba loco de remate y pegaba a su mujer y a sus hijos a menudo, hasta que finalmente mató a la madre de Kade y después se suicidó. ¿Había algún final feliz para una familia tan jodida y disfuncional como la suya? Principalmente, él, Travis y Mia se habían concentrado únicamente en la supervivencia.

«Mia encontró su felices para siempre con Max. Ahora es feliz».

Kade dejó escapar un suspiro pesado y volvió a meter las exiguas pertenencias de Asha en su bolsa. Su hermana pequeña, Mia, *era* feliz. Pero su camino a la dicha había sido bastante escabroso. Su hermana se merecía cada ápice de felicidad que tenía ahora con su marido, Max. Dios sabía que había sufrido mucho para conseguirla.

A Kade le gustaría que su gemelo mayor, Travis, encontrase un poco de paz, pero sabía que él y Travis compartían la misma oscuridad, una penumbra en sus almas que probablemente siempre los mantendría aislados y solos. Travis llevaba su oscuridad como un manto; Kade intentaba ocultar la suya. Pero seguía ahí, un enorme y oscuro vacío que nunca desaparecía; su accidente únicamente lo había empeorado, dejándolo más oscuro y vacío que nunca. Su carrera futbolística lo mantenía ocupado, le daba un propósito. Sin eso, no había nada entre él y los oscuros recuerdos de su pasado.

«Yo soy distinto. Simplemente no estoy hecho para una relación más profunda que la que tenía con Amy».

Siempre había sabido que su relación con Amy era superficial, pero siempre les había convenido a los dos. ¿Qué demonios sabía él sobre el amor? Estaba casi seguro de que ni siquiera era capaz de amar realmente a una mujer. Desde su ruptura con Amy, había estado solo. Por extraño que parezca, no se sentía muy distinto a cuando tenía la relación. Sus palabras crueles le habían hecho daño, ¿pero de verdad esperaba algo diferente? Había roto todas las reglas tácitas de su relación cuando tuvo aquel accidente, y su recuperación le había tomado casi dos años. ¿De verdad esperaba que siguiera adelante con él, que permaneciera a su lado cuando todo había cambiado? Amy era una supermodelo preciosa y no había firmado para hacerse cargo de un enfermo en estado crítico, primero, y dos años de rehabilitación, después. Quería las fiestas, los regalos caros, el reconocimiento de ser la novia de un *quarterback* famoso, un hombre que no caminara con cojera y que contara sus bendiciones cada puñetero día cuando todavía *tenía* su pierna derecha. No es de sorprender que se hubiera juntado con otra estrella en ascenso poco después de su accidente, un *quarterback* al que irónicamente él le había presentado en una fiesta, ni que nunca hubiera mirado atrás.

Kade bajó rodando de la cama y se puso en pie, diciéndose que en realidad no importaba. Siempre había tenido a Travis y a sus amigos durante su recuperación. La rehabilitación había terminado y su vida seguía adelante. Mia había vuelto al rebaño después de desaparecer durante dos años, y tenía un favor que hacerle a Max, un favor que estaba decidido a llevar a cabo hasta el final. Kade sabía que Max se sentiría atormentado por no saber si Asha era su hermana perdida o no, de modo que había accedido a ir en busca de Asha Paritala para descubrir la verdad. No era como si tuviera mucho más que hacer desde que terminaron sus días de *quarterback*, y la distracción había sido buena, algo que necesitaba desesperadamente.

«Necesitaba algo para dejar de pensar en el hecho de que nunca volveré a jugar al fútbol». Kade estaba lidiando con aquella realidad, racionalizando cada día para aceptarlo. ¿Y qué si añoraba su carrera futbolística tanto como añoraría el aire que respiraba si se lo arrebataran de pronto? No era como si pudiera haber jugado al fútbol para siempre. Simplemente deseaba no haber tenido que poner fin a una carrera que amaba de manera tan abrupta y tan condenadamente pronto. Solo tenía treinta años y todavía le quedaban

muchos años buenos por delante. Había sido un buen *quarterback*.
Condenadamente bueno. El fútbol había formado una parte muy
importante de su vida durante tanto tiempo que se sentía como si
ahora solo vagara a la deriva, como si no estuviera del todo seguro
de qué *debería* hacer. Era dueño de Harrison Corporation junto con
Travis, pero su hermano gemelo dirigía Harrison tan bien cuando
Kade jugaba al fútbol que ahora este se sentía innecesario en su
propia compañía. A Travis le gustaba el control, y en realidad Kade
no tenía motivos para no dárselo. Su hermano pasaba la mayor parte
del tiempo en las oficinas de Harrison, pero lo hacía por elección; era
una diversión para Travis. Tenían una alta dirección competente y
Travis no necesitaba pasar cada minuto del día en la oficina, pero era
la manera de su hermano de controlar su vida y de enterrar el dolor
de su pasado en el trabajo.

Kade sabía que en realidad no era diferente a Travis; el fútbol
siempre había sido su vía de escape, incluso cuando era niño.
Conseguir una beca universitaria para jugar al fútbol en Michigan
había sido una de las mejores cosas que le habían ocurrido nunca
a la edad de dieciocho años, alejándolo de la locura de su vida en
Tampa. Había vuelto a Florida para jugar como profesional porque
le habían hecho la mejor oferta, pero pasaba la mitad del tiempo en
la carretera y la otra mitad entrenando. Había comprado una bonita
casa en Tampa hacía años, pero hasta que tuvo el accidente rara vez
había pasado tiempo allí. Amy vivía su vida en un condominio de lujo
que pagaba Kade; se negaba a vivir con él a menos que se casara con
ella. Ahora, estaba bastante seguro de que ella le agradecía a su buena
estrella que Kade no hubiera estado preparado para el matrimonio.

Anduvo hasta el minibar, metió la mano en el pequeño frigorífico
y sacó una cerveza. Desenroscó el tapón, dio un largo trago y recorrió
el menú del servicio de habitaciones con el dedo pulgar. Estaba
hambriento y pidió casi la mitad de los artículos que había en el
menú antes de terminar su comanda.

Intranquilo, se dio una ducha rápida y se puso unos pantalones
desgastados y una camisa naranja con conejos bailarines de varios
colores decorando el material. Kade sonrió a sabiendas de que Travis

odiaría su nueva camisa y de que Mia lo avasallaría a bromas, pero no le importaba. Había empezado a llevar camisas llamativas cuando era adolescente para divertir a Mia. Viviendo la locura de su familia, Kade habría hecho casi cualquier cosa para hacer sonreír a su hermana pequeña, puesto que había muy poco por lo que sonreír cuando eran niños. Ahora llevaba esas camisas porque, de hecho, le gustaban. Se habían convertido en parte de él con el paso de los años, una cosa insignificante que parecía iluminar algunas de las sombras en su interior. Los chicos del equipo se burlaban de él sin cesar, pero si había algo de lo que Kade no se sintiera inseguro, era de su hombría. Básicamente les dijo a todos que le besaran el trasero y siguió llevando lo que quería para hacerse feliz. Pasado un tiempo, sus compañeros de equipo empezaron a ver su atuendo como una fuente de entretenimiento; todos y cada uno de ellos esperaban a ver qué llevaría después para darle la lata. En realidad, Amy era la única que las odiaba de verdad, y se negaba a dejarse ver con él a menos que fuera vestido con lo que ella consideraba «ropa normal».

Kade iba a tomar otra cerveza cuando llamaron a su puerta. Arrojó el tapón a la basura, dio un largo trago a su bebida, manoseó el cerrojo de la puerta y la abrió de un tirón.

Se quedó inmóvil; todos los músculos de su cuerpo se quedaron helados de repente. No estaba seguro de cuánto tiempo pasó allí de pie, hundiéndose en los grandes ojos color chocolate que le devolvían una mirada penetrante desde la puerta. Kade estaba atónito; se le aceleró el pulso hasta palpitarle en los oídos; el aire abandonó sus pulmones con un suspiro pesado y se sentía como si le hubieran dado una fuerte patada en el estómago después de una captura de *quarterback* particularmente dura. ¡Decididamente, *no* se trataba del servicio de habitaciones con su comida!

Kade no tenía dudas de que la mujer parada frente a él era Asha Paritala, pero no era lo que se esperaba en absoluto. Vestía una camiseta teñida; el naranja casi pegaba con el tono de la suya. Verde y verde azulado se entrelazaban con el color mandarina de su camiseta, haciendo que pareciera una flor exótica. Su cabello largo y suelto de un negro azulado le caía por debajo de los hombros y por la espalda, liso, precioso; hizo que sintiera deseos de estirar el brazo y tocarlo para ver si era tan sedoso como parecía. Su piel cremosa contrastaba de tal modo con su pelo y ojos oscuros que parecía un sueño húmedo exótico.

Se le puso dura al instante cuando el aroma a jazmín lo rodeó, haciendo que se le pusiera lo bastante dura como para atravesar acero. Ella entró en la habitación con cautela cuando abrió más la puerta.

—¿Asha? —graznó con la boca todavía seca mientras la adrenalina empezaba a correr por todo su cuerpo. Era de estatura media para ser mujer, pero a su lado parecía enana. Aun así, parecía frágil, como si una leve brisa fuera a arrastrarla. Obviamente, su aspecto era engañoso. Después de todo, llevaba dos meses persiguiéndola como loco.

—¿Qué quieres? —preguntó ella impacientemente, lanzando destellos de fuego oscuro con la mirada.

Kade cerró la puerta. «¡A ti! Te quiero debajo, encima, de cualquier otra manera que quieras». En alto, respondió:

—Me llamo Kade Harrison. He estado buscándote. ¿No has recibido mis mensajes?

Haciendo caso omiso de su pregunta, ella respondió:

—Has robado mis cosas. Eres un ladrón. —Su tono era hostil, pero su gesto todavía denotaba aprensión.

—No soy un ladrón. Estaba desesperado e intentaba hacer que me hablaras. Y no habría dejado mi información de contacto si estuviera intentando robarte —replicó Kade a la defensiva. Para ser sincero, seguía desesperado, aunque ahora se trataba de una clase de desesperación completamente distinta. Su libido, que había sido muy baja durante su recuperación tras el accidente, por fin había despertado vengativa y había tomado control absoluto de su cuerpo.

Ella fue a recoger su harapienta bolsa de tela y se la echó al hombro después de comprobar el contenido. Se detuvo justo frente a él; sus profundos ojos castaños lo miraban enojados, pero también dejaban ver una pizca de vulnerabilidad y miedo.

—Solo dime por qué has estado siguiéndome. ¿Eres una especie de acosador demente?

Kade sintió que se enojaba ante la idea de que alguien pudiera causarle angustia a esa mujer y se sintió personalmente molesto de que obviamente Asha pensara que era una especie de psicópata.

—No. ¿Te está acosando alguien?

Sus miradas se cruzaron y ella examinó su rostro, como si buscara la verdad.

—No lo sé —respondió sinceramente—. Pero sé que alguien ha estado siguiéndome. Supongo que eras tú. Y sí, he recibido algunos mensajes que no tenían ningún sentido para mí. ¿De verdad esperabas que te respondiera? Ni siquiera te conozco. ¿Qué quieres de mí?

Era una pregunta cargada de contenido que podría haber respondido de muchas maneras debido a la reacción poco usual de su cuerpo ante su presencia, pero ninguna de ellas era demasiado apropiada en ese momento. Era más que probable que cualquiera de las respuestas que se le pasaron de inmediato por la cabeza hicieran que saliera corriendo y gritando. Kade se llevó la mano al bolsillo y sacó su cartera, disgustado por haberla asustado al seguirla. Ella había estado huyendo por miedo, una mujer sola a la que no le gustaba que un desconocido la siguiera. Nunca se le ocurrió que pudiera tener miedo de él y, por alguna razón, no le gustaba la idea. Sostuvo en alto una fotografía de Maddie y Max, y dijo:

—Era yo. Estoy haciéndole un favor a unos amigos. Creemos que hay una posibilidad de que estés emparentada con mi cuñado y su hermana. Llevo casi dos meses intentando localizarte. No estoy intentando hacerte daño. Solo quería hablar contigo.

Asha colocó la yema del dedo sobre la fotografía y la recorrió lentamente.

—¿Estas dos personas? —Suspiró—. ¿Tengo aspecto de estar emparentada con estos dos? Mi madre era caucásica estadounidense, pero mi padre era un inmigrante indio. No me parezco en nada a estas dos personas. Me doy cuenta de que están emparentadas. Se parecen mucho. —Una breve mirada triste y pesarosa revoloteó en las profundidades de sus ojos oscuros.

—Tienen la misma madre y padre. Cabe una posibilidad de que pudieran ser tus medio hermanos, emparentados contigo por parte de tu madre —respondió Kade con el corazón encogido al ver la expresión nostálgica en su rostro. Intentaba parecer valiente, pero tenía un aspecto tan cansado y solitario que hizo que quisiera abrigarla de todas y cada una de las cosas que le hicieran sentir así. Se preguntó cuando había comido un buen almuerzo o dormido durante un periodo de tiempo decente por última vez.

Apartó la mirada de la fotografía y dejó caer la mano, atravesándolo con una mirada dubitativa.

—Eso no es posible. No cabe la menor posibilidad de que esté emparentada con ellos. Por favor, déjame en paz —respondió en tono triste y abatido mientras se dirigía hacia la puerta.

Kade la agarró del brazo antes de que pudiera seguir avanzando hacia delante.

—¿No quieres saberlo con certeza? ¿Y si *estáis* emparentados?

Ella sacudió el brazo para alejarse de él y respondió:

—Soy india.

—¿Pero naciste aquí? ¿De madre estadounidense?

—De una madre estadounidense y un padre indio a quienes ni siquiera recuerdo —accedió, empezando a temblar—. Nací aquí, pero mis padres de acogida eran de la India. Fui criada como una india.

Kade había sentido el calor de su cuerpo a través del fino material de su camiseta.

—¿Estás bien? —se llevó la mano a su rostro, solo para encontrarlo ardiendo—. Tienes fiebre.

«Está desnutrida, exhausta… y enferma. ¡Joder! ¿No tiene a nadie ahí fuera a quien le importe una mierda?».

—Estoy bien —replicó ella débilmente—. Solo me encuentro un poco mal y ha sido un día largo.

«Y una mierda. Está enferma. Veo que está empezando a sudar y parece a punto de desfallecer».

—Estás enferma. —Kade le rodeó la cintura con el brazo para ayudarla a sostenerse en pie.

Ella gimió suavemente, apoyando su peso contra su cuerpo como si no pudiera mantenerse en pie sin ayuda.

—Tengo que irme. No puedo estar enferma.

—Te quedas —respondió Kade con vehemencia. No iba a permitir de ninguna manera que saliera por la puerta en esas condiciones. Estaría en el suelo antes de salir del hotel.

Ella se zafó de su abrazo contoneándose y se dirigió hacia la puerta con paso vacilante y con Kade pisándole los talones.

Abrió la puerta y se volvió para mirarlo, con los ojos brillantes de lágrimas y, probablemente, de fiebre.

—Por favor. Solo déjame en paz. Mi vida es lo bastante difícil ahora mismo. No puedo lidiar con nada más. No estoy en emparentada con esas personas de la fotografía y me gustaría que dejaras de seguirme.

Kade abrió la boca para replicar, pero se detuvo justo antes de hacerlo cuando ella empezó a desplomarse. La atrapó justo a tiempo, acunándola en sus brazos antes de cerrar la puerta con un golpe. La llevó hasta la enorme cama y la tumbó sobre el edredón. Al mirarla fijamente, se percató de dos cosas al instante: estaba muy enferma y *era* la mujer del perturbador dibujo que había visto en su colección. Era un autorretrato, una mujer que derramaba sus emociones en un cuaderno de dibujo.

—Joder —dijo malhumorado al percatarse de que en realidad Asha no estaba siendo muy coherente. Tenía los ojos cerrados y el cuerpo débil como un fideo mojado. Su camiseta estaba empapada en sudor y su piel estaba ardiendo.

Abrió los ojos momentáneamente y lo miró con ojos entrecerrados, como si estuviera un poco confusa.

—Me encanta tu camisa. Es muy alegre y colorida —murmuró en voz baja, intentando sonreír débilmente—. De verdad, ahora tengo que irme. Tengo cosas que hacer —dijo adormilada; su voz carecía de convicción.

Kade habría sonreído de no haber sentido tanto pánico por tener a una mujer tan enferma en su cama. Estaba débil como un gatito y dudaba que pudiera llegar hasta el borde de la cama sin ayuda. Admiraba su tenacidad, pero no iba a ir a ningún lado por sus propios medios.

—Sí, nos vamos —respondió Kade envolviendo su cuerpo, ahora tembloroso, con una manta de la cama—. Al hospital. —Tal vez fuera capaz de administrar primeros auxilios en lesiones deportivas, pero no tenía ni idea de qué hacer con una mujer tan enferma como estaba Asha en ese momento.

Sus ojos se abrieron de par en par con un gesto de pánico y castañeteando los dientes.

—No p-pu-puedo ir a-allí; es caro… —su voz se apagó cuando empezó a toser tan fuerte que sacudió su cuerpo frágil.

«¡Joder! ¿¡Está muy enferma, y todo lo que le preocupa es el gasto!?».

Su enfermedad lo tenía cagado de miedo. De hecho, lo aterrorizaba casi tanto como los instintos posesivos y protectores que estaba experimentando a medida que se percataba de lo vulnerable que era en ese momento. Pero, principalmente, lo asustaba que tuviera miedo. No quería que esa mujer tuviera miedo de él ni de nada más en el planeta. ¿Por qué? No estaba del todo seguro, pero dejaría ese misterio para otro momento. Todo lo que quería en ese preciso instante era verla bien y sana. De hecho, la necesidad de conseguirlo estaba a punto de convertirse en una obsesión.

La tomó en brazos, manta incluida, y la acarreó hasta el hospital.

Capítulo 2

Asha se despertó lentamente, con la mente nublada y todo el cuerpo dolorido. Parpadeó varias veces para aclararse la vista e intentó recordar dónde estaba y qué le había sucedido. Por extraño que pareciera, lo único que podía recordar era a Kade.

Kade obligándola a despertarse para darle la medicación. Kade atiborrándola a base de líquidos. La voz tranquilizadora de Kade mientras se quedaba dormida, tan exhausta que no podía mantener los ojos abiertos.

Asha intentó incorporarse con dificultad, mirando la habitación frenéticamente y con el corazón desbocado al darse cuenta de que seguía en la habitación de hotel de Kade, muy bonita.

«¿Qué demonios hago aquí?».

Se arrastró hasta el borde de la enorme cama y empezó a toser en el momento en que asomó los pies por encima del borde. Aquello hizo que se agarrara las costillas doloridas mientras seguía con esa tos de perro.

—¡Maldita sea! —dijo atragantándose entre toses. Doblada por la cintura, se agarró el costado haciendo una mueca por el dolor en las costillas y en el abdomen, con los músculos cansados de toser.

«No puedo permitirme estar enferma ahora mismo. ¡Sobrevive! ¡Sobrevive! ¡Sobrevive!».

—¿Qué demonios estás haciendo? —resonó la voz enojada de Kade desde el otro lado de la habitación.

Le trajo un vaso de agua y unas pastillas. Ella las tomó dócilmente, sin siquiera preguntar qué eran. Se sentía demasiado mal como para que le importase y él ya había tenido la oportunidad de matarla si se trataba de una especie de lunático enloquecido. Si las pastillas hacían que se sintiera mejor, tomaría cualquier cosa que le diera.

—Todavía no puedes levantarte —le dijo Kade en tono dictatorial, quitándole el vaso vacío de la mano—. Tienes neumonía.

—Necesito ir al cuarto de baño —le dijo avergonzada, pero la necesidad de hacer pis era tan urgente que no podía esperar.

Kade no dijo ni una sola palabra. Levantó su cuerpo en volandas con una suavidad extraordinaria para tratarse de un hombre con un cuerpo como un camión Mack y la llevó al cuarto de baño, donde la dejó sobre el asiento del inodoro, se cruzó de brazos y la miró con una ceja levantada.

—Venga.

Asha alzó la mirada hacia él.

—¿En serio? ¿Esperas que lo haga contigo ahí de pie?

Eso no Iba a ocurrir de ninguna manera. Estaba ataviada con su camisón harapiento y sin ropa interior, algo que debería haberse puesto después de su visita al hospital, pero no recordaba haberlo hecho. Los recuerdos de la sala de urgencias le volvían lentamente a la cabeza, pero todo estaba bastante borroso.

—No puedo hacer pis contigo mirándome. —Tener esa conversación y esa experiencia con un hombre al que apenas conocía el humillante, pero estaba en una situación desesperada en la que tenía pocas opciones aparte de ser directa. Su vejiga estaba a punto de explotar y ella intentaba aguantar la tos desesperadamente.

Kade sonrió y le dio la espalda.

—Vale. Ahora, venga. Compartía vestuario con muchos chicos. Era un espacio reducido y he oído a muchos hombres echando una meada. Estoy seguro de que suena prácticamente igual con una mujer.

—Yo no soy uno de los chicos. Vete —Insistió ella mientras apretaba los dientes con la necesidad hacer pis.

—Eso no va suceder. Estás demasiado débil y es probable que te caigas. Estás enferma, Asha, y acabo de darte algo para la tos y el dolor que probablemente te dejará más mareada. No me voy.

A decir verdad, se sentía débil, mareada y miserable. Aún así, ¿cómo podía usar el inodoro una mujer con un hombre que no conocía de pie delante de ella? Finalmente, la necesidad de su cuerpo venció, Asha hizo sus cosas rápidamente y se levantó, para lo que tuvo que agarrarse a la cintura de los pantalones de Kade con el fin de mantenerse erguida.

La tomó en brazos en un abrir y cerrar de ojos, sosteniéndola contra su pecho musculoso, rodeándola con sus fuertes brazos y haciendo que se sintiera más segura de lo que se había sentido... bueno, nunca. ¿Cómo era posible que se sintiera tan vulnerable y tan segura al mismo tiempo?

—Espera. Necesito lavarme las manos —le dijo débilmente.

—¿Tienes que preocuparte de la buena higiene ahora mismo? —Kade puso los ojos en blanco, pero se detuvo pacientemente junto al lavabo y probó la temperatura del agua antes de dejar que ella pusiera las manos bajo el grifo. Le secó las manos como si se tratara de una niña y procedió de vuelta a la habitación a paso rápido, para tratarse de un hombre que cojeaba.

Después de haberla metido en la cama, ella le preguntó en voz baja:

—¿Qué hora es?

Kade se sentó al borde de la cama y respondió:

—Viniste aquí ayer por la tarde. Ahora son... —miró su reloj—. Las ocho de la tarde. Has dormido toda la noche de ayer y todo el día de hoy.

—¡Oh, no! Tenía un encargo hoy. Tengo que hacer una llamada.

—Necesitaba muchísimo el dinero del encargo y tenía que llamar y reprogramarlo. Perder sus ingresos no era una opción y su miedo e instinto de supervivencia la acuciaban. Durante muchos años, una palabra le había resonado en la cabeza sin cesar: *sobrevive, sobrevive, sobrevive*—. Necesitaba ese trabajo, y ahora tengo que pagar la visita al hospital y la medicina.

—¿Qué clase de trabajo? —preguntó Kade con curiosidad—. El hospital ya está pagado y tengo toda la medicación que necesitas. No debes nada.

—Entonces tengo que pagarte a ti —le dijo vehementemente. Su bolso estaba en la cabecera de la cama y se estiró para agarrarlo, lo tomó y rebuscó entre el contenido—. Pinto paredes —respondió distraídamente, todavía buscando el trozo de papel con el número del cliente.

—¿Qué clase de paredes?

Triunfante, Asha sacó el papel con el número y extrajo unas fotos del bolsillo lateral de su bolsa con la otra mano.

—Cualquier pared que quiera pintar una persona. —Le entregó las fotos—. Te pagaré tanto como pueda antes de irme y tendré que mandarte el resto. Lo siento. Esa es mi única opción. —No había nada más que pudiera hacer puesto que no tenía dinero suficiente para devolvérselo por completo—. ¿Puedo usar tu teléfono? —Su teléfono móvil había dejado de funcionar hacía unas semanas y encontrar un teléfono público en un mundo donde todos tenían móvil era casi imposible. Le había resultado muy difícil encontrar la manera de conseguir encargos. Utilizaba Internet en las bibliotecas públicas para comprobar su web y se comunicaba por correo electrónico. Pero desde que había perdido su teléfono, rara vez era posible llamar a sus clientes. Tal vez fuera un teléfono barato de prepago, pero era su forma de ponerse en contacto con sus trabajos, y la pérdida estaba haciendo que le resultara incluso más difícil comunicarse con las personas que querían sus servicios.

—Increíble —dijo Kade a medida que hojeaba las fotografías—. ¿Haces arte en paredes?

Asha se encogió de hombros.

—Puedo diseñar sobre cualquier cosa, pero principalmente hago paredes.

—Entonces, ¿viajas por todo el país pintando paredes? ¿Cómo te encuentra la gente?

—Tengo una página web. Diseños de Asha. Normalmente se ponen en contacto conmigo desde allí. Tengo muchos clientes que repiten y muchas recomendaciones.

Kade terminó de mirar las fotografías y se las devolvió.

—No me sorprende. Haces un trabajo increíble. —que arrancó el número de los dedos y sacó su teléfono móvil.

Asha observó horrorizada cómo llamaba a su clienta y anulaba el encargo sin demora, diciéndole a la mujer embarazada al otro lado de la línea que Asha estaba enferma y que no podría pintarle la pared de la habitación del bebé próximamente. Colgó sin concertar otra cita ni fecha.

—No puedo creer que acabes de hacer eso —le dijo con tanto enfado como pudo reunir, que no era mucho. Estaba condenadamente débil y el enfado requería más energía de la que tenía en ese momento. Se conformó con fulminarlo con la mirada, lanzándole lo que esperaba que fuera una mirada enojada. Soñolienta, se recostó sobre la almohada y se cruzó de brazos.

—Estás enferma. Durante un tiempo, no vas a hacer nada excepto dejar descansar tu precioso trasero en mi cama —la informó bruscamente—. Y no vas a pagarme nada, así que deja de estresarte por dinero.

Asha abrió la boca para contestar, pero la cerró enseguida; su comentario personal sobre su trasero la dejó sin habla. Nadie le había dicho nunca que tuviera *nada* precioso, y la dejó tan desconcertada que se quedó en silencio.

Al alzar la mirada hacia Kade, el corazón le palpitó mientras observaba su gesto terco. Sus bonitos ojos azules eran amables, pero su mirada le decía que no iba a ceder, y Asha tenía la sensación de que podía ser muy obstinado. Ya había descubierto que era autoritario. Sus ojos recorrieron su cuerpo increíblemente tonificado y musculoso; sus bíceps resaltaban desde debajo de otra colorida camisa de manga corta mientras él se cruzaba de brazos y la miraba fijamente, dejándola totalmente incapacitada para apartar la mirada. Era tan guapo que casi resultaba doloroso mirarlo. Sus ojos eran tan turbulentos como el océano durante una tormenta; su pelo era de varios tonos rubios, cosa que hacía que pareciera un poco salvaje y peligroso. Tal vez llevara una camisa que debería hacer que pareciera inofensivo, pero no reducía su masculinidad ni un poco. Kade Harrison superaba ampliamente el metro ochenta de altura, era puro músculo sólido y emanaba testosterona masculina a oleadas gigantescas. Asha sabía que su tamaño y volumen probablemente deberían asustarla. Después de todo, ni siquiera lo conocía. De manera extraña, no tenía miedo de él en absoluto. La fascinaba. Su único defecto parecía ser su cojera, pero esa imperfección diminuta hacía que resultara más cautivador y que se preguntara qué le había ocurrido. De alguna manera, hacía que pareciera más humano.

—No puedo permitirme quedarme sin ese trabajo —admitió Asha a regañadientes, sintiéndose como una perdedora absoluta al lado de aquel hombre que obviamente tenía su vida en orden en el aspecto económico. Había pagado lo que probablemente era una factura hospitalaria importante sin pensarlo, y el hotel en el que se hospedaba era uno cuya clientela no era de clase media. Prestaba servicios a personas con dinero.

Kade no respondió de inmediato. Le sostuvo la mirada mientras se estiraba en la cama junto a ella antes de decir finalmente:

—Tengo una proposición para ti. Pero no quiero hablar de eso ahora mismo. Solo quiero que te preocupes de recuperarte. No permitiré que te pase nada, Asha. Lo prometo.

Su barítono grave y tranquilizador fluyó sobre ella como seda, haciendo que quisiera sumergirse en él y hundirse felizmente. Nadie le había ofrecido protegerla antes. Qué extraño y maravilloso parecía que un perfecto desconocido cuidara de ella como si fuera alguien valioso.

—Debes saber que no estoy emparentada con esas dos personas de la fotografía. Es una idea encantadora, pero no es posible. Y aunque lo fuera, no es una prioridad para mí. Ahora mismo necesito sobrevivir.

«Sobrevive. Sobrevive. Sobrevive».

Kade puso un dedo sobre sus labios y negó con la cabeza.

—Ahora no. Sobrevivirás, no te preocupes. Estás a salvo y yo te mantendré a salvo. Confía en mí.

«Confía en mí».

Kade no entendía de donde provenía ni lo difícil que le resultaba poner su futuro en manos de *nadie*, independientemente de lo tentadora que le resultase la idea en ese momento porque estaba enferma y baja de defensas. Estaba luchando para sobrevivir, para ser independiente. Pero, le gustara o no, *estaba* completamente a su merced por el momento. Sacudió la cabeza y cerró los ojos.

—No puedo. Necesito encargarme yo misma.

—Puedes confiar en mí. Soy un tipo digno de confianza —argumentó Kade con obstinación mientras le apartaba el pelo de la cara—. Ahora, duerme. El médico ha dicho que descansar es la manera más rápida de librarse de la neumonía.

Asha no podía discutir. Abrió los ojos durante un momento, pero le pesaban los párpados y su cuerpo parecía de plomo. Extendió la mano y sostuvo entre los dedos el cuello de la alegre camisa de Kade, roja con diseños verdes. Parecía seda.

—Es muy bonita. Te sienta bien. —El rojo solo intensificaba la claridad del pelo de Kade y la profundidad de sus ojos azules. Los colores llamativos e intensos y los diseños ricos le sentaban bien. Parcial como era ella a la luz y el color, Kade era una delicia para sus sentidos.

Oyó reír a Kade antes de responderle:

—Siempre he dicho que si alguna vez encontraba a una mujer a la que le gustaran mis camisas, me casaría con ella.

Asha quería responder; quería decirle a Kade que nunca se casara a menos que su corazón estuviera comprometido por entero. Ella había vivido un matrimonio sin amor y nunca se había sentido más sola. Volvieron a cerrársele los ojos antes de poder responder; la medicación y el puro agotamiento por fin la arrastraron a un sueño profundo y tranquilo.

—¿Necesitas que vayamos a hablar con ella? —preguntó Max Hamilton; su voz provenía del teléfono de Kade, que tenía activado el altavoz mientras Kade se afeitaba con la puerta del cuarto de baño cerrada. No creía que Asha fuera a despertarse pronto.

—No. Está enferma. Hablaré con ella tan pronto como esté lo bastante bien para viajar —respondió Kade en tono protector. Lo último que necesitaba Asha era un circo de tres pistas en el que todos sus posibles parientes fueran a Nashville a hablar con ella.

—¿Está bien? —preguntó Max, preocupado.

—Sí, eso creo. Se recuperará. No conozco toda su historia, pero su vida no ha sido fácil, Max. —Obviamente Asha viajaba de un sitio a otro, ganando suficiente dinero para llegar a su siguiente trabajo. No tenía nada, pero había una dulzura en ella que ponía alerta a Kade cada momento que estaba cerca de ella… y cada momento que no lo estaba. ¿Qué clase de vida había conocido? Todo lo que poseía cabía en una pequeña bolsa y en su bolso—. Conseguiré más información en unos días. Ahora mismo necesita descansar y recuperarse.

El profundo suspiro de Max llegó a través de la línea telefónica.

—Haz que se recupere, Kade. Cuida de ella.

Kade pretendía hacer exactamente eso, y no porque pudiera ser medio hermana de Max. Los instintos posesivos eran todos suyos.

—Le gustan mis camisas —le contó a Max en tono de broma mientras se secaba la cara afeitada con una toalla.

—Tiene que revisarse la vista —respondió Max secamente—. ¿Cómo es? ¿Se parece a Maddie?

Kade hizo una pausa durante un momento y arrojó la toalla a la pila para la lavandería.

—No. No se parece a ninguno de vosotros, pero es guapa. Su padre era un inmigrante indio, pero eso no significa que no podáis estar emparentados. Su madre era estadounidense.

—¿Tiene un certificado de nacimiento? —preguntó Max, evidentemente ansioso por averiguar más acerca de Asha.

—No lo sé. No tuvimos oportunidad de hablar mucho sobre su pasado antes de que casi cayera de narices en la alfombra. Se desmayó casi desde el momento en que la conocí. Deja que la ayude a recuperarse, Max —respondió Kade malhumorado, nada contento de que Max no pareciera entender que su prioridad principal era hacer que Asha recuperase la salud—. Conseguiré que venga a Tampa.

—Gracias —respondió Max agradecido—. No era mi intención presionar. Supongo que solo estoy ansioso por saber. Me alegro de que por fin la hayas encontrado. Te debo una.

Kade también se alegraba, pero por razones completamente distintas que averiguar si Asha estaba emparentada con Max.

—Me acordaré de que has dicho eso. Seguimos en contacto. La llevaré a Florida tan pronto como pueda.

—¿Qué tal va tu pierna? —preguntó Max; la preocupación en su voz era evidente.

—Está bien. —De hecho, picaba como el demonio, pro Kade no pensaba admitirlo.

Terminó la conversación con Max apresuradamente antes de que su cuñado pudiera seguir fisgoneando. O, peor aún, que pusiera a Mia al teléfono para intentar sonsacarle más información.

A salir del baño, los ojos de Kade se dirigieron instantáneamente hacia la cama. Asha seguía durmiendo, pero se movía inquieta. Las sábanas estaban enredadas y alejadas de su cuerpo; probablemente se había destapado durante un periodo en que la fiebre hubiera hecho que se sintiera demasiado acalorada. Subió a la cama y le tocó la mejilla con el dorso de la mano. Tenía la cara un poco húmeda, pero fresca; probablemente su fiebre estaba bajo control por los medicamentos que le había dado antes de que se quedara dormida.

Asha empezó a temblar y Kade agarró las sábanas y mantas que había apartado al pie de la cama de una patada. Cuando fue a subirlas, captó una mancha roja en el dorso de su pie derecho. Al mirarla más de cerca, vio que en realidad se trataba de un diseño intrincado, una mariposa estilizada que intentaba emerger de los confines de su capullo. Kade sabía de tatuajes y, al trazar el diseño ligeramente con los dedos, se preguntó que significaba exactamente. Era alheña; la imagen ya se había clareado con el tiempo, pero todavía podía distinguir cada detalle.

—¡Ay! ¡Mierda! —Kade apartó los dedos rápidamente y se echó atrás cuando Asha echó el pie atrás y le dio una patada en la pierna mala. Todavía tenía los ojos cerrados y seguía dormida. El gesto había sido un reflejo, una reacción subconsciente a su roce, pero aun así dolía como el demonio. Volvió al cabecero de la cama frotándose la pierna.

Asha agitó la cabeza y su cabello se deslizó por el fino algodón de la almohada.

—¡Tengo que salir! ¡Tengo que salir! No puedo seguir haciendo esto. —Hablaba con voz cruda y asustada.

Kade se desvistió rápidamente, se dejó puestos los *bóxer* de seda y se metió en la cama junto a Asha. Sus desvaríos de pánico y miedo tiraban de él y lo atraían para que se acercase más. Podía darle otra patada. No le importaba una mierda. Todo lo que quería era consolarla, hacer que se sintiera a salvo. La necesidad de protegerla de cualquier cosa desagradable era más fuerte que su dolor físico y Asha despertaba emociones en Kade que ni siquiera él sabía que poseía.

—¿Kade? —murmuró Asha suavemente cuando la abrazó contra sí y cubrió a ambos con las mantas, rodeándole la cintura con el brazo. Ella se retorció hasta que su cabeza descansó cómodamente contra su hombro—. Te necesito —farfulló en voz baja.

Kade sintió una presión en el corazón y tragó saliva. Con fuerza. Esas tres palabritas lo deshicieron, al igual que el suave suspiro que escapó de sus labios cuando ella se fundió con su cuerpo. Su respiración se volvió regular y su cuerpo se relajó; confiaba en que él la mantuviera a salvo mientras dormía.

«Te necesito».

¿Cuándo era la última vez que alguien lo había necesitado a él? Apretó su abrazo en un gesto reflejo; su necesidad de protegerla era tan fuerte que tuvo que obligarse a no estrecharla demasiado fuerte.

Asha Paritala seguía siendo un misterio para él, pero se sentía atraído por ella como nunca antes se había sentido atraído por una mujer en toda su vida. Ella se hizo un huequito a su costado, buscando su calor corporal y haciendo que prácticamente gruñera de frustración. La quería mas cerca, pero necesitaba apartarse para mantener la cordura. Asha ponía a prueba su autocontrol de manera que hacía que se cagara de miedo. Cuando se tumbó sobre él, Kade apretó los dientes, pero sus brazos la rodearon y sostuvieron su cuerpo sobre el de él, a sabiendas de que la haría entrar en calor. Él ardía de deseo y probablemente emitía calor como una estufa. El fino camisón que llevaba era una barrera inútil entre ellos, pero Kade seguía deseando que desapareciera. Quería estar con aquella mujer piel con piel, de la peor manera.

«Está enferma. Es vulnerable».

Esos pensamientos hicieron que la abrazara un poco más fuerte.

«Te necesito».

Todavía oía sus palabras resonando en su cabeza con su voz ronca y lastimera. Inspiró hondo dejando que su aroma a jazmín inundara todos sus sentidos.

«¡Es mía!».

Kade sacudió la cabeza ante sus pensamientos rebeldes, pero la sensación en su estómago se hacía cada vez más fuerte. Cada instinto primitivo de su cuerpo gritaba que el sitio de aquella mujer estaba con él. Era como si todo hubiera encajado, como si *ella* hubiera encajado, uniéndolos de manera irrevocable.

«Ni siquiera la conozco, joder».

El problema era que algo en su interior *la* reconocía, una parte de sí mismo que anhelaba encontrar algo o alguien para aliviar su vacío. Por primera vez en toda su vida quería dejar de correr y disfrutar de la sensación de la mujer en sus brazos, embriagarse de su aroma. Aunque su cuerpo clamaba por poseerla carnalmente, también se sentía… en paz.

Kade desconectó su cerebro y se limitó a disfrutar de la sensación del cuerpo de Asha sobre el suyo, sus piernas delgadas y desnudas entrelazadas con sus extremidades, más musculosas. No podía sacudirse la sensación de idoneidad ni estaba seguro de querer perderla. Kade necesitaba investigar la extraña reacción que sentía hacia ella y decidió unas cuantas cosas en ese mismo momento:

Uno: Asha iba a volver a Tampa con él aunque tuviera que llevarla gritando y pataleando para conseguirlo.

Dos: no le importaba una mierda si estaba emparentada con Max y Maddie o no.

Tres: Cuando estuviera bien, iba a follársela hasta que ninguno de los dos pudiera moverse.

Cuatro: Por primera vez en su vida, iba a convertirse en un héroe y mataría cualquier dragón y demonio que la acosara.

Cinco: Iba a hacerla sonreír… muchísimo. Su actitud estoica le decía que no había tenido mucho por lo que sonreír en la vida.

Con un brazo rodeándole la cintura y con una palma posesiva sobre su trasero para mantenerla firme, Kade se quedó dormido enseguida, y sin su inquietud habitual. De hecho, estaba prácticamente contento.

Capítulo 3

Kade no dejó que se levantara de la cama durante varios días, para consternación de Asha. Cuando los antibióticos empezaron a hacer efecto, empezó a sentirse mejor, pero estar desocupada no era fácil para ella. Los dos últimos años habían sido una carrera frenética para alimentarse y encontrar una cama donde descansar, por lo que estar tumbada todo el día no le parecía bien. Además, detestaba con todas sus fuerzas depender de nadie. Había estado sometida a la voluntad de otros durante toda su vida y justo ahora pensaba a tomarle el gusto a ser libre. Es cierto que apenas se mantenía a flote, pero ahora empezaba a tener solvencia. Si pudiera seguir consiguiendo encargos regulares y ahorrar un poco de dinero, podría encontrar algún sitio al que llamar suyo. «¡Por fin!».

»Sobrevive. Sobrevive. Sobrevive.

—¿Qué estás haciendo? —El barítono grave sorprendió a Asha. Ella cerró su cuaderno con aire de culpabilidad y lo metió en su bolsa al lado de la cama

No quería admitir que estaba dibujando su retrato, de modo que respondió a Kade vagamente.

—Dibujando. ¿Qué tal tus negocios?

Kade había salido de la habitación del hotel hacía varias horas, afirmando que necesitaba ocuparse de unos negocios, pero no sin antes asegurarse de que tenía su número de teléfono para ponerse en contacto con él si lo necesitaba. Le sonrió mientras cerraba la puerta con un fuerte hombro, los brazos cargados de bolsas y paquetes. Ella le devolvió una débil sonrisa, incapaz de evitar reaccionar ante su presencia. ¿Cómo era posible que lo hubiera echado de menos? Apenas conocía al tipo y solo se había ido durante unas pocas horas.

«No te hagas esto a ti misma, Asha. No te llenes la cabeza de sandeces sobre Kade. Te está ayudando porque es bueno. Simplemente siéntete agradecida por su amabilidad, devuélvele el dinero y pasa página».

La sonrisa de Kade se ensanchó cuando dejó caer los paquetes sobre la cama y le preguntó en tono jocoso:

—¿Me has echado de menos?

«¡Sí!».

Para evitar responder a su pregunta directamente, dijo con tanta indiferencia como pudo:

—Ha sido tranquilo. No había nadie para darme órdenes.

«Nadie que se preocupara por mí. Nadie con quien hablar o discutir».

Había sido demasiado tranquilo. Se estaba acostumbrando al sonido de su voz. Incluso cuando desafinaba en la ducha con más entusiasmo que talento, la hacía sonreír.

—Yo no te doy órdenes. Solo evito que hagas nada perjudicial para tu salud —respondió Kade con indignación mientras se dejaba caer sobre el borde de la cama.

Asha se percató de qué se frotaba la pierna derecha sin prestar atención.

—¿Te duele?

Kade frunció el ceño y apartó la mano rápidamente mientras respondía:

—Está bien. Solo es por costumbre.

—Es más que eso. Me he dado cuenta. Sufres dolores. ¿No tienes un analgésico para cuando te duele mucho?

—No lo uso —espetó Kade.

Asha se retiró ante la ferocidad de su voz.

—Lo siento. No es asunto mío. Solo estaba preocupada.

Kade suspiró, con aspecto contrito al instante.

—Lo usaba mucho cuando me hice daño. Demasiado. Empezó a gustarme el hecho de que no solo me quitara el dolor físico, sino que también adormilaba la mente. Me daba cuenta de que se está convirtiendo en una muleta, una vía de escape de la realidad de que nunca volvería a jugar al fútbol. Estaba huyendo de la realidad y sabía que tenía que detenerme antes de que fuera demasiado tarde.

La mirada desnuda de arrepentimiento en su rostro hizo que a Asha se le partiera el corazón por él.

—¿Era tan importante para ti el fútbol? —No necesitaba escuchar su respuesta. Obviamente, el fútbol era tan importante para él como su arte lo era para ella, y ella no sabía qué haría si no pudiera dibujar ni pintar.

—Lo era todo para mí —respondió sinceramente—. Era la única cosa en la que era realmente bueno.

Asha lo miró de hito en hito.

—Eso no es verdad. Estoy segura de que hay muchas cosas que haces bien.

Kade dejó escapar un suspiro atormentado.

—Vale. Es la única cosa que se me daba bien en posición vertical. —Le lanzó una sonrisa pícara.

Ella se sonrojó y su rostro se encendió cuando se topó con los ojos de Kade, que le sostuvo la mirada. No iba a tocar ese comentario. Algo le decía que él sería mucho mejor con las bromas sexuales de lo que ella podía soportar. Si se había percatado de algo acerca de Kade era de que tendía a evitar hablar de sí mismo y utilizaba un humor crítico consigo mismo cuando quería evitar un tema en particular.

—¿De modo que dejaste de huir de la realidad? —preguntó ella cambiando de tema tan rápido como pudo. Decididamente, no quería hablar de sexo con él.

—Prácticamente —respondió sinceramente—. No puedo decir que no extrañe el fútbol, pero he afrontado el hecho de que ya no puedo jugar, y no tomo analgésicos. —Hizo una pausa momentánea sin dejar de mirarla con intensidad—. Tal vez algún día tú me cuentes por qué huyes.

Incapaz de seguir mirándolo, Asha rompió el contacto visual mientras le daba evasivas:

—¿Quién dice que estoy huyendo de nada?

—Lo estás —respondió él con convicción, recogiendo los paquetes que había sobre la cama para dejarlos caer a su lado—. Te he comprado unas cosillas.

—¿Por qué? —le preguntó Asha, confusa.

Kade se encogió de hombros.

—Porque son cosas que necesitas y que pareces no tener.

Cuando ella se limitó a seguir mirándolo anonadada, Kade empezó a rebuscar en las bolsas y a sacar artículos uno por uno.

—Necesitas un teléfono. —Le entregó el último modelo de iPhone—. Y un ordenador portátil. —Sacó el ordenador de la caja y se lo colocó en el regazo—. No puedes dirigir un negocio sin unos básicos. —Lanzándole otra bolsa, dijo con malicia—: Y unos cuantos artículos más de primera necesidad. No es exactamente la clase de atuendo de cama seductor, pero es un camisón apropiado, puesto que estás enferma. Y los pantalones y camisas parecen de tu estilo.

Asha alzó la mirada hacia Kade, tan conmocionada que apenas podía hablar.

—No puedo pagar todo esto ahora mismo.

—Es un regalo. No espero que lo pagues —gruñó ofendido.

Sacó el camisón de una bolsa y acarició el material sedoso. La bolsa también contenía artículos de aseo personal nuevos, pantalones y camisas, bolígrafos de dibujo nuevos y un cuaderno de dibujo. El camisón era bonito y femenino, de un precioso color rosa que cubriría todo su cuerpo modestamente. La mujer en su interior deseaba probarse el camisón, sentir la seda acariciando su cuerpo y haciendo que se sintiera femenina. Pero finalmente le dijo a Kade:

—No puedo aceptar estas cosas. Han debido de costar una fortuna.

—He dicho que es un maldito regalo —contestó él, casi con enojo—. Y no ha costado una fortuna. Son solo unas cuantas cosas que necesitas.

—Nunca he recibido un regalo de verdad —farfulló ella en voz baja mientras seguía acariciando el suave material del camisón, incapaz de mirar a Kade porque sus ojos estaban inundándose de lágrimas—. Y ni siquiera te conozco. No puedo aceptar esto.

—Lo aceptarás porque lo necesitas. ¿Y cómo es posible que nunca hayas recibido un regalo? ¿Nunca? —preguntó Kade con tono confundido.

Asha se encogió de hombros, aún sin mirarlo a los ojos.

—Simplemente no he recibido ningún regalo nunca.

Kade se acercó más y extendió una mano grande para levantarle la barbilla con suavidad.

—Entonces deja que te explique el protocolo. Me das las gracias dulcemente y aceptas lo que te regalo para no herir mis tiernos sentimientos. —Lanzándole media sonrisa, añadió—: Y un beso o un abrazo de agradecimiento sería apropiado.

Asha se frotó impaciente una lágrima que se le había escapado, mirándolo indecisa. La había ayudado mucho; posiblemente le había salvado la vida pagándole el tratamiento médico. ¿Cómo podía aceptar nada más de su parte? En cambio, no quería herir sus sentimientos. Aunque lo había mencionado de una manera jocosa, rechazar los regalos que le había comprado a ella específicamente *podría* herir sus sentimientos. Parecía muy entusiasmado cuándo le dio los regalos—. Te devolveré el dinero —le dijo decidiendo que era un buen acuerdo. Necesitaba los artículos, pero Kade había gastado mucho más de lo que ella podría permitirse nunca. Obviamente, le gustaban los artículos de primera calidad.

—Asha… no vas a devolverme el dinero. Un regalo no exige retribución. Quería comprar esto para ti. No es gran cosa para mí. ¿Entiendes? —respondió con tono grave, de advertencia.

—Es mucho dinero. ¿Puedes permitírtelo? —soltó sus ideas ansiosas sin pensar antes de poder autocensurarse.

La mirada de Kade pasó de intensa a divertida.

—Creo que puedo permitírmelo cómodamente —respondió él, incapaz de contener la risa.

—Sé serio —dijo ella con ansiedad—. No quiero herirte económicamente. Ya has hecho mucho por mí, has pagado mis facturas del hospital…

—Soy multimillonario. Soy copropietario de Harrison Corporation. Además, fui jugador de fútbol profesional durante ocho años y gracias a mis contratos gané millones que invertí bien.

Asha ya había dado por hecho que a Kade no le faltaba dinero… pero sus palabras la dejaron conmocionada.

—Entonces, ¿por qué estás aquí? ¿Por qué estás ayudándome? —¿Por qué iba a perder el tiempo con ella alguien con tanto dinero?

Kade levantó una ceja, un gesto que parecía tanto interrogante como reprobatorio al mismo tiempo.

—¿Qué? ¿Solo porque tengo dinero quiere decir que no hago favores a mis amigos ni a mi familia? ¿Quiere decir que debería ser un gilipollas con una mujer que está enferma?

«Bueno… yo no quería decir *eso*… no exactamente». Asha dejó escapar un suave suspiro y le lanzó una mirada arrepentida. Estaba siendo crítica con él porque era rico, y no había nada que detestara más que asumir cosas que no eran ciertas.

—Lo siento. Todo esto parece muy inusual. No conozco gente rica, pero creo que no se gastarían el dinero localizando a personas sin importancia que no conocen.

—Tú no eres una persona sin importancia y yo estaba disponible porque ya no puedo jugar al fútbol. Max necesitaba pasar tiempo con mi hermana o de lo contrario habría venido él mismo. Es un asunto personal para él. No habría enviado a un empleado a hablar contigo.

Asha acarició el portátil con la mano, admirando la superficie nueva y reluciente. ¿Cuánto tiempo había pasado desde que tenía nada nuevo? Lo compraba todo de segunda mano en tiendas de saldo y ahorraba hasta el último centavo. Pero sus regalos la habían conmovido y significaban mucho más para ella que el dinero que había gastado. Era casi como si alentara su carrera artística regalándole el ordenador, el teléfono y el material de dibujo.

—Gracias —murmuró finalmente—. Esto significa más para mí de lo que llegarás a entender nunca. Pero voy a devolverte el dinero de las facturas del hospital y de la medicina. No me importa lo rico que seas —terminó con obstinación.

—No voy a aceptarlo —Kade se cruzó de brazos y le lanzó una mirada intimidatoria; una mirada que, de hecho, se estaba acostumbrando a ver—. Me has dado las gracias con suficiente dulzura. Estoy esperando mi beso. —Volvió la cabeza y le mostró la mejilla de manera juguetona.

—No quiero contagiarte —respondió ella dubitativa.

—No lo harás. Has tomado antibióticos durante el tiempo suficiente y no es como si no hubiéramos respirado el mismo aire. Hemos dormido en la misma cama durante días. —Se inclinó más hacia ella, dándose golpecitos con el dedo en la mejilla, a la espera.

El recuerdo de Asha de los primeros días de su enfermedad era irregular, aunque sintió una oleada de alivio al poder tocarlo por fin y se lanzó sobre él, rodeándole el cuello con los brazos para darle un sonoro beso en la mejilla.

—Gracias, Kade. No estoy segura de cómo devolverte la ayuda que me has prestado, pero me gustaría intentarlo. —¿Dónde estaría de no ser por Kade? Había cuidado de ella cuando estaba enferma, la había resguardado mientras se recuperaba y ahora le había regalado cosas que la ayudarían a conseguir más trabajo.

Kade la rodeó con los brazos, envolviéndola con su calor. Olía tan bien que Asha alargó el abrazo más de lo que creía realmente necesario para un abrazo de agradecimiento. Pero no pudo evitarlo.

Kade la atrajo más cerca de sí y la sentó sin esfuerzo sobre su regazo, descansando su cabeza contra su hombro ancho antes de responder con voz ronca:

—Es el mejor agradecimiento que recibido nunca. Eso es todo lo que necesito.

Asha suspiró feliz y se acurrucó contra su cuerpo musculoso, tan cálido y cómodo que no quería moverse nunca. Tarde o temprano tendría que renunciar a la sensación de seguridad que sentía cuando estaba cerca de él. Estaba sola, siempre había estado sola. Pero, durante un breve espacio de tiempo, se permitió relajarse y ser consolada por un hombre en quien estaba aprendiendo a confiar lentamente.

Kade había tenido una reputación por ser uno de los *quarterbacks* más tranquilos y centrados jugando al fútbol. Rara vez se enfadaba en el campo. Su objetivo era ganar, y nunca permitía que sus emociones se interpusieran en su camino hacia ese objetivo.

Pero ahora no estaba en el campo de fútbol y en ese preciso momento distaba mucho de estar tranquilo.

«¿Qué mujer de la edad de Asha no ha recibido nunca un regalo?».

Demonios, él era un atleta estúpido, pero incluso él le había hecho regalos fantásticos a su novia y se acordaba de su cumpleaños. También recordaba ocasiones especiales de sus amigos y familiares.

«Es verdad que ha estado sola. Realmente sola».

Kade sostuvo a Asha con más fuerza y se percató de que se estaba quedando dormida sobre su hombro. Seguía muy enferma, pero estaba mejorando. Él no tenía ningún negocio que llevar a cabo en Nashville. Había salido un momento exclusivamente para comprarle unas cuantas cosas que necesitaba. Ahora se alegraba de haberlo hecho. Le gustase o no, Asha iba a tener que aprender a aceptar que ya no estaba sola. Tendría a Max y Maddie.

«Y me tendrá a mí».

La bestia posesiva que no dejaba de encabritarse cuando se trataba de Asha había vuelto. Cierto es que Kade no estaba seguro de que se hubiera ido realmente en ningún momento. Siempre parecía estar ahí, bajo la superficie, y cada día se abría paso con las garras más facilmente si había cualquier amenaza o desaire a Asha.

Kade cambió de lado su peso ligero y volvió a meter su cuerpo durmiente en la cama mientras en su cabeza se planteaba una pregunta detrás de otra.

«¿Por qué ha estado siempre sola? ¿Qué clase de vida ha vivido? ¿No ha habido nunca nadie que cuidara de ella?».

Sabía demasiado poco acerca de ella y eso lo molestaba. Quería saberlo todo sobre ella. Lo fascinaba de una manera que estaba bastante seguro de que no era precisamente sana y que, de hecho, tal vez fuera un poco obsesiva.

Asha se revolvía inquieta en la cama, como atormentada por sueños. Kade se quitó los pantalones y la camisa, y se metió en la cama junto a ella. Asha se abrazó a él de inmediato y se estiró sobre él para absorber su calor. Sonriendo con remordimiento, tenía que admitir que se estaba acostumbrando a esta clase específica de tortura. Ahora se sentiría decepcionado si *no* lo buscara mientras dormía.

Mientras le acariciaba el pelo y le frotaba la espalda con la mano para reconfortarla, susurró:

—Averiguaré cuáles son tus problemas y me ocuparé de ellos. Nunca volverás a estar sola.

Asha Paritala se merecía mucho más que la mano que obviamente le había dado el destino. Y Kade estaba decidido a cambiar ese sino por ella, tanto si ella quería su ayuda como si no.

Mientras Asha dormía, Kade empezó a hacer planes que estaba decidido a poner en marcha al día siguiente.

Y eso hizo.

Capítulo 4

Dos semanas después, Asha se encontró de pie en el centro de la enorme casa de Kade, temerosa de tocar nada. La mansión estaba inmaculada pero estéril: una casa que no se sentía como un hogar.

—¿De verdad quieres que pinte tus paredes? —preguntó distraídamente mientras observaba el salón gigantesco y sacudía la cabeza—. ¿Qué chico soltero tiene paredes blancas y una alfombra blanca? —añadió percatándose demasiado tarde de que quizás *no estuviera* soltero. Nunca se lo había preguntado y lo único que él había dicho sobre el matrimonio fue aquel comentario jocoso acerca de casarse con la mujer a la que le gustaran sus camisas. Aunque había pasado las últimas semanas recuperándose con él en Nashville, sabía muy poco acerca su vida personal. Quería devolverle todo lo que había hecho por ella y accedió dubitativa a su oferta de decorarle las paredes. Le debía mucho más que dinero, pero estaba decidida a trabajar para devolverle parte de los gastos del hospital que había pagado por ella.

Kade se encogió de hombros cuando llegó a su lado.

—Yo no la decoré. Lo hizo una profesional y le di permiso para que hiciera lo que quisiera. Yo pasaba mucho tiempo fuera.

Asha quería preguntarle desesperadamente por qué no lo había consultado con su mujer, su novia o su pareja, pero se quedó en silencio. No era asunto suyo. Estaba allí para trabajar. Aunque la verdad es que esperaba que no estuviera casado ni tuviera una relación. Había empezado a tener recuerdos vagos de los primeros días de su recuperación. Y estaba bastante segura de que se había despertado varias veces por las mañanas estirada sobre Kade como si fuera su gran almohada personal durante los primeros días borrosos de su enfermedad, y varias mañanas después de eso. Era como si no pudiera detenerse a sí misma ni a su subconsciente mientras dormía. Quería estar cerca de él, y lo buscaba. La había tratado bien, pero aun así era mucho más intimidad de la que querría tener nunca con el hombre de otra mujer.

—¿Qué tenías en mente exactamente?

Kade frunció el ceño.

—En realidad, no lo sé. No he pasado mucho tiempo aquí. Solo sé que necesita un poco de color o algo.

Asha puso los ojos en blanco y sintió ganas de reír al ver la mirada enojada de Kade. No creía que tuviera ni idea de lo que quería. La casa era preciosa, pero decididamente no reflejaba su personalidad. Para ella, Kade era luz y color, una estrella brillante en una noche oscura. Simplemente, él no se daba cuenta. Había cuidado de ella durante las dos últimas semanas mientras ella se recuperaba. La había tratado como si fuera alguien que le importara, lo cual era una novedad para ella, y la hacía sonreír… mucho. Después de ofrecerle a ella, casi una completa desconocida, que trabajara en su casa asegurándole que le encantaban las fotos de los murales que había diseñado, la llevó en un avión privado a Florida.

El viaje a Florida había sido la primera vez que volaba, una aventura que nunca olvidaría. Pero aquello también le hizo percatarse de lo grande que era la mismo entre ella y Kade, de lo diferentes que eran sus circunstancias. La casa en la que vivía solo hacía que el abismo se ensanchara. Decirle que era rico en una cosa, pero verlo después de salir de su hotel fue completamente abrumador.

—¿Puedes enseñarme las demás habitaciones? —pidió.

Kade la arrastró de una habitación a la siguiente, haciendo que se ejercitara con el simple hecho de deambular por su enorme hogar. El resto de la casa era más o menos igual, blanco y negro, sin nada que reflejara personalmente al Kade que empezaba a gustarle más y más. No podía decir que lo entendiera realmente. Era extravagante e inteligente, y guapo como un pecado, pero no solía hablar de sí mismo. La verdad es que no hablaba de mucho aparte de su carrera futbolística. Asha empezaba a creer que Kade realmente *pensaba* que lo único que podía hacer era jugar al fútbol. Y *había sido* toda su vida. Pero era mucho más fuerte, mucho más especial de lo que pensaba. Admiraba la fuerza que había puesto para dejar de huir con analgésicos y enfrentarse a la realidad. Muchos hombres en su lugar no habrían tenido la fuerza ni la inclinación para hacerlo.

Se detuvieron cuando por fin llegaron a la cocina. Kade metió la mano en el refrigerador, le dio una botella de agua a Asha y tomó una cerveza para sí mismo. Lo hizo sin darle importancia, como si no fuera nada que recordara la bebida que prefería aunque apenas la conocía. Kade hacía eso muy a menudo, y siempre la dejaba atónita. Recordaba esos pequeños detalles sobre ella.

—Bueno, ¿qué piensas? —preguntó con un poco de inseguridad en la voz.

Asha observó cómo echaba la cabeza hacia atrás y daba un trago de cerveza, fijándose en cómo se flexionaban los músculos fibrosos de su cuello a medida que tragaba.

«Creo que un hombre nunca debería verse tan *sexy* ni estar tan bueno como tú; solo estás ahí de pie, bebiendo una cerveza».

—No importa lo que piense yo. Importa lo que piensas tú —respondió con una ligera tos antes de abrir la botella de agua y beber para refrescarse. Kade Harrison la ponía tensa de una manera que resultaba incómoda. Y no era su culpa. Era demasiado guapo, pecaminosamente, y su consideración era tan poco común para ella que no sabía muy bien qué pensar sobre él. Era bueno cuando en realidad no necesitaba serlo y no tenía nada que ganar siendo amable. Pedía su opinión a menudo. Y hablaba *con ella* en lugar de hablarle *a ella*. Oh, era autoritario… pero únicamente cuando estaba preocupado o intranquilo. Kade Harrison era tan distinto de cualquier hombre que hubiera conocido en su vida que todavía seguía buscando sus motivos. Pero parecía que no tenía ninguno. Simplemente estaba siendo… Kade.

—Sigues enferma. Estás tosiendo otra vez —respondió con voz ronca mientras estiraba su mano grande para tocarle la cara.

—Estoy bien —discutió ella, a sabiendas de que su temperatura no tenía nada que ver con la enfermedad, sino con él.

—Estoy presionándote. Lo siento. Podemos hablar de la casa más tarde —dijo contrito.

Asha dio un paso atrás; su tacto le resultaba desconcertante. Mientras estaba enferma había saboreado cada roce. Pero ahora que estaba bien y sana era distinto y, cuando la tocaba, le hacía anhelar mucho más que una caricia reconfortante. Ahora que estaba bien, sabía lo peligrosos que podían ser esos anhelos.

—Quiero ponerme a trabajar. Tengo que encontrar un lugar donde alojarme y deberíamos decidir exactamente cuánto tiempo llevará esto y cuantos paredes quieres que haga —respondió en lo que esperaba que fuera un tono profesional, intentando controlar tus emociones agitadas.

—Todas —respondió Kade mientras dejaba la cerveza en la mesa de la cocina y se cruzaba de brazos—. Va a ser un proyecto largo y te quedas aquí conmigo. Bien sabe Dios que tengo espacio de sobra.

—¿Nadie más vive aquí? —preguntó con indiferencia, aunque el corazón le palpitaba y contuvo la respiración esperando su respuesta.

—No. Solo yo. Siempre he vivido solo. —Sacó una silla y le hizo un gesto para que se sentara—. Tienes que tomártelo con calma. Siéntate y cuéntame qué piensas sobre qué debería hacer con la casa si estás tan decidida a hablar de ello. Quiero tu opinión.

Asha se sentó y alzó la mirada hacia Kade, que se erguía como una torre. ¿Quería su opinión? ¿Por qué? Esperaba que él le dijera qué hacer y ella lo haría—. La casa necesita ser un reflejo de ti. Lo que te haga sentir como en casa.

Emitiendo un pesado suspiro masculino, Kade se sentó en la silla frente a ella.

—En realidad no lo sé. He pasado la mayor parte de mi vida ocupado con mi carrera futbolística. Viajaba y a menudo me hospedaba en habitaciones de hotel. No sé una mierda sobre qué hace un hogar. Vivía y respiraba el fútbol.

Ella dejó escapar su respiración contenida antes de preguntar:

—¿Y para qué vives ahora que tu carrera futbolística ha terminado? —Como Asha no sabía casi nada acerca de fútbol, Kade había tenido que explicarle exactamente cómo se jugaba mientras se recuperaba y cuál era su función como *quarterback* de los Florida Cougars. Obviamente, era un atleta famoso y probablemente la mayor parte de la gente lo habría reconocido, pero ella no era la mayor parte de la gente y había vivido en un mundo muy pequeño hasta hacía dos años. Se percataba de su sensación de pérdida, del anhelo en su voz cuando hablaba de su equipo. Hacía que sintiera el loco impulso de abrazarlo muy fuerte y decirle que él era mucho más que un deporte.

Sus ojos azules la atravesaron con una mirada confusa. Asha sintió la desesperación de Kade cuando respondió:

—Mis amigos. Mi hermano y mi hermana. He aprendido que hay muy pocas cosas que son constantes en la vida. Yo era arrogante, un *quarterback* famoso que lo tenía todo y a quien se lo arrebataron en cuestión de momentos. Ya no cuento con mucho de nada. —Apartando la mirada como si hubiera dicho demasiado, Kade dio otro largo trago a su cerveza.

Asha sintió un escalofrío en la columna, plenamente consciente de lo fugaz y rara que podía ser la felicidad. Había vivido la mayor parte de su vida cumpliendo con lo que creía que eran sus deberes, sus obligaciones como mujer india. Con un conflicto interior, emprendió una espiral hacia abajo cuando las cargas empezaron a irritarla, preguntándose quién era realmente y cuál era su propósito en la vida.

—A veces, incluso las cosas que crees que son constantes en realidad no lo son —murmuró pensativa.

Kade volvió la cabeza de pronto para mirarla de nuevo, interrogándola con la mirada.

—¿Por qué? Cuéntame cómo era tu vida. Puedo garantizarte que mi hermana, Mia, vendrá de visita en cuanto sepa que estamos de vuelta. No puedes pasar toda la vida negando que probablemente estés emparentada con su marido. El nombre de soltera de tu madre era el mismo que el de la madre de Max y Maddie, y hay muchas posibilidades de que seáis medio hermanos. Son buena gente, Asha. Podrías tener personas mucho peores a las que llamar *familia*.

—Yo no tengo familia —se lamentó Asha apenada; las palabras provenían de sus entrañas dolientes.

Kade la miró perplejo.

—Tenías padres adoptivos...

—Padres de acogida. Me acogió una familia india cuando tenía tres años, después de la muerte de mis padres biológicos. Iba al colegio, pero no me permitían tener amigos estadounidenses. Cuando tenía dieciocho años concertaron mi matrimonio con un hombre indio que quería inmigrar a Estados Unidos, un primo de mis padres de acogida —terminó sin aliento, casi incapaz de creer que estuviera desahogándose con Kade. Él le hacía eso, hacía que quisiera contarle exactamente lo que sentía porque sabía que no la juzgaría. Era una sensación extraña poder hablar de sus sentimientos con un hombre.

—¿Lo amabas? —preguntó Kade con voz áspera.

Asha bajó la mirada hacia su botella de agua, mirándola en blanco mientras jugaba con la etiqueta, nerviosa.

—No lo conocía; ni siquiera lo conocí hasta que nos casamos.

—¿Qué mierda de trato es ese? —preguntó Kade enfadado—. ¿Te vendieron?

Sintió una oleada de vergüenza mientras respondía con un susurro:

—No exactamente. Mis padres de acogida tenían dificultades económicas. ¿Cómo podía no hacer lo que querían? Era lo que se esperaba de mí. Me habían alimentado y vestido durante quince años. Contaban conmigo para ayudarlos. La familia de mi ex marido, Ravi, tenía algo de dinero. Mis padres de acogida estaban endeudados. La familia de Ravi estaba dispuesta a darles el dinero para pagar su deuda a cambio de su matrimonio conmigo.

—No es distinto a que te vendieran —gruñó Kade. Derribó la silla cuando se levantó, rodeó la mesa, le dio la mano y la ayudó a ponerse en pie—. Ninguna mujer debería sentir que tiene que casarse. ¿Te enamoraste de él después de casaros?

Asha alzó la mirada hacia Kade, incapaz de mentirle.

—No —susurró—. Estuvimos casados durante siete años y yo no le traje nada más que decepciones.

—¿Qué? —explotó Kade—. ¿Cómo ibas tú a decepcionar a ningún hombre?

—Fui un mal negocio para él. Quería un hijo, un niño. Y yo nunca fui capaz de concebir. Se hizo una revisión y él era fértil. Yo... no lo era —respondió; sus palabras rezumaban agonía—. Él era un hombre indio muy tradicional y no creía en el divorcio. Pero yo tuve que abandonar el matrimonio. No era... bueno —susurró con voz ronca, estremeciéndose mientras añadía—. Me divorcié de él.

—¿Y él te dejó en la indigencia? —preguntó Kade enojado, aunque la tocaba amablemente mientras la agarraba por los hombros.

—Fue elección mía. No pensaba en nada más que en escapar. Quería salir de ahí. Tenía que salir de ahí. —Asha terminó con un sollozo, sintiéndose como si le hubieran arrancado el corazón del pecho. ¿Había habido alguna vez en su vida en la que no se sintiera rechazada, no amada? Si la hubo, no podía recordarla. Había sido más feliz desde su divorcio, viajando de un lugar a otro, aceptando encargos donde podía conseguirlos, que en toda su vida. Sí, estaba sola y esforzándose para sobrevivir, pero el dolor físico y emocional habían disminuido, y se sentía como si prácticamente hubiera recuperado la cordura—. Mis padres de acogida ya no me hablan. El divorcio no es algo bien aceptado en la cultura india y yo no cumplí el acuerdo que mi padre acogida tenía con mi ex marido.

Kade hizo que retrocediera hasta la encimera, con destellos de fuego azul en la mirada.

—Eres una mujer. Una mujer preciosa y de talento. No eres una posesión que se puede vender. ¡joder! ¿Qué clase de hombre hace algo así? ¿Cómo puede dormir ninguno de ellos por la noche sin saber si estás a salvo y feliz o no?

Asha se quedó cabizbaja.

—Yo los humillé a todos. No les importa. —Las lágrimas empezaron a caerle por las mejillas descontroladamente; todas las emociones contenidas explotaron en el lugar donde las había ocultado.

Kade le agarró el mentón y la obligó a levantar la cabeza. Su gesto era feroz cuando respondió tenso:

—Ninguna mujer debería ser vendida nunca, y no tenían derecho a esperar nada de ti. Sus problemas no eran los tuyos. Asumieron voluntariamente la responsabilidad de ser padres acogida y recibían dinero para cuidar de ti. Probablemente es por eso por lo que nunca te adoptaron. Apenas eras mayor de edad cuando te vendieron. Deberías haber tenido la oportunidad de vivir, de recibir una educación si la querías. ¡Maldita sea, deberías haber tenido elección!

Asha observó el gesto feroz de Kade, pero no tenía miedo. De hecho, estaba defendiéndola, defendiendo sus derechos como mujer. Por desgracia, él no entendía la cultura india.

—Es posible que yo sea estadounidense, pero fui educada como india, Kade. A nosotros nos motivan el deber y la culpa. —¿Que si aquello era disfuncional? Sí. Pero era difícil sacudirse todo lo que le habían enseñado cuando era una niña y mujer joven. Había tardado veinticinco años en ser lo suficientemente valiente como para romper la tradición y escapar de un matrimonio horroroso, y aun así no era fácil. La vergüenza y la culpa todavía la atormentaban en ocasiones—. Desde mi divorcio, he intentado liberarme y encontrar la faceta estadounidense de mi herencia. Pero todavía es difícil a veces. Viajo mucho y es difícil hacer amigos. Todavía estoy aprendiendo a ser estadounidense.

Kade se acercó más a ella, invadiendo su espacio, presionando su cuerpo *sexy* y musculoso contra el de Asha. Sus brazos la rodeaban mientras le susurraba apasionadamente junto a la sien:

—¿Y todo era deber? ¿Era estar casada un deber? ¿O te amaba tu ex marido?

Asha se estremeció, incapaz de evitar rodear el cuello de Kade con los brazos mientras las lágrimas seguían cayendo.

—No me amaba. Quería un hijo —murmuró contra su pecho—. No podía divorciarse de mí, pero yo no era lo que quería. Se ponía furioso por la situación y aquello hacía que matrimonio fuera difícil. La imagen lo era todo para él y yo no podía proporcionarle una familia.

Los músculos de la mandíbula de Kade se crisparon, su cuerpo se tensó mientras decía con voz ronca:

—Por favor, dime que no te hacía daño. Dime que nunca te puso un dedo encima ni te culpó.

Asha bajó la cabeza.

—No puedo. Sería una mentira y has hecho demasiado por mí como para que te mienta. Tenías razón. Estaba huyendo. He estado huyendo desde que lo abandoné.

—¿Está amenazándote? ¿Se ha puesto en contacto contigo? —preguntó Kade inquieto, en tono furioso.

—No creo que sepa dónde estoy y dudo que le importe. Se puso en contacto con algunos de mis antiguos clientes donde vivíamos en California, buscándome, así que me oculté hasta que el divorcio fue firme y después huí. He estado viajando desde entonces —admitió en voz baja—. Las cosas se pusieron muy feas cuando empecé a aceptar encargos. No quería que trabajara fuera de la casa.

—¿Y qué hay de tu página web?

—Él no lo sabía —admitió Asha—. Le habría puesto fin.

Kade estiró el cuello hacia atrás y le ladeó el mentón para mirarla a la cara.

—Dime dónde está —exigió con voz grave y letal—. Mataré a ese cabrón.

—¡No! —exclamó Asha en voz alta—. Todo lo que quiero es paz. Quiero olvidar. Por favor. —El hecho de que aquel hombre la defendiera hizo que sintiera una presión en el pecho, agradecida, pero no quería que Kade se inmiscuyera en su pasado—. Se acabó. Soy libre. Eso es todo lo que siempre he querido.

—¿Buscaste ayuda?

—Mientras esperaba mi divorcio pasé el tiempo en un refugio de mujeres. Me ayudaron tanto como pudieron. Fui a sus terapias, pero supongo que todavía me cuesta liberarme de mi pasado. Acepté encargos fuera del estado para alejarme y empezar de nuevo.

—¿Estaba loco, joder? ¿No se daba cuenta de lo que tenía? —replicó Kade ferozmente—. Es jodidamente solitario estar con alguien a quien no le importa una mierda, pero no soporto el hecho de que te hiriera intencionadamente.

Mirándolo a los ojos azul líquido, dijo dubitativa:

—Suena como si supieras lo que se siente al estar con alguien a quien no le importa.

—Lo sé. Mi novia de diez años me dejó cuando estaba en la UCI después de mi accidente porque no era lo que ella había escogido, porque no era capaz de cumplir con *su* ideal. Claro que sé lo que se siente, joder, y es una mierda. Pero yo no estaba indefenso. Tenía dinero, familia y amigos.

A Asha se le aceleró el corazón y sintió la rabia de Kade y la misma sensación de traición que había sentido ella cuando Ravi básicamente la dio por perdida y la convirtió en objeto de su ira porque no podía tener un hijo.

—Entonces no te merecía. Si algo tan superficial hizo que se alejara, entonces estás mejor sin ella —respondió Asha con vehemencia. Kade era un hombre digno de cuidarlo, independientemente de las circunstancias. ¿Acaso no entendía su ex novia que era la clase de hombre que la mayoría de las mujeres anhela, un hombre constante al que le importaba, independientemente de las circunstancias?—. Te merecías algo mucho mejor que eso —dijo con sinceridad, con la palma apoyada sobre su mandíbula sin afeitar.

Kade la miró ardientemente, con las fosas nasales abiertas mientras le preguntaba con voz ronca:

—¿Cómo duermes con alguien cuyo único objetivo es dejarte embarazada y que te pega?

Asha se encogió de hombros, incómoda.

—Era su mujer —dijo sencillamente—. Era mi obligación y, si me negara, habría sido peor. Normalmente terminaba bastante pronto. —No quiso mencionar que tampoco tenía mucha elección. Si Ravi quería sexo, lo tomaba. Las pocas veces que intentó resistirse, casi la dejó inconsciente.

—Esa no es la manera como se supone que tiene que pasar, cariño. —La mano de Kade abandonó su rostro y sus dedos se deslizaron sensualmente por su pelo—. Eres una mujer a la que hay que saborear, una mujer a la que un hombre quiere dar placer. No hay nada que me diera más placer que verte llegar al orgasmo. Duro.

Sus palabras atravesaron su vientre palpitante y fueron directas a su sexo; la humedad fluyó entre sus muslos cuando vio el deseo en sus ojos. Estaba roja de vergüenza, pero una pasión cruda recorría todo su cuerpo desbocada, haciendo que fuera incapaz de apartar la mirada de su expresión de deseo—. ¿Cómo puedes ver eso cuando está a oscuras? —pregunto incapaz de contener su curiosidad—. Es el único hombre con el que he estado y siempre ocurría rápido, con las luces apagadas.

—¡Mierda! ¿Nunca te hizo llegar al clímax? —Kade se llevó la mano al trasero de Asha y atrajo la parte inferior de su cuerpo, que no oponía resistencia, contra su miembro duro.

Asha se quedó boquiabierta, tanto de deseo como de sorpresa. Estaba duro y deseoso, con el resto de su cuerpo tan excitado por ella como su mirada.

—No —admitió ella, cautivada e incapaz de mantenerse alejada de la fuerza desconocida que la atraía hacia Kade—. Estaba oscuro y terminaba en un minuto o dos.

—Cielo, a ti nunca deberían hacértelo a oscuras —respondió Kade, molesto—. ¿Sabes que te ves exactamente igual que tu retrato en tu cuaderno? Madura, deseosa y lista para que te tomen y te satisfagan.

Asha sabía exactamente de qué dibujo estaba hablando.

—Has mirado mis dibujos —lo acusó, sintiéndose desnuda y expuesta. Aquel dibujo trataba sobre su anhelo, su apetito de algo que no existía.

—¿Alguien? ¿En algún momento? ¿En algún lugar? —verificó Kade bruscamente—. Tengo las respuestas a esas preguntas. Yo —susurró con voz ronca mientras sus labios exploraban la piel sensible de la oreja de Asha, haciendo que se estremeciera con su aliento cálido—. Ahora —añadió enredando los dedos en su pelo mientras su mano tiraba del trasero de Asha sobre su pene dilatado—. Aquí mismo, joder —terminó con un gruñido masculino mientras sus labios descendían para tomar los de Asha.

La boca ardiente de Kade la dejó sin aliento. Asha gimió contra sus labios y abrió los suyos automáticamente, su necesidad de aquello, de él, insaciable. Probablemente era exactamente igual que su autorretrato, porque su deseo era intenso e imparable, y ahora Kade le proporcionaba lo que quería con cada golpe de su lengua. Besaba como un hombre poseído, un hombre decidido a conquistar y dominar, y ella respondió con el mismo deseo. Sus dedos se enredaron en su pelo y le acarició el cuello, necesitada de tocarlo tanto como él parecía necesitar tocarla ella. Asha se sentía cautivada, extasiada y dominada, con el cuerpo ardiente y musculoso de Kade apretado contra el suyo. Pero se deleitó en ello, en él. Kade saboreaba su boca, su necesidad urgente, pero su lengua exploró cada recoveco de su boca como si necesitara conocer hasta el último centímetro. Él vibraba con gruñido masculino mientras que ella caminaba de espaldas, tan impaciente por explorar el beso como él, deleitándose en su libertad para degustarlo. Saber que Kade la deseaba era embriagador, un placer que la fascinaba, que llenaba un vacío en su interior que llevaba allí desde que podía recordar.

«Kade. Kade. Kade».

Sus caderas se adelantaron mientras su vagina intentaba acercarse más a su miembro duro y maldecía las capas de *denim* que había entre ellos.

«Más cerca. Necesito acercarme más».

Asha sabía que se estaba hundiendo, que estaba perdiendo el control, pero se entregó a Kade sin un pensamiento coherente; las necesidades de su cuerpo habían tomado prioridad. Apartó su boca de la de Kade y suplicó:

—Por favor. Ah, por favor —gimió, necesitada de más, desesperada por más.

Kade la levantó fácilmente y la sentó sobre la encimera para llevarse sus pechos directamente frente a su rostro. Ella se quedó sin respiración cuando él arrancó los botones de su camisa para abrirla.

Escasamente dotada, iba sin sujetador y el aire fresco que le rozó los pezones, sensibles y duros como piedras, fue toda una conmoción.

—Mi camisa —murmuró sin aliento, más avergonzada por sus pechos pequeños al descubierto que por la ropa en sí misma.

—Te he comprado más —gruñó Kade cuando su boca encontró un pecho y su otra mano subió para juguetear con el otro.

Asha sostuvo la cabeza de Kade contra su pecho, sin dejar de gemir de deseo.

—Kade, por favor. —Sus dedos y su boca mordisqueaban, pellizcaban y después acariciaban, elevando su deseo a un punto demasiado álgido, demasiado desesperado. Dejó caer la cabeza contra el armario, sintiendo su cuerpo como fuego líquido a medida que la boca de Kade devoraba sus pechos, pasando de uno a otro como si quisiera poseer los dos.

Ella jadeó, las manos sobre sus hombros para evitar caerse sobre la encimera.

—Eres preciosa, Asha. Tan dulce que podría lamer y degustar cada centímetro de ti y todavía querría más —siseó Kade mientras su lengua jugaba con su pezón.

—Pechos pequeños —dijo de forma inconexa, incapaz de concentrarse en nada excepto en la tortura acalorada de Kade.

—Perfectos —insistió él mientras ahuecaba sus pechos con las manos y cada uno de sus pulgares jugaba con un pezón.

Asha se retorció sobre la encimera; el calor y la necesidad que palpitaban entre sus muslos eran insoportables.

—Necesito… —gimió, no del todo segura de qué necesitaba para hacer que su cuerpo dejara de agitarse.

—Sé lo que necesitas —respondió Kade en voz baja y sensual, su aliento cálido rozando el cuello de Asha—. Necesitas un hombre que te haga tener un orgasmo. Y ese hombre voy a ser yo.

Asha sintió un escalofrío cuando notó su mano moviéndose lentamente por su vientre, acariciando su piel desnuda mientras descendía más y más. El botón de sus pantalones se abrió con un *pop*, la cremallera bajó impaciente y, de pronto, los dedos de Kade estaban ahí, donde los necesitaba, deslizándose fácilmente a través de sus pliegues húmedos hasta aterrizar sobre su clítoris. Cada caricia de sus dedos talentosos le arrancaba un gemido desgarrado de los labios. Cerró los ojos con un placer tan intenso y agudo que casi se derritió.

—Sí —susurró—. Tócame. —Separó más los muslos y envolvió las caderas de Kade con las piernas, mientras movía la pelvis hacia delante a cada caricia de sus dedos.

—No sé si voy a poder soportarlo —el pecho de Asha subía y bajaba mientras su cuerpo gritaba por la intensidad de su clímax inminente.

Sosteniéndole la nuca con la mano, Kade exigió:

—Tómalo, Asha. Disfruta del viaje. Mírame.

Sus ojos se abrieron obedientemente, todo su cuerpo ardía en llamas cuando sus miradas se encontraron, el fuego azul que disparaban sus ojos casi la incineró.

—Ten un orgasmo por mí, cariño. Estás muy húmeda, jodidamente *sexy*. Toma lo que necesitas y suelta todo lo demás.

Kade era imparable, sus dedos le acariciaban el clítoris repetidamente, calentándola hasta un frenesí de deseo ardiente y ropa revuelta. Su voluntad era fuerte y Asha sentía su determinación. Al final, tuvo poca elección aparte de dejar que el clímax la arrastrara, incapaz de contener sus gemidos y convulsiones a medida que el orgasmo sacudía su cuerpo irremediablemente.

—Kade —gimió cuando por fin cerró los ojos, incapaz de sostener la intensa mirada de su apuesto rostro—. Demasiado.

Él siguió acariciándola a medida que el orgasmo se apagaba, para alargarlo, mientras que sus labios capturaron los de ella en un beso; dejó escapar un gemido masculino antes de afianzar su boca a la de Asha.

Rodeándole el cuello con los brazos, esta lo besó como si su vida dependiera de ello, degustando su sabor y deseando poder acurrucarse en su interior y no volver a salir nunca.

Al terminar el abrazo apasionado, Kade tiró de su cuerpo tembloroso contra el suyo y apoyó su cabeza contra su pecho jadeante. Sus dos brazos la rodearon como tiras de acero, sosteniéndola contra su cuerpo como si fuera alguien precioso para él. Y por unos breves instantes en el tiempo, Asha se dejó disfrutar de la sensación del cuerpo de Kade, deleitándose en la sensación de pertenencia. Intentando acallar su cerebro que le decía que lo que acababa de ocurrir no estaba bien, Asha se dejó llevar por el corazón por una vez en su vida y abrazó el cuerpo fuerte y musculado de Kade, permitiendo que la abrazara muy de cerca. Tal vez fuera una falsa sensación de protección, pero se sentía tan bien que no quería que terminara.

—Lo mejor del mundo, joder —dijo Kade con un susurro arrogante y masculino contra su oreja.

—¿Qué? —farfulló ella, confundida.

—Así es como se ve tener un orgasmo a una mujer, cariño —respondió Kade con arrogancia—. Y es jodidamente fantástico.

A sabiendas de que probablemente debería sentirse avergonzada porque acababa de dejar que un hombre al que apenas conocía la llevara hasta el clímax a plena luz del día sobre una encimera, Asha abrió la boca para castigarlo por su arrogancia. Pero entonces la cerró y no dijo palabra. Sinceramente, *no podía* responder. Tenía razón. Kade había sacudido su mundo y algo le decía que nunca volvería a ser la misma.

Finalmente, se limitó a decir:

—Gracias.

—¿Por qué? —preguntó Kade, confuso.

Asha no estaba segura de poder explicarlo realmente; no estaba segura de cómo expresar lo que sentía.

—Por hacerme sentir como una mujer deseable —respondió sencillamente. —¿Cuánto tiempo se había sentido rota y defectuosa porque sus órganos femeninos eran incapaces de concebir un hijo?—. Ya no me siento tan dañada.

Los brazos de Kade se tensaron en torno a ella en un gesto reflejo.

—Si crees que estás dañada, deberías ver mi pierna jodida —gruñó.

—Y tú deberías ver mis partes jodidas —replicó alegremente, intentando reírse de sí misma para que Kade no pensara en su lesión. Sinceramente, *ni siquiera ella* había visto nunca sus partes dañadas. Solo sabía que era imperfecta por dentro.

—Si eso es una invitación, estaré encantado de verlas —ofreció la *sexy* voz de barítono de Kade, esperanzado—. A mí me han parecido perfectas, pero me gustaría examinarlas más de cerca.

Al darse cuenta de qué había dicho exactamente para distraerlo, Asha rio encantada, empezando a sentir un poder femenino que nunca había experimentado antes. Su risa terminó en una tos breve, un síntoma residual de su enfermedad.

—Maldita sea. Olvidé que sigues enferma —dijo Kade como si estuviera enojado consigo mismo.

—Estoy bien —le dijo ella con vehemencia.

Kade la levantó suavemente de la encimera y dejó que se deslizara por su cuerpo hasta tocar el suelo.

—Descansarás antes de que cenemos —replicó él, ansioso, ajustándole la ropa antes de darle la mano y tirar suavemente de ella para llevarla fuera de la cocina.

Asha apenas tuvo tiempo de recoger su bolsa y su bolso antes de seguirlo.

Capítulo 5

—Puedo encontrar un sitio donde alojarme, Kade. No tienes que aguantarme mientras trabajo —dijo Asha con nerviosismo.

A Kade se le erizó el vello de la nuca. La idea de Asha vagando por Tampa, buscando alojamiento cuando todavía no se había recuperado del todo de su neumonía hizo que quisiera echársela al hombro y dejarla en su cama para poder cuidar de ella él mismo. De ninguna manera iba a irse de su casa en ese momento. Averiguar que el gilipollas de su ex marido la maltrataba casi hizo que perdiera los estribos.

—Te quedas —respondió sencillamente—. Y no eres una maldita empleada. Eres una invitada.

Kade pasó de su habitación lamentándolo, la condujo al dormitorio que había frente al suyo y abrió la puerta. Era el único dormitorio que se había saltado durante su visita a la casa. Sonrió al entrar y supo de inmediato que Mia y Maddie habían estado allí. Era la única habitación en toda la casa salpicada generosamente de color.

—Tu habitación —le dijo a Asha, completamente seguro de que iba a ponérsele dura cada noche sabiendo que ella dormía al otro lado del pasillo, enfrente de él. Estaba acostumbrado a que lo envolviera con su cuerpo delicioso y a que lo buscara mientras dormía. «¡Joder! Voy a echarlo de menos». Pero necesitaba dejar de presionarla, hacer que se acostumbrara a él y a su mundo. Obstinadamente, quería que ella fuera a él, que lo deseara a él. Tenerla allí sería un cielo y un infierno, pero después de averiguar el maltrato que había sufrido, necesitaba reprimir sus instintos de hombre de las cavernas.

Ella se quedó boquiabierta a medida que avanzaba lentamente, mirando de un lado a otro de la habitación.

—Es preciosa —dijo con reverencia mientras acariciaba el bonito edredón de la cama tamaño rey.

Mia y Maddie se habían superado a sí mismas. Fotos de colores llamativos y tapices decoraban las paredes, y el edredón que acariciaba era un estallido de todos los colores del arco iris. Kade abrió el armario, sabiendo lo que encontraría allí. Le había pedido a Mia y Maddie que arreglaran su habitación de invitados y que la hicieran tan alegre y colorida como fuera posible. Les dio la talla de Asha de su ropa de recambio y también les pidió que le compraran algo de ropa. A juzgar por el armario lleno, se habían tomado su petición muy en serio.

—Mia y Maddie te han comprado algo de ropa.

Asha se volvió y miró hacia el armario mientras se acercaba junto a él para tocar la ropa.

—¿Cuál? —preguntó con cautela.

—Toda es tuya. He dejado que mi hermana y Maddie la escogieran. Solo les dije que te gusta la ropa colorida.

—¿Por qué han hecho esto? —dijo Asha incómoda, cerrándose la camisa sin botones con la mano.

—Los he visto. He jugado con ellos. Los he tenido en la boca, cosa que ha sido uno de los momentos más increíbles de mi vida. No tienes que esconder tus pechos de mí —le dijo divertido.

Asha se sonrojó ante su comentario, pero no lo reconoció.

—No puedo aceptar todas estas prendas. Todas y cada una de ellas son de diseño. Mi armario al completo nunca ha valido lo que cuesta una sola camisa de esta colección —le dijo vehementemente, mirándolo con el ceño fruncido—. ¿Por qué iba a comprarme ropa alguien a quien no conozco?

Se le arrugaba la ceja cuando estaba disgustada y eso hacía que Kade quisiera acariciarla con los dedos y los labios.

—Porque yo les he pedido que lo hicieran y ellas querían hacerlo. ¿No te gustan los conjuntos?

—Son preciosos, pero no puedo aceptarlo. Ya has hecho demasiado por mí y ya me has hecho varios regalos.

—Sí puedes. Son un regalo de tu hermana. Y no hay límite a la cantidad de regalos que se pueden hacer. —Esa mujer tan terca necesitaba ropa e iba a aceptarla.

—Yo no tengo ninguna hermana —respondió Asha con recelo.

—Tienes una hermana y un hermano. Y esto no es más que ropa. No tiene importancia. Si te hace sentir mejor, Maddie se casó con uno de los hombres más ricos del mundo, Sam Hudson. Quería hacer esto por ti. —Kade sabía que Asha ya conocía los detalles de quienes probablemente eran sus hermanos, pero obviamente no estaba lista para aceptar la realidad. En su mente no cabía duda de que estaba emparentada con Max y Maddie. Su madre tenía el mismo apellido de soltera, y Asha le había enseñado una foto de su madre con su padre biológico, una fotografía que mostraba una versión más antigua, pero muy parecida, a la versión de la foto que tenía Max de su madre biológica, Alice—. ¿Por qué es tan difícil aceptar que Max y Maddie son tu hermano y tu hermana? Sé que es una conmoción. Maddie también se sorprendió al encontrar a Max. Pero se alegró.

A Asha empezaron a brotarle lágrimas de los ojos, le dio la espalda y se sentó sobre la cama con cautela.

—Nunca he tenido familia. Mis padres de acogida me alimentaban y me vestían, pero nunca fui una de ellos realmente. Me acogieron antes de tener dos hijos propios. Nunca fue mi sitio realmente, y sentía la distancia. Es difícil de explicar sin sonar como si sintiera lástima de mí misma. Se lo agradezco. Pero nunca formé parte de la familia realmente. —Las lágrimas le corrían ahora por las mejillas, sus ojos ocultos—. Tengo miedo, temo creer en algo que puede no ser verdad. ¿Qué pasa si los quiero y ellos no me quieren a mí? ¿Qué pasa si no soy su hermana de verdad?

A Kade se le encogió el corazón mientras miraba a Asha, pequeña y vulnerable, pero lo suficientemente fuerte como para alejarse de una relación sin nada solo para salvarse a sí misma y su cordura. ¿Le había importado alguna vez a alguien de manera incondicional, simplemente porque era una mujer increíble?

—Tú eres su hermana. Y te querrán. —¿Cómo podrían no hacerlo?—. Confía en mí —le pidió con voz ronca, a sabiendas de que probablemente no confiaba en las personas fácilmente, pero él quería que lo hiciera, desesperadamente. De hecho, estaba empezando a codiciarlo más que cualquier cosa que hubiera querido nunca.

Asha se cruzó de piernas sobre la cama, los pies descalzos asomando por debajo de sus piernas, envueltas en unos pantalones. Lo miró tristemente.

—Aunque estemos emparentados, somos muy diferentes. Ellos son increíblemente ricos y yo estoy acostumbrada a ser pobre. Ellos son estadounidenses y yo soy india…

—Tú también eres estadounidense —gruñó Kade, molesto por el hecho de que Asha se viera como «menos que» comparada con sus hermanos—. Y aunque no lo fueras, no importaría.

—Nos criamos en culturas diferentes. Y ambos se parecen a nuestra madre —respondió ella en voz baja.

—Maddie era una niña de acogida, pasó de familia en familia y a ninguno de ellos le importaba una mierda. Se partió el lomo trabajando para estudiar Medicina, y tampoco tuvo familia hasta que la encontró Max. —Kade se sentó sobre la cama y tiró de Asha hasta tenerla sobre su regazo—. Está emocionada de tener una hermana. Y Max también.

—Pobre Maddie —susurró Asha con empatía—. ¿De verdad es feliz ahora? ¿Y Max?

Los labios de Kade se curvaron en una pequeña sonrisa mientras observaba el gesto afligido de Asha, conmovido por lo rápido que podía sentir remordimientos por las circunstancias anteriores de Maddie. Tenía un gran corazón, tal y como Maddie. Se parecía más a su hermana de lo que sabía. Kade le había contado todo sobre la vida de Max y Mia, incluida la tortura que Max había sufrido cuando

Mia desapareció durante dos años y se la dio por muerta. Había visto la misma preocupación adorable cuando le habló de aquel terrible periodo de sus vidas.

—Ambos están extasiados —le aseguró Kade mientras acariciaba el pelo sedoso de Asha para apartárselo de la cara—. Cada uno de ellos se casó con su alma gemela. Pero ninguno de los dos lo tuvo precisamente fácil. Y no son tan distintos a ti. Simplemente sus dificultades fueron diferentes. Ellos tampoco tuvieron familia realmente, Asha. Dales una oportunidad.

«Dame una oportunidad a mí también».

Kade sabía que distaba mucho de estar emocionalmente sano, pero vaya si no sentía que estar con Asha estaba curando algunas de sus heridas emocionales del pasado.

«Es mía».

—¿Crees en las almas gemelas, en relaciones como las que tienen Maddie y Max con Mia y Sam? ¿Crees que hay una persona en cada vida hecha solo para ti? —preguntó Asha en voz baja.

Hacía unas cuantas semanas, Kade habría respondido con un sonoro *en absoluto*. Siempre había sido el primero en dar la lata a Max y a Sam por ser tan asquerosamente bobos con respecto a sus mujeres. Ahora, simplemente, no lo sabía. Se había sentido misteriosamente atraído por Asha incluso antes de conocerla, gracias a su juego del ratón y el gato, y después a través de sus dibujos. Era como un bálsamo para su alma maltrecha, como un remedio para su soledad. Nunca había sentido eso por una mujer antes, y lo desconcertaba.

—Sí… sí, creo que sí —respondió mirándola a los ojos, perdiéndose en el torbellino castaño de su mirada. Cada fibra de su cuerpo clamaba porque la hiciera suya y tuvo que apretar los puños detrás de su espalda y en su pelo para contenerse de desnudarla y demostrarle cómo era en realidad que un hombre la deseara tan desesperadamente que tuviera que poseerla. Quería demostrarle cómo era ser respetada y querida. No le importaba si estaba emparentada con Maddie y Max. Y no podía importarle menos que no pudiera concebir un hijo. Solo la quería a ella. Y tenía tantas ganas de reivindicarla con su estaca que su cuerpo grande se estremeció de deseo.

—Yo también lo creo. Pero, ¿qué ocurre si nunca encuentras a esa persona? —preguntó pensativa.

«Tú ya las encontrado. No necesitas seguir buscando. Tu sitio está conmigo».

—Creo que solo sucede —respondió en voz alta—. Si estáis destinados a estar juntos, os encontraréis de alguna manera.

—Mi madre de acogida siempre me decía que era demasiado fantasiosa. Mis dibujos, mis lecturas, la cabeza siempre en otra parte en lugar de las cosas prácticas de la vida —dijo Asha con un suspiro—. Supongo que en cierta medida no me amoldaba completamente a ser la mujer india práctica que querían.

—No tienes que amoldarte. Tienes orígenes indios y puedes estar orgullosa de eso. Muchos indios son gente buena. Pero también eres estadounidense. Y la mayoría de las mujeres estadounidenses no aguantan mucha mierda. —Se recostó sobre la cama y estiró las piernas; el gemelo derecho empezaba a dolerle. Agarrándola por la cintura, tiró de ella hasta recostarla junto a él y ella apoyó la cabeza en su pecho.

Ella volvió a levantar la cabeza y lo miró entusiasmada.

—¿Has estado en la India?

Él asintió.

—Varias veces. Harrison Corporation tiene intereses comerciales allí.

—¿Cómo es? —preguntó melancólicamente—. ¿No es raro que me criara en la cultura india, pero que nunca haya ido allí?

—Algún día te llevaré allí. Por lo menos, probablemente hablas el idioma —respondió en tono jocoso.

—Solo si vamos a Andhra Pradesh o a alguna zona donde se hable telugu —respondió pensativa—. Mis padres de acogida y mi ex marido eran todos de allí y hablaban telugu. Nunca aprendí mucho hindi.

—Siempre me sorprende que dos indios no puedan necesariamente hablar entre ellos porque hay tantísimos idiomas en la India —respondió Kade.

Asha volvió a apoyar la cabeza sobre el torso de Kade y empezó a manosear los botones de su camisa roja estampada de plátanos bailarines.

—Sé que las mujeres allí también reciben palizas —dijo dubitativa—. He estado leyendo mucho sobre la India cada vez que tengo la oportunidad. La violencia machista allí es un problema muy serio. Casi parece como si fuera aceptable. ¿Se trata mal a la mayoría de las mujeres allí?

—Pegar a una mujer nunca es aceptable por ninguna razón —gruñó Kade—. Los hombres que pegan a las mujeres, estadounidenses o indios, son unos putos cobardes; les da demasiado miedo empezar una pelea con alguien que realmente podría ganarles y darles una paliza. —Suspiró mientras proseguía—. Me gustaría poder decirte que las cosas allí son fantásticas, pero los índices de violencia machista en la India son altos. Yo estuve allí por negocios y nunca me sumergí totalmente en la cultura, pero sigue siendo una sociedad patriarcal y hay un gran porcentaje de hombres que no valoran a sus mujeres como deberían. Además, allí decididamente tampoco hay igualdad de oportunidades, aunque ahora hay leyes que protegen a las mujeres. Simplemente no se hacen cumplir. Las generaciones más jóvenes están intentando cambiar las cosas, pero es una batalla cuesta arriba.

—Y el divorcio sigue siendo tabú —añadió con tristeza.

Kade no podía mentirle.

—En su mayoría… sí. No está ampliamente aceptado. Pero no estás en la India, Asha. —Intentando cambiar de tema, preguntó con curiosidad—: Nunca me has contado por qué sigues usando el apellido de tu padre. ¿Si estuviste casada, no tomaste su apellido?

—Mi apellido de casada era Kota, pero recuperé el apellido de mi padre cuando me divorcié de Ravi. Supongo que era mi manera de recuperar el control sobre mi propia identidad.

En realidad, a Kade le gustaba el hecho de que hubiera recuperado el apellido de su padre y ya no llevara el apellido de un gilipollas.

—¿Escapará algún día la mariposa de su capullo? —preguntó distraídamente, jugando con los mechones sedosos de su cabello.

Asha levantó la cabeza y le lanzó una sonrisa tímida.

—Es un proceso. Cada vez que siento que estoy haciendo progresos, hago que las alas emerjan un poco más.

Kade sintió que el corazón se le aligeraba al ver su sonrisa. Decidió que quería ver esa expresión de felicidad en su rostro constantemente, cada hora, cada minuto de cada día. Ya había visto suficiente dolor y conflicto en sus veintisiete años de vida. Asha había nacido para brillar, y Kade quería hacérselo todo más fácil después de la vida tan jodida que había tenido.

—¿Cuándo crees que ocurrirá?

La sonrisa de Asha se ensanchó.

—Después de esa experiencia en la encimera de la cocina, creo que por lo menos tengo que sacar otro pedacito del ala del capullo.

Kade gimió para sus adentros, mientras se le contraía el miembro con el deseo de meter y sacar por sí mismo. La sonrisa de Asha hacía que se le hinchiera el corazón, y el hecho de que se sintiera lo bastante cómoda con él como para mencionar aquella experiencia íntima y devastadora sin dudar hizo que se sintiera como si estuvieran inmersos en su propio mundo diminuto.

«Su sitio está conmigo».

Kade no podía detener la necesidad posesiva y bestial de conquistarla, de abrazarla muy fuerte para que no se marchara nunca. Si lo hiciera, la luz que había encendido en su interior moriría. Estaba sucediéndole algo, algo increíble. Y no quería que esa sensación tan estimulante terminara. Poco a poco, la presencia brillante de Asha estaba ahuyentando la oscuridad que habitaba en su interior.

Con un gemido fingido, le dio la vuelta y sujetó el cuerpo de Asha bajo el suyo; qué sensación tan jodidamente fantástica. Sosteniendo sus brazos cautivos por encima de su cabeza, sintió una satisfacción carnal por tenerla exactamente donde la quería.

—Estaría encantado de hacer que la mariposa emerja completamente. —De hecho, estaba casi seguro de que se volvería loco si no la penetraba muy pronto. Quería que la condenada mariposa abriera las alas y echara a volar cuanto antes.

Kade sintió que el cuerpo de Asha temblaba debajo de él, su gesto en parte anhelo y en parte inquietud. Sabía que estaba presionándola demasiado y demasiado deprisa, pero no parecía capaz de controlar la necesidad de tomarla. Ver y sentir cómo llegaba al clímax en sus manos había sido increíble, pero quería darle más, mostrarle que el placer de una mujer podía ser mucho más que tolerable. Y, egoístamente, solo quería que ella lo deseara a él.

Apretando los dientes por el deseo acuciante de follársela hasta que gritara su nombre, observó su rostro, esperando una señal, cualquier puñetera señal, de que ella quería lo mismo y de que sentía lo mismo que él.

—Estoy aquí para hacer un encargo —dijo ella en tono angustiado—. No puedo hacer esto.

—A la mierda el trabajo. Esto es por ti y por mí. Nunca ha sido por el trabajo. Tienes un talento increíble y me gustaría que hagas tu magia en cada maldita pared de esta casa, pero eso no es por lo que te quería aquí —admitió, frustrado.

—¿Me trajiste aquí por tu hermana y Max? —preguntó con voz resignada.

—Te traje aquí porque no podía dejarte ir. Es bastante sencillo. Solo te quiero a ti —dijo con voz ronca, a sabiendas de que le estaba dando suficiente soga como para que lo ahorcara, pero no le importaba una mierda. Por una vez, mantener el control y mantener sus emociones bajo control no significaba absolutamente nada para él—. Quiero respirar tu aroma y juro que, de hoy en adelante, el olor del jazmín me pondrá la verga tan dura como para clavar clavos. Quiero saborear tu orgasmo con la lengua, hacer que tengas orgasmos hasta que no puedas pensar en nada más que en mí. Y necesito estar dentro de ti, follándote hasta que no te acuerdes ni de tu nombre. —Kade tragó con fuerza y añadió—: Después quiero que duermas conmigo, y quiero abrazarte tan fuerte que nunca conozcas otro momento en que te preguntes si alguien te quiere, porque yo sí, Asha. Te quiero lo suficiente como para compensar cada persona que no te ha querido en tu vida.

Ella lo miró, boquiabierta en un gesto completamente atónito.

—Yo no soy nadie especial. No lo entiendo.

Kade dejó caer la cabeza sobre su hombro con un gemido, a sabiendas de que iba a quedar como un completo imbécil.

—Eres especial. Eso es lo que estoy intentando decirte.

Asha dio un tirón con las muñecas y Kade la soltó a regañadientes. Su cuerpo y su mente gritaban que la retuviera, pero obviamente ella no entendía lo que sentía. Demonios, ni siquiera lo entendía él mismo. Sus sentimientos por ella estaban fuera de control, locos, pero no podía evitar comportarse como un lunático. Sus emociones eran más fuertes que su sentido común.

A la expectativa de que se lo apartara de encima de un empujón, Kade se estremeció cuando sintió sus manos avanzando dubitativamente bajo su camisa y ascendiendo por su espalda, explorando y vagando por su piel desnuda. Con los labios al oído, ella susurró:

—No tengo casa y apenas sobrevivo. Mis tetas son demasiado pequeñas y no soy ninguna seductora. Solo he estado con un hombre en toda mi vida y el sexo nunca fue algo que realmente quisiera o que creyera que necesitaba. Pero empiezo a tener ganas de ti, y me asusta. No sé por qué me deseas, pero puedo garantizar que yo te deseo más. Sé que no debería estar diciéndote lo que siento, pero no puedo permitir que creas que yo no te deseo a ti. Porque te deseo. Te deseo tanto que duele.

Kade alzó la cabeza con rostro incrédulo a medida que empezaba a hundirse en sus ojos como remolinos de chocolate. Sus palabras desentrañaron la cuestión, pero necesitaba que Asha comprendiera que quería algo más que sexo.

—No me importa de dónde vienes ni cuánto dinero tienes o no tienes. Solo quiero estar contigo por quién eres. Eres valiente, talentosa, inteligente, *sexy* y estás completamente loca si deseas a un atleta cojo y desgastado como yo, pero me alegro de que lo hagas —respondió en voz baja y temblorosa, sus emociones fuera de control. Asha había tocado el pozo oculto de sus emociones y ahora estaba atrapado en una maraña de deseo tan fuerte que no podía liberarse, pero no estaba seguro de querer escapar.

—Para ya. —Asha hundió las manos en su pelo y tiró de su rostro para acercarlo al suyo—. Eres el hombre más bueno que he conocido nunca, eres increíblemente guapo y *sexy*, y no podría importarme menos que ya no puedas jugar al fútbol. Y creo que tu ex novia estaba loca o era increíblemente superficial si no se daba cuenta de lo que tenía. Yo también te quiero por quién eres. Ni siquiera entiendo de fútbol. No es más que un juego tonto.

—¡Hala! Espera. No digas que el fútbol es tonto —la regañó en tono de broma, apoyando la frente contra la de Asha—. Fue toda mi vida durante años.

—Tal vez sea hora de hacer una nueva vida —sugirió Asha vacilante—. Tienes mucho más que ofrecerle al mundo que jugar un partido. Sé cuánto significaba para ti. Sería como si me arrebataran la capacidad de hacer mi arte. Pero eres más que una sola cosa, Kade.

Él tragó con fuerza, conmovido por la fe que tenía en él. Sí. Tal vez fuera hora de empezar un nuevo capítulo de su vida, tal y como Asha estaba intentando hacer por sí misma. Y no se le ocurría nada mejor que empezarlo con la mujer que yacía debajo de él. Podía ahogarse felizmente en su aroma seductor, enterrarse en su interior hasta que no le importara una mierda nada más que ella. Y estaría encantado de aceptar la tarea de hacerla y de mantenerla feliz.

—Tal vez sea hora de hacer otra cosa —accedió con voz ronca, desplazándose los pocos centímetros necesarios para cubrir su labios tentadores y carnosos con los suyos.

Su respuesta instantánea solo sirvió para avivar la llama que lo consumía. Asha se encontró con su lengua caricia a caricia y se retorcía debajo de él para desabrocharle la camisa. Finalmente, Kade sintió que los botones cedían y la camisa se abría para encontrarse por fin sus pieles desnudas. Y Kade perdió el control totalmente. La sensación de sus pechos desnudos, que a él personalmente le parecían del tamaño perfecto, deslizándose contra su pecho era tan increíblemente erótica que estaba desesperado por desnudarla y sentir sus cuerpos piel con piel de arriba abajo.

—Tócame —exigió él al apartar su boca de la de Asha. Necesitaba sus manos sobre su piel ardiente antes de perder la cabeza por completo. Sus dedos acababan de empezar a explorar tímidamente y estaban a punto de llegar a la cintura de sus pantalones cuando Kade oyó un ruido abajo.

—¿Kade? ¿Estás aquí? —La voz provenía de la cocina y era decididamente de mujer.

—¡Joder! —Su hermana era muy oportuna. Debería haber sabido que no tendría que informarla de que estaba de vuelta. Sin duda, Mia pasaba por su casa a diario, esperando. Kade quería cerrar con pestillo la puerta del dormitorio e ignorarlo, pero sabía que no podía, aunque estaba bastante seguro de que tenía las pelotas azules como un pitufo.

Asha se quedó helada debajo de Kade, con gesto de sorpresa.

—¿Quién es?

Kade apretó la mandíbula con fuerza y se obligó a apartarse del dulce paraíso entre los muslos de Asha, enfundados en unos pantalones.

—Es Mia, tu nueva cuñada más molesta que un grano en el culo. —Kade quería a su hermana, pero teniendo en cuenta lo que acababa de interrumpir, no quería nada más que se fuera durante, como mínimo, una semana. Tal vez dos.

—No cabe duda de que Maddie está con ella, y probablemente Max.

Kade se puso en pie y Asha se levantó con dificultad, cerrándose la camisa sin botones con la mano.

—Ay, Dios. No estoy preparada para esto —gimió.

Él la sonrió con malicia.

—Supongo que será mejor que busques una camisa.

Verla apresurándose por la habitación abriendo cajones en un frenesí hizo que su sonrisa se ensanchara todavía más. Se veía tan adorable cuando se asustaba. Rebuscando en su bolsa, sacó un sujetador, tiró de él y lo cerró por delante. Kade puso cara ceñuda, pensando que *eso* era una verdadera lástima.

—¿Puedes darme una camisa? —preguntó nerviosa mientras se miraba al espejo y fruncía el ceño a su reflejo—. Parece que acabo de caerme de la cama —dijo con voz temblorosa.

—Eso es lo que has hecho —respondió él, satisfecho consigo mismo. Saber que era su culpa que estuviera un poco desaliñada hizo que quisiera llevársela a la cama y terminar la faena.

—No quiero que lo sepan —siseó sacando un cepillo de su bolso y tirando de él sin piedad sobre su largo cabello.

—¿Kade? —resonó de nuevo la voz de Mia, más cerca esta vez.

El se acercó a zancadas hasta la puerta de la habitación y gritó:

—¡Bajamos en un minuto! —Lo último que quería era enfrentarse a Mia, Max y Maddie en el dormitorio de Asha. Su aspecto daría lugar a preguntas que ni podía ni quería responder. Suponía que debía tomar una camisa para sí mismo, pero se acercó al armario y examinó la selección que Mia había escogido para Asha. Sacó una camisa de seda roja brillante con un diseño negro en remolino, la quitó de la percha y caminó hasta Asha. Sostuvo la camisa abierta mientras ella metía los brazos en las mangas y se abotonaba por delante a toda prisa. Le quitó el cepillo de la mano y lo colocó en la cómoda—. Deja de torturar tu pelo. Estás guapa —le dijo bruscamente para darle la mano y conducirla a través del pasillo.

Tomó otra camisa del armario de su habitación y se la puso con un movimiento de hombros antes de buscar su mano de nuevo.

—¿Lista?

—No. Soy una cobarde. No quiero bajar ahí —le dijo sinceramente con tono de pánico.

—Entonces no lo hagas —le dijo sencillamente—. Bajaré yo y me inventaré algo. Si no estás lista para conocerlos, pueden esperar.

Asha suspiró.

—No puedo hacerles eso. Ha sido muy amable de su parte venir a verme. No puedo ser grosera. No quiero herir sus sentimientos.

Kade se encogió de hombros.

—Claro que puedes. Si no estas lista, entonces pueden esperar. —En realidad, su preocupación principal era si Asha estaba cómoda o no. Maddie, Max y Mia estaban allí porque no podían contener la curiosidad; Asha estaba cagada de miedo.

—Estoy bien —farfulló apretándole la mano con más fuerza.

Asha estaba aferrándose a él, pero Kade no podía quejarse. Podía apoyarse en él todo lo que quisiera. Estaría ahí para ella siempre que lo necesitara. Esa era otra cosa que no podía explicar; de hecho, *quería* que ella lo necesitara, que fuera capaz de contar con él para apoyarla en cualquier mala situación.

Sacudió la cabeza de sus propias ideas, le soltó la mano y le envolvió la cintura con el brazo para atraerla hacia su cuerpo en un gesto protector.

Salieron de la habitación en silencio, pero Kade no la soltó en ningún momento, ni siquiera después de llegar abajo.

Capítulo 6

Asha intentó con todas sus fuerzas no sentirse inferior a las mujeres que esperaban en el salón de Kade, pero fracasó miserablemente. En el transcurso de las presentaciones, intentó pensar en el hecho de que realmente podría estar emparentada con aquellas personas sofisticadas y adineradas. «No es posible». No se parecían en nada. No podía creer que el Max guapo de cabello oscuro que abrazaba a Mia pudiera ser su hermano. Ni que la encantadora doctora pelirroja que se presentó como Maddie pudiera ser su hermana. Aquellas personas estaban completamente fuera de su división, y se encogió para sus adentros ante lo que podrían pensar de *ella*.

Necesitaba cepillarse el pelo más a fondo, tenía los pantalones deshilachados y estaba descalza, de modo que el tatuaje de alheña que llevaba en el pie asomaba por debajo del *denim* de los pantalones. Lo único bonito que llevaba era la preciosa blusa roja, y *eso* se lo habían proporcionado las dos mujeres que estaban frente a ella. Dios… era un desastre. Aunque *estuviera* emparentada con ellos, decididamente, ellos no querrían reconocerla *a ella*.

—Puedes quedarte con nosotros —dijo Mia alegremente, después de que se hicieran todas las presentaciones.

—No. Quiero que se quede con Sam y conmigo —dijo Maddie con énfasis.

Asha oyó un sonido grave, como un gruñido, proveniente de Kade.

—Se queda aquí —dijo con un estruendo mientras fulminaba con la mirada a todos sus invitados—. Está haciendo unos diseños para mí.

—¿Qué clase de diseños? —preguntó Mia con curiosidad.

—Hago diseños en paredes —respondió Asha en voz baja, deseando de pronto tener una carrera más estable, más formación, o cualquier cosa que hiciera que se sintiera menos como una perdedora comparada con aquella gente.

—Es una artista increíble —alardeó Kade con orgullo, estrechando el abrazo alrededor de la cintura de Asha.

Mia sonrió a Asha antes de responder.

—Yo diseño joyas. Me encantaría ver tu trabajo.

—Tengo unas fotos arriba —respondió Asha dubitativa, casi segura de que Mia solo estaba siendo cortés. No cabía duda de que Mia había ido a la universidad y había estudiado su oficio. Asha era autodidacta; utilizaba su instinto y su talento en bruto para crear sus diseños.

La expresión de Mia se iluminó.

—Vamos a verlas —dijo emocionada mientras Maddie asentía con la cabeza, de acuerdo con ella.

—Esperad —retumbó la voz de Max cuando las dos mujeres la arrancaban del abrazo tranquilizador de Kade—. Me gustaría abrazar a mi hermana antes de que la arrastréis a una sesión de vinculación afectiva femenina.

Asha dio un paso atrás con todo el cuerpo tembloroso; quería desesperadamente el afecto fraternal que Max le ofrecía, pero también le aterrorizaba aceptarlo. No tuvo tiempo de pensar antes de que Max se adelantara y la estrechara entre sus brazos, envolviéndola en un abrazo de oso. Por extraño que parezca, no hubo nada incómodo en el abrazo de Max y, aunque a ella le resultó un poco desconcertante porque no estaba acostumbrada a las demostraciones físicas de afecto, sintió una sensación de paz y seguridad cuando la sostuvo contra su cuerpo fuerte. No sintió nada más que la aceptación que emanaba de su fuerte planta y los ojos se le llenaron de lágrimas cuando le devolvió el abrazo con vacilación.

—No estoy acostumbrada a tener a nadie —susurró con voz ronca sin pensar en sus palabras.

Entonces, Max la abrazó aún más fuerte y dijo:

—Nos tienes a nosotros. Siento que tomara tanto tiempo encontrarte. —Aflojó el abrazo y la sostuvo por los hombros—. Sé que esto es abrumador. Yo tampoco tenía familia hasta que encontré a Maddie. Encontrarte a ti es un regalo enorme para Maddie y para mí.

—Yo también estaba sola —dijo Maddie mientras alejaba a Asha de Max y la abrazaba casi con tanta fuerza como lo había hecho su hermano.

Asha sintió la misma conexión cuando Maddie la abrazó fuerte, y las lágrimas brotaban de sus ojos como un río. Aquellas dos personas estaban tan dispuestas a aceptarla como una hermana, a acogerla bajo las alas de su familia. Era abrumador y maravilloso, pero daba miedo. Aunque ansiaba una familia, era algo que quería con cada fibra de su ser, las incógnitas de la situación también eran terroríficas. Siempre había estado sola. ¿Qué sabía ella sobre una familia de verdad?

Finalmente, se separó de Maddie y se secó las lágrimas con la mano.

—No podemos estar seguros de que esté emparentada con vosotros. —Se recordó a la realidad de que nada estaba completamente demostrado. No serviría de nada apegarse a la idea de una familia para que luego le fuera arrebatada. Era una tentación seductora que no podía permitir que la alejara de la realidad.

—Yo no necesito pruebas —dijo Max con voz ronca—. Puedo sentirlo.

—Yo también —accedió Maddie—. Es la misma sensación extraña de estar conectados que sentí con Max antes de saber que él y yo éramos hermanos. Y sabemos que teníamos la misma madre. Su nombre era el mismo y la investigación de Max es bastante concluyente puesto que Kade ha sido capaz de proporcionar más información. Todos compartimos la misma madre.

—Pero, ¿qué pasa si es un error? ¿Qué pasa si resulta que tenía el mismo apellido o algo? —Cada fibra de su ser quería creer aquellas dos personas extraordinarias eran su hermano y hermana, pero era tan surrealista que simplemente no podía creerlo. A ella no le ocurrían cosas así.

Max sacó la cartera y extrajo una fotografía.

—Toma. Esta es nuestra madre. Era muy joven por aquel entonces. Es la única foto que he podido localizar.

Asha tomó la pequeña imagen de su mano, con el corazón desbocado de miedo y expectación. La estudió mordiéndose el labio concentrada mientras miraba la imagen, una mujer que se parecía mucho a Maddie, y una versión más joven de su propia madre. Acarició el borde de la pequeña fotografía con el dedo y farfulló:

—Se parece a mi madre.

—¿Tienes una foto? —preguntó Maddie emocionada—. Me gustaría verla.

—Sí. Tengo una foto de ella y de mi padre antes de que murieran. —Asha le devolvió la fotografía a Max.

—¿Te acuerdas de ellos? —preguntó Max mientras colocaba la foto de vuelta en su cartera—. Sé que murieron en un accidente de coche. Tu padre conducía bebido, según la información que tengo.

—Tu información es errónea —respondió Asha a la defensiva—. Mi padre no estaba conduciendo ni bebía. No había alcohol en su sistema. Pero el tipo que conducía estaba ebrio. Todos habían ido juntos a una fiesta de vacaciones de su trabajo. Mi madre y mi padre iban en el asiento trasero, y todos los ocupantes del coche murieron al instante cuando el conductor giró bruscamente y los golpeó un camión tractor. —Inspiró hondo y prosiguió—. Y no… no los recuerdo. Solo tenía tres años cuando murieron. Tampoco me queda mucho de ninguno de ellos. Una vez que se resolvió su patrimonio no quedaba nada aparte de unas cuantas pertenencias. —En realidad, había heredado bastantes pertenencias de sus padres, pero todo había sido vendido por sus padres de acogida, supuestamente para pagar sus gastos, de modo que se quedó sin nada aparte de unas cuantas fotos.

Maddie la rodeó con el brazo, como si sintiera la tristeza de Asha.

—Vamos a ver esas fotos.

—Lo siento, Asha —dijo Max con remordimiento—. Ningún niño debería perder a sus dos padres tan joven.

Asha se encogió de hombros.

—Todos los perdimos. —Sabía que Max había sido adoptado por unos padres buenos, pero Maddie había pasado por casas de acogida y sabía lo que era sentirse sola.

—Yo tuve más suerte que tú y que Maddie —respondió Max, contrito.

Ella alzó la mirada hacia Max y quiso volver a abrazarlo cuando vio su gesto arrepentido.

—Me alegro de que al menos uno de nosotros fuera adoptado. No es culpa tuya que yo no lo fuera. Sobreviví. Tuve unos padres de acogida que me alimentaron y pusieron un techo sobre mi cabeza.

Maddie rio entre dientes.

—Ni te molestes en intentar decirle eso. Pronto aprenderás que Max se siente como un hermano que debería haber estado ahí para sus hermanas, aunque ni siquiera sabía que existíamos. Es posible que juntas consigamos convencerle de que no es vidente y de que no es responsable de nuestros problemas.

Asha sonrió tímidamente a Maddie.

—Son cosas que pasan. No es culpa de nadie.

Lanzándole una sonrisa cálida a Max, dejó que Maddie y Mia la condujeran hacia las escaleras.

—Vamos a poner algo en la parrilla. Estoy hambriento —gruñó Kade—. No tardéis mucho.

Después de que las tres mujeres hubieran subido las escaleras y entrado al dormitorio temporal de Asha, ella miró a Mia y Maddie y dijo:

—¿De verdad van a cocinar? —Nunca en su vida había visto cocinar a su padre de acogida, y su ex marido ciertamente no lo hacía.

Mia y Maddie se dejaron caer sobre la cama de Asha y se pusieron cómodas.

—Kade da un poco de miedo en el aspecto culinario, pero Max es un cocinero decente. Y el marido de Maddie, Sam, casi siempre cocina. Prepara una comida increíble —respondió Mia doblando las piernas bajo su peso, en la cama, mientras miraba a Asha perpleja—. Pareces sorprendida.

—Nunca he visto a un marido que cocinara —respondió, todavía sorprendida de que el marido multimillonario de Maddie realmente pasara tiempo en la cocina.

—Sam no me ha dejado prepararle ni una comida desde que me quedé embarazada —dijo Maddie con un suspiro—. Está un poco flipado porque voy a tener gemelos. Kade nos ha dicho que estuviste casada durante siete años. No me digas que tu ex marido nunca preparaba la comida.

Asha negó con la cabeza.

—Nunca. Mis padres de acogida eran indios muy conservadores y, mi ex marido, también. Los hombres no cocinan. —Observó a Maddie mientras se estiraba sobre la cama y se percató por primera vez de que su nueva hermana tenía tripita de embarazada. No la había visto bajo la camisa holgada que llevaba, pero ahora que estaba tumbada sobre la cama con el material estirado sobre su vientre relajado era bastante reconocible—. ¿Vas a tener gemelos? —preguntó con un tono ligeramente asombrado.

Maddie sonrió como si estuviera soñando.

—Sí, para pesar de mi marido. Está entusiasmado, pero se preocupa por los factores de riesgo.

Mia bufó.

—Si tu hombre nunca cocinaba me sorprende que aguantaras siete años con él.

—Era lo aceptable en mi cultura. Mis padres de acogida eran inmigrantes muy tradicionales y, mi ex marido, también. Estaban acostumbrados a que la mujer cocinara, limpiara e hiciera las tareas femeninas.

—Tal vez ha llegado la hora de aprender más acerca de tu cultura estadounidense —caviló Maddie—. La mayor parte de las mujeres trabaja o cuida a los niños, y los hombres comparten las responsabilidades. Si no lo hacen, les damos una ligera patada en el trasero.

Asha sonrió ante el comentario de Maddie mientras rebuscaba en su bolso, buscando sus fotos, y siguió explicándoles como había sido su vida a Mia y Maddie porque le hicieron lo que parecía un millón de preguntas sobre su educación y su matrimonio. Ella respondió a todas sus preguntas, dando un rodeo a la parte del maltrato de su historia. Finalmente, encontró la foto de su madre y su padre, junto con las fotos de su trabajo.

—Entonces, ¿te vendieron? —dijo Maddie enfadada; sonó tan indignada como Kade y literalmente repitió sus palabras, después de que Asha hablara vagamente a las dos mujeres sobre su matrimonio, excepto los detalles del maltrato—. Cielo, no se trata solo de la cultura. Hay mujeres indias aquí que son doctoras, abogadas e ingenieras espaciales. Eres estadounidense con sangre india, pero sigues siendo estadounidense y viviendo en Estados Unidos. Y aquí las mujeres indias hacen cosas increíbles y reciben una educación maravillosa. Creo que tu familia de acogida y tu ex marido pensaban que seguían viviendo en la India. Y tampoco creo que fueran muy buenas personas, independientemente de su herencia cultural.

Asha suspiró y se dejó caer en un sillón junto a la cama.

—Mis padres de acogida ya no me hablan porque me divorcié de Ravi. —No es que se hubieran comunicado mucho con ella después de su matrimonio. Hablaban con Ravi, pero rara vez preguntaban por ella.

—Nosotras pasaremos revista a tu próximo marido —dijo Mia. Su voz hizo que la afirmación sonara más como una amenaza que como una broma—. Si no hay un dar y recibir en la relación, no puedes casarte con él.

—No volveré a casarme —respondió Asha con un susurro.

—Claro que lo harás. Tanto Mia como yo éramos más mayores que tú cuando nos casamos con Max y Sam —respondió Maddie apasionadamente—. Solo necesitas al chico adecuado esta vez.

—No puedo tener hijos —admitió Asha a regañadientes. Por alguna razón, aquellas dos mujeres hacían que quisiera desentrañarles todos sus secretos.

—Puedes adoptar si quieres niños. Dependiendo de la razón, es posible que haya otras opciones. ¿Sabes por qué no puedes concebir? —preguntó Maddie amablemente.

—No lo sé. En realidad no importaba. Ravi dijo que se hizo una revisión y que él estaba bien. Dijo que era mi defecto.

—No eres defectuosa solo por no poder tener un hijo —dijo Maddie, exasperada—. Cásate con un hombre a quien quieras y puedes resolver el resto cuando llegue el momento. El amor lo es todo, Asha. Puedes esquivar otros problemas.

Asha se movía inquieta en el sillón.

—Nunca hubo amor en mi matrimonio.

—Lo habrá la próxima vez —dijo Mia solidariamente—. Maddie y yo nos aseguraremos de que así sea.

Asha no creía que fuera a haber una próxima vez para ella, pero sonrió a las dos mujeres sobre la cama, con el corazón oprimiéndole el pecho porque estaban preocupadas por *ella*.

«Esto es lo que se siente al tener amigas. Amigas de verdad a las que les importas».

—Gracias —dijo sencillamente mientras le entregaba a Maddie la foto de sus padres, y a Mia las imágenes de su trabajo.

—Tu padre era muy guapo. Y esta es nuestra madre, definitivamente —dijo Maddie en voz baja, mirando fijamente la foto que Asha le había entregado—. Parece feliz.

—Me gusta pensar que eran muy felices —le contó Asha a Maddie.

Esta se recostó sobre la cama para estirar la espalda.

—Tuvo una vida difícil. Espero que fuera feliz al final.

—¿No estás resentida por que renunciara a Max y a ti? —inquirió Asha, preguntándose cómo podía sonar tan sincera Maddie al desearle la felicidad a su madre.

—No. Ya no. Tengo a Sam y soy más feliz de lo que podría haber soñado nunca. Pasara lo que pasara, me gusta pensar que lo hizo para ofrecernos una vida mejor a Max y a mí. Tal vez no tuviera opción. —Se llevó la mano al vientre en un gesto protector y lo acarició ausente—. Cómo es mi vida ahora compensa por cualquier infelicidad de mi vida anterior. Vamos a tener bebés y ahora tengo un hermano y una hermana. No tengo ningún remordimiento. Teno un futuro maravilloso por delante. Todo lo que ha ocurrido me ha llevado a esta vida maravillosa y a Sam.

Maddie resplandecía, y Asha sabía que no se debía únicamente al embarazo. *Ese* era el aspecto de la felicidad absoluta, y Mia resplandecía de igual manera. ¿De verdad podía hacer tan feliz a una mujer amar a un buen hombre? Tristemente, Asha estaba bastante segura de que nunca lo sabría.

—¡Son realmente fantásticos! —chilló Mia mientras hojeaba las fotografías del trabajo de Asha.

Maddie se inclinó para echar un vistazo con Mia, las cabezas muy unidas mientras miraban las fotos.

—No es de sorprender que Kade quiera que pongas un poco de vida en esta casa. Tus diseños traerán mucha calidez a este sitio.

Asha sonrió cuando las dos mujeres intentaron engatusarla para conseguir una cita para sí mismas. Maddie quería que pintara la habitación de los niños, y Mia que decorase la pared de su taller; dijo que le encantaría la inspiración. Se preguntó si lo decían en serio o si únicamente estaban siendo corteses. Aun así, se sintió felizmente aturdida de que pareciera gustarles su trabajo.

—La comida está lista —gritó Kade impaciente al pie de las escaleras.

Las mujeres se pusieron en pie. Mia fue por delante, como si ya estuviera impaciente por volver a ver el rostro de su marido. Maddie se quedó atrás para devolverle a Asha la foto de sus padres. Ella recogió las imágenes de su trabajo que Mia había dejado en la cómoda y volvió a meterlas en su bolsa.

—Asha… ¿de verdad te parece bien quedarte con Kade? —preguntó Mia, preocupada—. Quiero que estés conmigo y mi casa siempre está abierta si quieres quedarte con Sam y conmigo. Necesitas un tiempo para recuperarte después del divorcio.

—¿Te parece que no es apropiado que me quede con él? —preguntó Asha dubitativa. Era una mujer soltera. Kade estaba soltero. Tal vez no fuera tan buena idea. Pero la mera ocurrencia de dejar a Kade en ese preciso momento no le resultaba cómoda. Había cuidado de ella mientras estaba enferma y, aunque la desconcertaba en ocasiones, le gustaba estar cerca de él. Y confiaba en él.

—Claro que no es poco apropiado. Ambos sois adultos y solteros. Solo quiero asegurarme de que estás cómoda. He visto la manera en que te miraba Kade. Creo que ya se está… eh… apegando. —Parecía que Maddie quería decir otra cosa, pero miró a Asha con gesto adusto.

—Estoy bien aquí —respondió aliviada de no tener que dejar a Kade tan pronto—. Y solo está siendo… amable.

—Y una mierda. Kade es protector contigo, posesivo. Creo que le ha mordido el bicho del hombre de las cavernas —dijo Maddie con énfasis.

—¿El bicho del hombre de las cavernas? —respondió Asha en tono confundido.

Maddie hizo una mueca.

—El síndrome del macho alfa que se golpea el pecho. Empiezas a importarle, Asha.

Bajando la cabeza, ella respondió débilmente.

—No te preocupes. Yo no me apegaré a él. Sé que está muy fuera de mi alcance.

Maddie la agarró por los hombros y la sacudió ligeramente.

—Nadie está fuera de tu alcance. Solo te estoy advirtiendo de que no solo está siendo amable. Créeme, conozco la mirada de Tarzán que empieza a emerger. He de reconocer que me ha sorprendido. Nunca había visto esta faceta de Kade.

Asha miró a los ojos miel de Maddie y vio que su mirada era cálida y afectuosa. Tragó saliva y respondió sinceramente.

—Maddie… no tengo casa, soy pobre y ni siquiera he ido la universidad. ¿De qué le serviría a Kade Harrison aparte de para pintarle las paredes? —Vale, tal vez quisiera tener sexo con ella, pero Asha no creía que hubiera nada más detrás de sus atenciones. No realmente.

—Yo era pobre cuando volví a encontrarme con Sam. Estaba muy endeudada tras mis estudios y no tenía ni un centavo de sobra porque quería dirigir una clínica gratuita. Nada de eso importa si estáis destinados a estar juntos. Tienes talento y eres valiente; eres

una superviviente. Nunca pienses que no eres lo bastante buena.
—Maddie dejó caer las manos a los costados y miró a Asha con una
ceja levantada—. Te gusta.

—¿A quién no le gustaría? —dijo Asha devolviéndole a Maddie
una sonrisita—. Es guapo, inteligente, dulce y lleva unas camisas
preciosas.

—Ay, Dios. ¿Te gustan sus camisas? Eso no es bueno —dijo Maddie
entre dientes.

—¿Cómo era su novia? Creo que le hizo daño —preguntó Asha
incapaz de contenerse.

—Era una zorra de primera categoría —respondió Maddie
enfadada—. Cuando Kade era un *quarterback* estrella, era más grande
que la vida misma. Sam dice que era uno de los mejores *quarterbacks*
de nuestra generación. Podría haber tenido a cualquier mujer que
quisiera, pero durante años permaneció fiel a una mujer que no quería
nada más que su estatus de celebridad para impulsar su carrera de
modelo. Lo dejó con muchas prisas cuando ya no podía contribuir
a su visibilidad en los círculos de moda. Es un buen hombre. Creo
que ninguno de nosotros comprendió nunca por qué seguía con ella.
Tal vez fuera la costumbre o quizás no conociera nada más. Perder
su carrera y que lo dejara porque ya no era perfecto probablemente
hicieron mella en su autoestima. Ya provenía del mismo entorno
jodido que Mia. No se merecía lo que le ocurrió.

—¿Fue mala su niñez? —preguntó Asha con cautela, a sabiendas
de que no era asunto suyo, pero deseosa de saberlo de todas formas.
Kade no hablaba de su niñez. Hablaba de su familia, pero la mayor
parte de los acontecimientos que compartía eran recientes.

Maddie resopló por la nariz.

—¿Mala? Su niñez hace que la nuestra parezca el paraíso. Su padre
era un loco bebedor. Kade, Mia y Travis recibieron muy malos tratos.
Un día, su padre mató a su madre y se pegó un tiro. Fue un escándalo
tremendo y un estigma que todavía se deja ver de vez en cuando. Fue
un suceso muy difícil de olvidar para todos ellos.

A Asha se le encogió el corazón, casi como si fuera capaz de sentir
el dolor del pasado de Kade. Se produjo un silencio cuando Maddie y

ella intercambiaron una mirada de esas que hablan, un momento de comunicación silenciosa donde cada una sabía lo que estaba pensando la otra: que la vida no era justa y a veces cosas realmente malas le ocurrían a gente buena.

Finalmente, Asha dijo con timidez:

—¿Maddie?

—¿Sí? —respondió esta, mirándola inquisitivamente.

—Sigo pensando que Kade es un hombre maravilloso. Su pierna no importa. Odio que no pueda hacer lo que le encanta y siento que su pierna le produzca dolor. Pero sigue siendo el mismo hombre, y es espléndido —suspiró Asha.

Maddie puso los brazos en jarras y le lanzó a Asha una mirada divertida.

—Te gusta… Pero recuerda, es un hombre, así que es imposible que sea perfecto.

—¿Tú no crees que Sam es perfecto?

—¡Ay, Dios, no! Es arrogante, mandón y demasiado sobreprotector. Y se lo recuerdo a menudo —respondió Maddie con risa en la voz—. Pero también es el hombre que me robó el corazón y que no me lo devuelve. Mi alma gemela. Es bueno, cariñoso y no hay nada que no haría para hacerme feliz. Y viceversa. Así que, no… no es perfecto, pero es perfecto para mí.

Asha observó la mirada soñadora de Maddie y su expresión de enamorada, feliz de que por fin Maddie tuviera al hombre de sus sueños.

—Me gustaría conocerlo algún día.

—Lo harás. Pronto —prometió Maddie—. Él también está ansioso por conocerte, pero temía que te sintieras un poco abrumada. El hermano de Sam está casado con mi mejor amiga, y a Simon y Kara también les gustaría conocerte cuando te sientas más cómoda.

—¡Eh! ¿Dónde estáis vosotras dos? Estamos comiendo —rugió Max desde la planta baja.

Maddie y Asha se miraron y rieron juntas. Max parecía un oso enfadado listo para abalanzarse sobre su comida.

—¿Estás bien? —preguntó Maddie rodeándole los hombros con el brazo—. Sé que todo esto es muy nuevo para ti y probablemente sea confuso.

—Estoy bien —respondió Asha sinceramente—. De hecho tengo muchas ganas de pintar algunas de las paredes de esta casa. Creo que todavía tengo un pequeño conflicto cultural, atrapada entre la manera en que fui educada y lo que quiero realmente. Quiero ser fuerte e independiente, pero estoy luchando con mi bagaje.

—Todo irá bien, Asha. Te lo prometo. Todos estamos aquí para ayudarte a conseguir lo que quieras.

—Por desgracia, Asha no estaba segura de que se tratara de lo que quisiera y no a quién quisiera, pero no pensaba comentárselo a Maddie. Todavía le faltaba mucho camino antes de que la mariposa emergiera y se liberase.

Las dos caminaron lentamente hacia el rellano de la escalera y Asha tomó el brazo de Maddie suavemente antes de que bajase las escaleras.

—¿Hay alguna manera de averiguar con certeza que no hay ningún error y que de verdad somos hermanas?

Maddie juntó las cejas mientras examinaba el rostro de Asha.

—Yo sé que eres mi hermana.

—Quiero saberlo con certeza. ¿Podemos hacerlo? —Si alguien lo sabía, era Maddie. Era doctora y si había alguna manera de encontrar pruebas científicas, Maddie lo sabría.

—Podemos hacer pruebas de ADN mitocondrial puesto que solo intentamos comprobar si todos tenemos la misma madre, pero ya sabemos que es así —dijo Maddie en tono desconcertado—. Yo no necesito más pruebas, Asha. Lo siento igual que Max y tenemos suficientes pruebas.

—Supongo que me cuesta creerlo —dijo Asha sacudiendo la cabeza.

Maddie alisó el pelo negro de Asha a su espalda y le colocó un mechón errante detrás de la oreja, con ternura.

—Podemos hacer la prueba. Yo ya sé cuál será el resultado porque lo siento. Espero que algún día tú también lo sientas.

Asha lo sentía, pero temía creer algo que no podía demostrar con pruebas científicas. Quería decirle a Maddie que ya la sentía como su hermana, que el vínculo ya estaba ahí. Pero la incertidumbre seguía ahí, y lo odiaba. ¿Por qué no podía confiar en su instinto? ¿Tal vez porque nunca lo había escuchado antes?

—No tiene importancia. Haremos la prueba —le dijo Maddie con ternura antes de empezar a bajar las escaleras con el brazo rodeando los hombros de Asha—. Haz que Kade te traiga a la clínica y nos ocuparemos de ello.

—Sé que es estúpido pedirlo…

—No, no lo es —la reprendió Maddie—. Nunca te sientas estúpida por pedir algo que quieres. Tienes derecho a tus propios sentimientos. Y nunca dejes que nadie te diga lo contrario.

Asha sonrió ante el tono maternal de Maddie y supo de inmediato que su hermana sería muy buena madre. Sus hijos serían fuertes, valientes y seguros de sí mismos.

—Intentaré recordarlo —respondió curvando los labios en una sonrisa.

—Asegúrate de hacerlo —replicó Maddie dándole un fuerte abrazo a Asha cuando llegaron al pie de las escaleras.

—Haremos la prueba, pero tú *eres* mi hermana, así que será mejor que vayas acostumbrándote a mis consejos de hermana que nadie me ha pedido.

Las dos mujeres se sonrieron; el vínculo entre ellas se hizo incluso más fuerte y se aseguró firmemente en su lugar.

—Ya era hora, joder —gruñó Max al salir del comedor y rodear con el brazo a sus dos hermanas—. Estaba a punto de consumirme de hambre —prosiguió en tono melodramático.

—Veo que has conseguido mantenerte con vida —replicó Maddie secamente mientras rodeaba la cintura de Max con el brazo—. Podríais haber empezado sin nosotras.

—No se valora la manera en que Kade y yo nos hemos deslomado trabajando en la cocina —gruñó bondadosamente.

El corazón de Asha se sentía alegre mientras ellas seguía observando las bromas fraternales entre Max y Maddie. Su brazo reptó en silencio alrededor de la cintura de Max; empezaba a sentirse como si fuera parte del vínculo familiar.

—¿Tú también vas a ser una desagradecida, Asha? —preguntó Max sonriendo a Asha mientras los tres caminaban hacia el comedor.

Asha estaba disfrutando de sus bromas. Era algo que nunca había tenido ni hecho antes.

—Depende de lo buena que esté la cena —respondió descaradamente probando sus habilidades para las chanzas por primera vez.

—Genial. Ahora sí que estoy jodido. Dos hermanas contra mí —se lamentó Max, pero su tono optimista contradecía sus palabras.

Asha sonrió cuando llegaron al comedor, donde el olor aromático del pollo a la plancha y la vista de una mesa llena de comida hizo que le rugiera el estómago.

Al encontrarse con la mirada pensativa de Kade, le sonrió intentando darle a entender en silencio que todo iba bien. Él le devolvió la sonrisa y sus preciosos ojos azules se iluminaron mientras le guiñaba el ojo.

«Dios, qué guapo es». Asha se sentó justo enfrente de él en la mesa. Nunca había cenado mejor, con una vista tan colorida y gloriosa. Él flirteaba con ella de manera escandalosa, haciendo que se le encendieran las mejillas y provocando que los demás le lanzaran miradas inquisitivas a Asha. Pero la cena fue bulliciosa, llena de risas y muy distinta a cualquier cosa que hubiera experimentado antes.

Para Asha, fue su primera cena en familia de verdad, he intentó memorizar cada detalle para el futuro. «Sé que momentos como este y sentirse así no dura para siempre, ¿verdad?».

Sus ojos se cruzaron con la mirada de Kade. Él asintió lentamente, como si le hubiera leído el pensamiento y tratara de asegurarle que las cosas podían durar toda la vida. Ella suspiró y vivió el momento, disfrutando de la intimidad, e intentó no pensar en lo que podría depararle el futuro. Porque, en ese momento… todo era perfecto.

Capítulo 7

Varias noches después, Kade yacía tumbado en su enorme cama, con dolores, sin dormir y frustrado. Por desgracia, alguien había filtrado la noticia de que la hermana perdida hacía mucho tiempo de Max Hamilton y Maddie Hudson había sido encontrada. Hordas de reporteros llevaban acosándolos a él y a Asha durante todo el día, y Kade no había salido de casa. En lugar de eso, observó a Asha mientras creaba sus diseños sobre la pared del gimnasio de su casa, con el pene duro como el granito mientras se daba una paliza con el equipo del gimnasio. Había intentado no mirarla con todas sus fuerzas, pero sabía que se estaba engañando a sí mismo si creía que solo estaba allí para hacer ejercicio. Observarla se había convertido en una fascinación que no podía detener, que no quería detener. Todo su cuerpo se movía y oscilaba mientras pintaba, cada fibra de su ser involucrada en lo que estaba creando. Era casi como verla bailando una danza exótica. Solo podría haber sido más *sexy* si se hubiera quitado la ropa mientras lo hacía. Pero Kade tenía una imaginación muy viva, y vaya si no podía evocar las imágenes de ella haciendo precisamente eso mientras se la comía con los ojos y fingía que estaba allí para hacer su entrenamiento diario, un entrenamiento que le había llevado todo el puñetero día. «No es de extrañar que me duela todo el cuerpo. Sí, estoy acostumbrado a entrenamientos brutales, pero normalmente no duran ocho condenadas horas».

Sorprendentemente, empezaban a gustarle las imágenes que estaba creando en aquella pared. Al principio, se resistió cuando Asha sugirió pintar una colección de sus fotos de sus días de fútbol en el gimnasio. Pero a Asha le apasionaba su trabajo, y argumentó que debería celebrar su éxito como futbolista y todo lo que había conseguido, recordar todas las cosas que había hecho cuando jugaba. Le recordó que el fútbol había sido una parte importante de su vida y que era mejor rememorar las cosas agradables que mortificarse por lo negativo. Él se rindió y le dio rienda suelta para que hiciera lo que quisiera.

Las imágenes eran copias de las fotografías de sus días de gloria, y Asha hizo que cobraran vida con su extraordinario talento. En lugar de hacer que se sintiera deprimido por lo que ya no podía hacer, las pinturas acentuaban la camaradería del equipo y los momentos emotivos que había vivido con los chicos de los Cougars. Todo eran escenas felices y alegres que le hacían sonreír en lugar de hacer que se sintiera deprimido por no poder jugar al fútbol. La mayor parte de los hombres pintados con él en la pared ahora estaban retirados del deporte y Kade sospechaba que Asha lo sabía; probablemente había investigado cada fotografía. El diseño era un tributo optimista a algunos grandes futbolistas que habían pasado hacer otras cosas con sus vidas.

Sonriendo en la oscuridad, Kade se preguntó si el proyecto de Asha en aquella habitación en particular era su manera de decirle que lo celebrara, pero que pasa la página. Todos sus diseños significaban algo y estaba casi seguro de que estaba intentando darle una patada en el trasero para que aceptara la realidad y lidiara con ella a través de su obra artística en el gimnasio. «Bueno, está funcionando, y sé que tengo que encontrar un nuevo propósito en mi vida. Solo desearía saber cuál es exactamente».

Volviéndose sobre su costado, dio un puñetazo en la almohada, decidido a dormir un poco. «No voy a pensar en Asha tumbada en su cama justo al otro lado del pasillo». Se preguntaba si seguía llevando el camisón nuevo que le había comprado cuando estaba enferma o si había pasado a lo que le habían comprado Maddie y Mia. Tenía que reconocer que su hermana y Maddie tenían mucho mejor gusto con respecto a la ropa. Aun así, le gustaba ver a Asha con la ropa que le había comprado él cuando estaba enferma, y todavía no la había visto llevar nada más que las camisas y los pantalones que le había comprado él en Nashville, excepto aquel día en que Maddie, Max y Mia fueron de visita y Kade le dio una de las camisas que había comprado su hermana.

Le rugió el estómago, reverberando ruidosamente bajo el edredón.

—¡Mierda! ¡Tengo hambre! —dijo irritado a sabiendas de que no iba a dormir pronto. Había quemado tanta energía en el gimnasio aquel día que su cuerpo clamaba por más comida.

Apartó las sábanas y el edredón de su cuerpo y se puso en pie, se acercó hasta la puerta de su dormitorio a grandes zancadas y la abrió de un tirón. Se detuvo durante un momento, mirando la puerta de Asha. Todo estaba a oscuras, incluida su habitación. No había luz bajo la puerta, de modo que encendió la luz del pasillo y se abrió camino escaleras abajo, para detenerse en seco a la entrada de la cocina.

Kade vio una luz plateada que provenía de la nevera e iluminaba el rostro de Asha mientras esta miraba fijamente el contenido que había en su interior, con una mirada anhelante en la cara.

«¿Qué demonios está haciendo?».

En silencio, los minutos pasaban mientras ella parecía estar dándole vueltas a algo, pero no sacó nada. Simplemente permaneció inmóvil, recorriendo el interior de la nevera con la mirada.

Incapaz de seguir parado ni un minuto más, Kade encendió la luz, provocando que Asha gritara sorprendida y cerrara el refrigerador de golpe. Con una mano sobre el pecho, le dijo nerviosa:

—Me has asustado.

—Lo siento. No pretendía alarmarte. ¿Qué demonios haces? ¿Y por qué no has encendido la luz? Podrías haberte hecho daño deambulando por la casa a oscuras —gruñó descontento ante la idea de Asha cayéndose por las escaleras porque no veía dónde demonios iba.

—Supongo que no lo pensé —respondió agitada—. Lo siento. Volveré a la cama.

—¿Tenías hambre? Estoy hambriento. ¿Quieres algo? —preguntó acercándose hasta el refrigerador antes de abrir la puerta. Mia se había asegurado de que la casa estuviera bien provista de comida antes de que él volviera de Nashville. No solo había comprado lo que le pidió para Asha, sino que también había hecho la compra porque llevaba fuera dos meses haciéndole un favor a su marido.

—Ya hemos cenado —contestó Asha cambiando el peso de un pie a otro, nerviosa.

—Sí. Y la cena estaba deliciosa. Pero hace horas de eso. —Kade miró a Asha con curiosidad. Había cocinado aquella noche y le había preparado comida tradicional india. Él engulló la cena casera con codicia. Asha era una excelente cocinera, pero no había comido mucho. «Ahora que lo pienso… rara vez lo hace»—. He comido tu comida como un cerdo. ¿Has cenado bastante? —preguntó con aire de gravedad—. Creía que había quedado comida.

—Mencionaste que ibas a comértela mañana para almorzar —dijo ella, incómoda.

Kade trató de recordar otras comidas. Había vuelto a cocinar a la parrilla la noche pasada y entonces Asha también comió escasamente—. Quería decir que me la comería si aún quedaba. No soy quisquilloso. Como casi cualquier cosa.

Asha permaneció en silencio, mirándolo fijamente, sus ojos oscuros, confundidos.

—No quería comerme tu comida.

—Joder —gruñó Kade cuando por fin algo de entendimiento le entró en su cabeza dura. La agarró ligeramente por los hombros y dejó que la puerta de la nevera se cerrara a su espalda—. Asha… por favor, dime que no estás pasando hambre porque te da miedo comer. —De pronto, Kade sintió náuseas y se le hizo un nudo en el estómago. Algo andaba muy mal en aquella situación, y la idea de que pudiera estar pasando hambre lo volvía loco.

Ella se apartó de él y empezó a alejarse mientras farfullaba:

—Como.

Kade sujetó su brazo antes de que pudiera alejarse e hizo que se volviera de frente a él.

—Dime qué pasa. No comes mucho y estás muy delgada. ¿Todavía te encuentras enferma?

Ella sacudió la cabeza.

—No. No estoy enferma. Simplemente no quiero comer más que mi parte —replicó con voz que irradiaba vergüenza—. Pero a veces entre las comidas siento apetito.

Kade casi sentía el calor de su rabia emanando de su cuerpo.

—Tu parte es comer hasta que estés saciada, y después volver a comer cuando tengas hambre. Comes como un condenado pájaro. ¿Por qué?

—Porque no quiero comer comida que no he pagado —contestó ella con voz repentinamente a la defensiva y enojada.

Kade la sostuvo por los hombros y la sacudió ligeramente.

—¿Alguna vez te he hecho sentir como algo menos que una invitada con total libertad en esta casa? ¿Alguna vez te he negado algo que necesitaras? ¿Alguna vez te he hecho sentir como si no pudieras hacer lo que te de la gana, joder? —le preguntó enfadado, aunque la furia iba dirigida a sí mismo. Debería haberse percatado de que no estaba comiendo lo suficiente. El problema era que estaba acostumbrado a estar con Amy, que comía principalmente ensalada y carne magra para mantener su figura de modelo, pero incluso ella hacía un exceso de vez en cuando.

—No. Nunca. No eres tú, Kade —respondió ella con voz trémula y la cabeza gacha de modo que lo único que podía ver Kade era la parte superior de su cabeza.

—Entonces, por Dios, dime qué es, porque la idea que pases hambre hace que quiera darme un puñetazo por no haberme dado cuenta.

Asha alzó la cabeza lentamente y por fin lo miró a los ojos.

—Mis padres de acogida solían darme porciones calculadas. Decían que recibían poco dinero para ser mis padres de acogida y que solo podía comer lo que se me asignaba porque la comida era cara. Los niños pequeños, sus hijos, cenaban primero y yo servía a la familia. Yo comía lo que sobrara o mi porción… lo que fuera menos. —Tomó aire entrecortadamente y prosiguió—. Hacía lo mismo cuando estaba casada, intentando ahorrar en comida. Supongo que se convirtió en una costumbre. No trabajé durante la mayor parte de mi matrimonio, de modo que no quería ocasionar más gastos a Ravi, sobre todo porque no estaba embarazada. Podíamos aguantar con menos comida.

Kade golpeó la mesa de la cocina con el puño lo bastante fuerte como para hacer que la mesa rebotara sobre las finas patas de madera y haciendo que Asha diera un respingo ante el sonido violento.

—¡Joder! ¡Dime que estás de broma! —suplicó enfadado, con el cuerpo temblando de rabia—. ¿Eras una maldita sirvienta para tu familia de acogida y comías sobras? Después hacías lo mismo cuando te casaste… ¿y tu marido nunca dijo nada? —Era inconcebible, y Kade se estremeció de furia.

Ella se encogió de hombros.

—No quería nada a lo que no tenía derecho —dijo dócilmente.

Kade estalló.

—Tienes derecho a comer, tenías derecho a una jodida educación porque tienes un talento increíble, tienes derecho a ser tratada como una hija y esposa amada. Eso implica que los idiotas de tus padres de acogida y el gilipollas de tu ex marido se asegurasen de que tenías todo lo que quisieras y necesitaras.

«¿Es que todo el mundo en su vida la ha dejado marcada? ¡Jesús! Esta mujer necesita que alguien le enseñe a sentirse valiosa y voy a empezar yo».

Kade sintió una punzada de culpa al pensar en la mirada anhelante en su rostro cuando lo observaba desde la puerta. Había pasado por alto que en algunas de sus costumbres seguía condicionada para ser una ciudadana de segunda. Sus padres de acogida eran malvados y, su ex marido, un cabrón egoísta.

—Siéntate —ordenó en voz baja mientras la conducía hasta una silla y la sacaba para ella.

Asha se sentó y preguntó ansiosa:

—¿Estás enfadado conmigo?

Kade se agachó junto a ella y le rodeó la cintura con el brazo.

—Estoy enfadado conmigo mismo. —Suspiró pesadamente antes de proseguir—. Quiero que comas, Asha. Quiero que comas cuando quieras y lo que quieras. En esta casa no existe eso de comer únicamente lo que crees que te corresponde ni pasar hambre. Son mis reglas. No me importa una mierda lo que te dijera nadie. Me parte el alma incluso que pasaras hambre en mi casa. —Se levantó y empezó a sacar cosas de los armarios y de la nevera—. No cocino mucho, pero hago unos sándwiches buenísimos.

—Deja que te ayude. —Asha hizo amago de levantarse de la silla.

—Siéntate —respondió él obstinadamente empujándola por el hombro hasta que su trasero volvió a golpear el asiento de la silla—. Esta vez sirvo yo.

—Es tu casa. No deberías tener que hacer esto —dijo Asha incómoda.

—Quiero hacerlo. —Quería ponerle delante una pila de comida hasta que apenas pudiera ver la cima del montón. Comería, y después comería un poco más. No quería volver a ver esa mirada de anhelo en su rostro nunca más, a menos que fuera sexual, y él estaría más que dispuesto a saciar esa necesidad también.

Preparó un sándwich alto, cargado de toda clase de ingredientes que pudo encontrar. Después de ponerlo delante de ella, colocó una servilleta junto a su plato. Rebuscó en el armario y empezó a sacar varias cajas de galletas saladas y patatas y a dejarlas sobre la mesa. «¿Qué más?».

—¿Qué estabas mirando cuando entré? —Preguntó ansioso, dispuesto a amontonar toda la nevera sobre la mesa.

—Una tarta de chocolate —respondió ella con voz susurrante y un poco maravillada—. Una de fresas y virutas de chocolate puro sobre el glaseado.

Kade sonrió.

—La tarta de chocolate y fresa. Mi favorita. Mia la ha comprado en nuestra pastelería preferida. —La sacó, cortó dos pedazos enormes y los puso en un plato, tomó dos tenedores y lo puso todo sobre la mesa. Después de servir dos grandes vasos de leche, por fin se sentó y se percató de que Asha seguía mirando fijamente la comida sobre la mesa—. Come —la instó—. Si no devoras esa comida tú misma, juro que te tiraré al suelo como si esto fuera un combate de lucha libre y te obligaré a comer a la fuerza. Nunca vas a volver a pasar hambre. Vas a ir por ahí llena cada minuto del día —le dijo con sinceridad.

Kade sonrió cuando Asha se tapó la boca con la mano para contener una risita.

—No puedo comerme todo esto —dijo; sonaba divertida.

Kade miró la mesa abarrotada de comida.

—Come todo lo que puedas. Forma parte de tu trabajo de ahora en adelante. Nada de escatimar en comida. Lo consideraré un insulto si *no* comes. Obviamente todavía hay cosas de tu pasado que tienes que reconocer como malas para superarlas. Vamos a resolver el tema de la comida ahora mismo, joder.

Asha dio un generoso trago de leche y empezó con su sándwich monstruoso. Kade abrió una bolsa de patatas y empezó a dárselas entre bocados. A mitad del sándwich que había creado, Asha apartó el plato y se llevó una mano al vientre plano—. Estoy llena.

Kade le arrancó la otra mitad del sándwich del plato y le puso la tarta delante.

—Come. —Tomó el tenedor y se lo puso en la mano.

A Asha se le iluminaron los ojos mientras cortaba un pedazo diminuto—. No he comido mucho chocolate. Esto casi parece un pecado.

Kade le sonrió y le sostuvo la mirada por un momento.

—Lo es. Pero pecar puede ser mucho más divertido que ser bueno todo el tiempo. —Devoró el resto del sándwich y empezó con su trozo de tarta.

Las observó mientras comía; la expresión de éxtasis en su cara casi resultaba erótica. Comía como si estuviera llegando al clímax cada vez que daba un bocado al pastel, cerrando los ojos y saboreándolo antes de dejar que se deslizara lentamente por su garganta. Su pene, irguiéndose, palpitaba cada vez que dejaba escapar un gemido satisfecho de placer.

«Estoy jodido. Cada maldita cosa que hace me excita».

Apartó la mirada de ella para estudiar su propio plato, casi vacío.

—No vuelvas a hacer algo así, Asha. Si quieres o necesitas algo, todo lo que tienes que hacer es decirlo. Lo que te ocurrió no estuvo bien. Tienes que pedir lo que quieres. Yo no te negaré nada. Me hace feliz complacerte —dijo con voz ronca.

—Eso me confunde —admitió ella mientras apartaba el plato vacío—. No estoy acostumbrada a eso.

—Pues ve acostumbrándote—contestó él, lanzándole una mirada de advertencia.

—Probablemente podría. Con mucha facilidad. —se levantó y empezó a recoger la mesa—. Y no voy estar contigo para siempre. No estoy segura de que realmente deba acostumbrarme. La vida no es fácil ahí fuera, Kade. No para una mujer que lucha por sobrevivir.

«Nunca volverá a luchar por sobrevivir. Nunca tendrá que volver a preocuparle de dónde vendrá su próxima comida o dónde será su próximo trabajo. Me aseguraré de ello».

—Tu vida no va volver a ser así. Ahora tienes familia. Me tienes a mí.

Se levantó y metió los platos en el lavavajillas, golpeándolos un poco más fuerte de lo necesario, intentando controlar su instinto de agarrarla y hacerla suya hasta que estuviera completamente convencida.

—Me alegro de tener familia y amigos ahora. Pero necesito saber que puedo depender de mí misma —respondió ella obstinadamente—. Poner mi vida en manos de otras personas no ha sido bueno para mí.

—Tal vez simplemente confiaras en las personas equivocadas, maldita sea —farfulló él mientras cerraba el lavavajillas con un golpe y se volvía para mirarla.

Oyó que inspiraba pesadamente mientras lo miraba, estudiando su cuerpo con la mirada.

—Oh, Kade. Tu pobre pierna. Ha tenido que ser tan doloroso.

Él se miró y se dio cuenta de que iba ataviado únicamente con unos *bóxer* negros de seda. No se había molestado en vestirse porque no había planeado ver a nadie más a la una de la mañana en su propia casa.

Los ojos de ella miraban fijamente su pierna destrozada y él hizo una mueca.

—Lo siento. La habría cubierto si hubiera sabido que estabas aquí abajo.

«¡Maldita sea!». Asha era la última persona que quería que viera su pierna jodida. Incluso curada, las cicatrices eran feas y notorias.

—No la mires —masculló acercándose a ella y levantándole el mentón—. Ni siquiera yo soporto verla.

—No es su aspecto; es el dolor que debes de haber sufrido —sollozó con los ojos inundándosele de lágrimas—. ¿Cómo pudiste soportarlo? —Se dejó caer de rodillas y acarició ligeramente las cicatrices con las yemas de los dedos.

—No tuve mucha elección —respondió él malhumorado, con el corazón batiente por el roce de sus dedos. Había perdido parte del tacto debido a la cicatriz, pero sentía las cuidadosas caricias revoloteando en parte de la pierna.

«No siente repugnancia por mis cicatrices. Todo lo que le importa es el dolor que sentí».

Kade la observó atentamente. Vestida con el camisón sedoso que le había comprado él, parecía un ángel. Su rostro no revelaba nada más que preocupación.

—¿Y a ti te preocupa que tenga hambre cuando has pasado por tanto dolor? —lo reprendió Asha volviendo a ponerse de pie y haciéndole frente.

Kade quería decirle que ya no le dolía, no tanto como el dolor que estaba sufriendo de tanto desearla.

—Ya pasó. —Quería olvidar aquel periodo de su vida. En ocasiones le dolía la pierna, pero había sobrevivido.

—¿Todavía te duele? Dime la verdad.

«Sí. Me duele, pero no me duele la pierna. Me duele cada jodida vez que te miro».

—No —contestó con voz áspera—. No es tan malo—. «Mi pierna, no, en cualquier caso».

Ella se acercó más a él y le rodeó la cintura con los brazos. La sensación de su mano sobre su piel desnuda casi hizo que perdiera la cabeza. Estaba intentando reconfortarlo por un dolor antiguo, pero estaba creando uno igual de agudo. La envolvió con los brazos y sintió sus curvas contra su cuerpo duro.

—Lo siento, Kade. Desearía que esto nunca te hubiera ocurrido —musitó contra su pecho.

—Son cosas que pasan —contestó él informalmente, intentando no ceder a la necesidad de llevarla de vuelta a su cama y enterrarse en su calor, aceptar el consuelo que estaba dispuesta a darle. Pero no la quería de ese modo. Quería que fuera mutuo, que ardiera en deseos de él igual que él de ella. Siguió aferrada a él, farfullando palabras que no entendía y que suponía que era telugu contra su pecho, canturreando suavemente.

—Te das cuenta de que no entiendo ni una palabra de lo que estás diciendo —le dijo a Asha intentando contener las tiernas emociones que ansiaban liberarse.

—Lo sé. Creo que es mejor así —replicó ella con voz divertida—. Y de verdad creo que tú tienes que superar unas cuantas cosas de tu propio pasado. Eres joven, eres increíblemente guapo, todavía puedes andar y estás vivo. Sobreviviste. Aparte del dolor que sé que sufres a veces, tu pierna no importa. Su aspecto no importa.

Kade sabía que Asha lo decía sinceramente, y su alma empezó a sanar un poco más. Apoyó la mejilla contra su pelo inspirando su aroma floral y cerró los ojos.

Kade no estaba totalmente seguro de cuánto tiempo permanecieron así, abrazados como si estuvieran conectados. Estaba bastante seguro de que fue durante un periodo de tiempo bastante largo, pero no lo suficiente. Tenía el miembro duro, una reacción que era prácticamente una certeza cada vez que Asha estaba lo bastante cerca como para sentirla, lo bastante cerca como para olerla, pero aquel no era momento en que quisiera pensar en su pene. En ese preciso instante, solo quería regodearse en la dulzura de Asha, abrazarla muy fuerte y embriagarse de ella. Estar cerca de ella se había convertido en una adicción, y satisfacer todos y cada uno de sus deseos se había convertido en una obsesión.

Finalmente se separaron y volvieron arriba. Tuvo que apretar los puños para resistirse a la necesidad de tocarla cuando le dirigió una sonrisa tímida y cerró la puerta de su dormitorio. Kade se dejó caer sobre la cama, que de pronto le resultaba demasiado grande y solitaria. Tardó mucho tiempo hasta que por fin se quedó dormido, exhausto.

Capítulo 8

La semana siguiente se convirtió en unos de los días más felices de la vida de Asha. Pintaba sin prisas por terminar el proyecto y, en efecto, no le preocupaba de dónde provendría su próximo almuerzo. Kade era casi tan molesto como un grano en el trasero sobre su alimentación. Ahora estaba pasando tiempo en las oficinas de Harrison con Travis, pero cada vez que estaba en casa, le llevaba comida. Atiborrarla a base de chocolate, bollería decadente y postres cargados de calorías parecía ser una de sus actividades favoritas. Entretanto, nunca parecía que le faltara comida para que ella la probara. Si no ponía cuidado, pronto rebasaría sus pantalones.

Había empezado a hacer ejercicio con él todas las mañanas, siempre maravillada cuando él seguía levantando pesas después de terminar con el ejercicio aeróbico. Aunque ella caminaba mucho, era una debilucha comparada con él, y pasaba su tiempo en la cinta y la bicicleta estática, completamente exhausta para cuando se detenía. Terminaba jadeando antes de que Kade hubiera empezado a sudar siquiera.

Deteniéndose para estirar la espalda, Asha suspiró mientras miraba fijamente la pared del dormitorio de Kade. Después de terminar de pintar un leopardo en una selva tropical sobre la pared de su sala de estar, había subido a la habitación principal, todavía sopesando qué encajaría *allí*. No había nada realmente íntimo acerca de aquel dormitorio. Era un tipo de habitación minimalista, tal y como el resto de la casa, y le faltaba color.

Asha sonrió al recordar cómo le había dicho Kade que pintara todas las paredes de la casa y la mueca que hizo cuando le dijo que pintar todas las paredes era excesivo. Le vendría bien algo de color y de contraste, quizás una pared en casi todas las habitaciones, pero no necesitaba que le pintara *todas* las paredes. Descontento con su respuesta, gruñó, pero no volvió a mencionarlo.

«Me da rienda suelta para que use mi talento. Me confía su hogar».

Kade valoraba su opinión y la escuchaba cuando tenía una idea. Hacía que se sintiera… importante, y llevaba esa emoción muy cerca de su corazón. Nadie la había hecho sentirse apreciada ni valorada nunca, y Kade le estaba demostrando lentamente que tenía valía, que era merecedora de mucho más de lo que había experimentado en el pasado.

—¿Asha? —resonó un profundo barítono cerca de la puerta, sorprendiéndola y sacándola abruptamente de sus pensamientos errantes.

Sus ojos volaron hasta él y se quedó sin aliento al ver a Kade de pie en la puerta con una sonrisa divertida.

Se llevó la mano al pecho y dijo:

—Lo siento. Estaba pensando.

Estaba increíblemente guapo con el traje y la corbata que había llevado a la oficina, y el corazón de Asha se elevó al verlo. Conseguía seguir siendo el Kade único con una colorida camisa granate y una corbata con una cornucopia muy ornamentada para la próxima fiesta de Acción de Gracias. Sobre Kade, no parecía nada menos que masculina y espléndida, una imagen que siempre hacía sonreír a su corazón. Tenía su propio estilo y se sentía completamente cómodo con él. Era una de las cosas más atractivas que había visto en su vida.

—¿En qué estabas pensando? —preguntó él con curiosidad mientras se quitaba la chaqueta del traje y la arrojaba sobre el sillón.

«En ti. ¿En qué otra cosa parezco pensar a todas horas estos días?».

—En tu pared —respondió ella a toda prisa, volviendo la mirada a la pared que había estado contemplando. Estaba demasiado preocupada pensando en Kade y necesitaba sacárselo de la cabeza. Era un cliente y tal vez un amigo. Pero no podía pensar en él como nada más que eso.

—¿Le ha gustado tu nueva imagen a Travis? —inquirió con curiosidad, preguntándose qué habría pensado el gemelo de Kade de su camisa y corbata llamativas.

Kade dejó escapar una gran risotada mientras se deshacía el nudo de la corbata que le rodeaba el cuello.

—No. Dijo que la camisa y la corbata no eran una mejora con respecto a la camisa de perritos calientes bailarines que llevo a veces a la oficina. —Se arrancó la corbata del cuello de un latigazo y la dejó caer sobre la chaqueta de su traje—. ¿Cómo es posible que haya terminado con un hermano que no tiene sentido del estilo? —preguntó Kade tristemente—. Nada más que trajes y corbatas oscuros. Parece el director de una funeraria. La única que lo salva de ser completamente macabro es su secretaria, Ally, a quien insiste en llamar Alison a pesar de que ella lo odia. O, si lo molesta de veras, es la Srta. Caldwell.

Asha rio.

—¿Y qué es principalmente? —Acababa de conocer a Travis el día anterior y, aunque fue cordial, era bastante intimidante. Casi costaba creer que él y Kade fueran hermanos, y mucho menos gemelos. Los dos eran increíblemente distintos.

—Srta. Caldwell. Casi siempre está en problemas con Travis —respondió Kade con malicia—. Pero lo desafía. Es buena para él. Creo que es una de las pocas personas en la oficina que no siente pavor de él.

—Me sorprende que no la haya despedido. —Asha recogió la camisa y la corbata de Kade, lista para ponerlas en la pila para la lavandería en el cuarto de la lavadora.

—Creo que le gusta en secreto, de una manera antagonista. Y es condenadamente buena en su trabajo. Travis sabe que las cosas en la oficina descenderían al caos absoluto sin ella —musitó Kade mientras se sentaba en la cama para quitarse los zapatos—. Deja eso ahí o te daré un azote —gruñó Kade—. No eres mi sirvienta. Yo me ocuparé de eso… tarde o temprano.

Asha lanzó una mirada al rostro de Kade. Hablaba completamente en serio, y no estaba contento. Aturdida, intentó pensar en cómo explicarle que a veces *le gustaba* hacer cosas por él.

—Solo estaba…

—Te daré tres segundos para que las dejes donde estaban —dijo con una calma letal.

—Kade, no me importa…

—Uno. —Su tono de voz era sereno, pero revestido de advertencia.

«Oh, cuánto quiero discutir. No me da miedo Kade y quiero ayudarlo de vez en cuando. Ha hecho mucho por mí. No me siento obligada a limpiar a su paso. Es muy diferente hacer algo por alguien que me aprecia. Quiero ayudarlo y me gusta tocar y oler cualquier cosa que le pertenezca. Su aroma es tan embriagador, tan masculino…».

—Dos. —El tono de advertencia en su voz se hizo más pronunciado. Dejó caer el otro zapato y sus ojos recorrieron sus piernas desnudas, expuestas bajo unos pantalones viejos que había cortado para ponérselos y trabajar en la casa. Lentamente, sus ojos ascendieron, acariciando sus pechos con la mirada y los pezones que empezaban a ponerse como piedras por la excitación, bajo su vieja camiseta roja ajustada.

—¿Y qué pasa si quiero hacerlo? ¿Qué pasa si lo hago simplemente porque me gusta tocar tu ropa porque huele a ti? —respondió ella en una avalancha, sin aliento, a sabiendas de que estaban discutiendo sobre mucho más que ella sirviéndole. En realidad estaba provocándolo, retándolo a que la tocara. Se había mostrado distante, cuidadoso… y ella quería ver sus ojos tórridos de pasión otra vez, de la misma manera en que estaban cuando la llevó al paraíso en la cocina con su boca y sus dedos. La mano que sostenía su chaqueta y su corbata temblaba, pero no se movió. El calor humedecía su entrepierna y tenía los pezones duros como diamantes. Permaneció ahí de pie, esperando.

—Tres —gruñó para levantarse de la cama de un salto y envolviéndole la cintura con un brazo musculoso y fibroso. Le arrebató la chaqueta y la corbata de las manos, las arrojó al suelo y tiró de ella hasta la cama, donde la tumbó sobre su cuerpo fornido y voluminoso.

Asha no podía respirar, la sensación de sus músculos duros, calientes y firmes debajo de ella hacía que el corazón le palpitara y la dejaba sin aliento. Apartó la cortina de pelo que se había escurrido de la horquilla que la sostenía hasta su cara y lo miró, aturdida. El brazo de Kade todavía la agarraba por la cintura, manteniéndola prisionera sobre él. Y sus ojos parecían profundos estanques de fuego azul.

—Lo siento. No lo entiendes —dijo con voz temblorosa.

Kade le quitó la horquilla, que ahora colgaba levemente de su pelo, y la arrojó al suelo.

—No puedes decir esas mierdas y esperar que no responda —dijo Kade con voz ronca, enredando sus dedos en el pelo de Asha—. Si te gusta cómo huelo, toca lo que es de verdad —exigió—. Tócame, Asha, antes de que pierda la cabeza. Que se joda la ropa, yo necesito más tus manos *sobre mí.*

Era una orden a la que no quería ni podía resistirse. Sus dedos temblorosos empezaron a trabajar sobre los botones de su camisa, desesperados por encontrar su piel cálida y desnuda. Le estaba resultando difícil, incapaz de apartar la mirada de su rostro decidido. Que él la necesitara a ella, aunque solo fuera durante un rato, resultaba embriagador y potente. Ningún hombre la había mirado nunca como lo estaba haciendo Kade, y su cuerpo respondía a sus feromonas, que ejercían su atracción sobre ella. La necesidad de tenerlo dentro era casi atroz.

—No estoy segura de cómo quieres que te toque —dijo nerviosa, con los dedos ansiosos por sentir su piel caliente.

Kade gimió cuando ella le abrió la camisa y colocó las palmas de las manos tentativamente sobre su pecho musculoso.

—No importa. De cualquier manera que quieras.

Asha se movió para sentarse a horcajadas sobre su cuerpo y se deslizó hacia abajo; su sexo ardiente acunando su pene dilatado. La piel de Kade era cálida y suave bajo las yemas de sus dedos, y le acarició el torso suavemente con las manos, como plumas, dubitativa al principio, y suspirando al sentir su fuerza contenida y su poder debajo de ella.

De pronto, ya no importaba que no debiera hacer aquello ni que solo estuviera allí para un encargo. Tal vez fuera un error apegarse demasiado a Kade, pero el deseo candente que bullía entre ellos ya era innegable. Por una vez, Asha quería sentir cómo sería que la necesitaran, que la desearan como sabía que Kade la deseaba.

—Son preciosos. —Sus dedos acariciaron el tatuaje de un fénix colorido resurgiendo del fuego en el lado derecho de su pecho. Cuando terminó de trazar al feroz fénix, pasó al otro lado de su pecho para acariciar la imagen de un dragón, principalmente negro pero con rojo, naranja y azul oscuro intercalados en las escamas. Había una pelota de fútbol en llamas entre sus dientes irregulares—. ¿Supongo que este era un recordatorio para que ganaras tus partidos?

—Los chicos me llamaban *El Dragón* porque siempre llevaba mi camisa de la suerte con un dragón los días de partido —contestó con voz entrecortada—. Algún cabrón la robó del vestuario, así que me hice un tatuaje permanente porque ya no tenía mi camisa.

Asha movió los dedos de nuevo hacia el fénix. Le recordaba a su mariposa, aunque aquella criatura se elevaba directamente desde el fuego, con las alas completamente extendidas y lamiéndose la larga cola de plumas.

—¿Y este?

—Travis también lo tiene. Una noche estábamos juntos bebiendo y decidimos hacérnoslo durante el escándalo a la muerte de nuestros padres. Es la única vez que he visto a Travis realmente borracho. Juramos que nos elevaríamos por encima de ser la loca familia Harrison.

—Lo hicisteis —respondió Asha en silencio mientras admiraba la ferocidad de Kade para superar su pasado. Aquello hacía que sintiera aún más decidida a convertirse en alguien fuerte e independiente. Era posible que Mia, Kade y Travis aún tuvieran cierto remanente de su infancia que los atormentara, pero todos se habían elevado como el feroz fénix en el pecho de Kade.

Este gimió cuando Asha empezó a descender, trazando la feliz línea de vello claro que corría desde su ombligo hasta la cintura de sus pantalones. Su cuerpo estaba bellamente esculpido, y los tatuajes solo acrecentaban su aura masculina.

El fuego rozaba todo su cuerpo, exigiendo que tomara a aquel hombre, diciéndole que estaba cansada de negarse a sí misma.

Se decidió, se echó a un lado y se quitó la camiseta. No llevaba sujetador y solo tardó un momento en quitarse los pantalones cortos y la ropa interior, que dejó caer al suelo. Finalmente, se volvió para mirar a Kade a los ojos, con un valor que no sabía que tenía.

—Te quiero dentro de mí. ¿Lo harás?

Kade la miró de hito en hito, estudiando su cuerpo desnudo con la mirada antes de encontrarse con la de Asha.

—¿Acabas de desnudarte y *ahora* me haces esa pregunta?

—Bueno… ¿lo harás? —preguntó un poco más incómoda ahora por haber dado por hecho que lo haría.

—Cariño, estar dentro de ti es la trama de la mayoría de mis fantasías —respondió Kade con voz ronca, poniéndose de pie junto a la cama, sin dejar de mirarla a los ojos con apetito.

—¿Solo la mayoría? —preguntó nerviosa mientras él se quitaba la camisa y la dejaba caer sobre el creciente montón de ropa desechada.

Le lanzó una sonrisa pícara mientras se bajaba los pantalones.

—Es uno de los momentos culminantes, pero no es lo único que he soñado hacer.

—¿Qué más hay? —preguntó Asha confundida mientras se recostaba sobre la espalda y separaba las piernas—. Estoy lista —le dijo con nerviosismo, quedándose sin aliento cuando Kade se libró de los calzoncillos de una patada y se quedó de pie junto a la cama, completamente desnudo—. Ay, Dios. Estás más bueno de lo que había imaginado —dijo si pensar cuando su mirada acarició cada músculo cincelado, cada curva perfecta de su cuerpo. La vagina se le humedeció de deseo al ver su enorme pene rebotando contra unos abdominales duros como la piedra—. Y eres… grande.

Él apoyó una rodilla sobre la cama.

—¿Qué estás haciendo? —preguntó con voz ronca.

—He dicho que estaba lista —respondió ella con el cuerpo palpitante de deseo mientras lo miraba—. Estoy lista para que tú estés dentro de mí.

—No, no lo estás —respondió él arrastrando las palabras—. Pero lo estarás.

—Estoy lista —insistió ella, preguntándose a qué esperaba y deseando que empezara. Estaba mucho más que lista para unirse a él, y nunca antes había sentido esa necesidad por ningún hombre.

Kade dejó escapar un sonido angustiado, un cruce entre un gemido y una carcajada, y la ayudó a ponerse de rodillas con un fuerte brazo alrededor de su cintura.

—Eres tan inocente —gruñó mientras enredaba los dedos en su cabello y haciendo que su tronco superior también se estremeciera con el suyo—. Cariño, no tienes que asumir la posición y terminarlo en cuestión de momentos.

Asha tembló cuando su fuerte cuerpo entró completamente en contacto con su forma más pequeña, envolviéndola en su deseo.

—No soy tan inocente. Estuve casada durante siete años —resopló.

—Sí. Y necesito que olvides lo que hicieras cuando estabas casada y que te limites a sentir. ¿Puedes hacer eso? —Su boca caliente trazó un sendero por la piel sensible del lateral de su cuello, haciendo que se estremeciera.

—Sí —suspiró ella con anhelo. Obviamente, había mucho más que aprender sobre estar con un hombre que lo que había descubierto ella en su matrimonio—. Dime qué quieres, Kade. —No estaba segura de cómo complacerlo, pero tenía muchas ganas de hacerlo.

—Sólo te quiero a ti —respondió Kade con voz ardiente, acariciándole la espalda con la mano hasta ahuecar su trasero. Se llevó su sexo necesitado contra el pene con un gemido.

Asha ya no podía seguir esperando. Se abrió paso por su pelo con los dedos y atrajo codiciosamente la boca de Kade hacia la suya, dejando que el instinto y la extraña conexión que sentía con él se hicieran con el mando. Kade respondió de inmediato, sus labios fundiéndose con los de Asha y sus manos moviéndose para sostenerle la cabeza firme mientras arrasaba su boca, tomando el control de inmediato. No se detuvo con un beso. El primer abrazo apasionado llevó a otro, y después a otro, y ninguno de los dos se saciaba del otro. Por fin se había avivado la llama de las brasas que había entre ellos, y quedaron atrapados en un infierno arrasador que ninguno de los dos podía dominar.

Asha acabó tendida de espaldas otra vez. Sus extremidades se enredaban mientras sus bocas permanecían fundidas una a la otra. Kade ahuecaba sus pechos, jugando con los pezones duros y sensibles, lanzando una corriente eléctrica directa a su vagina.

Apartando sus labios de los de ella, Kade dijo con voz ronca:

—Dime que deseas esto tanto como yo, Asha.

—Lo deseo —gimió ella mientras su cuerpo se retorcía bajo el de Kade y sus caderas le transmitían una súplica silenciosa—. Te necesito.

La boca de Kade descendió sobre uno de sus pezones; sus dientes mordisqueaban, su lengua acariciaba. Asha jadeaba; su cuerpo no estaba acostumbrado en absoluto a ese nivel de excitación—. No sabía que podría sentirse así —susurró para sí misma.

Kade la oyó. Levantó la cabeza y recorrió el valle entre sus pechos con la lengua antes de decir bruscamente:

—Solo estamos empezando, así que sentirás mucho más antes de que pase mucho tiempo. —Sus dedos le pellizcaron los pezones ligeramente, su lengua siguió la punzada de dolor—. Tus pechos son perfectos.

—Pequeños —respondió Asha sin aliento.

—El tamaño justo —discutió Kade, ahuecándolos con sus manos—. Tus pezones me recuerdan a un delicioso chocolate con leche. ¿Alguna vez te he contado que soy adicto al chocolate?

En una pregunta retórica y Asha no podía hablar mientras Kade se llevaba cada pezón a la boca, uno después del otro, chupando y lamiendo con la boca y la lengua. Parecía saber exactamente cómo tocarlos, cómo volverla absolutamente loca. Nadie había adorado nunca sus pechos, y eso era exactamente lo que estaba haciendo Kade, ayudando a que perdiera cualquier inseguridad que hubiera tenido a lo largo de su vida por no ser muy exuberante. Evidentemente, a él le parecían atractivos, y eso era lo único que le importaba a ella en este momento.

Emitió un quejido de placer cuando Kade descendió para degustar con la boca y con la lengua la piel de su vientre. Sus manos le acariciaron las piernas antes de agarrarlas con firmeza para hacer que se abriera para él. Asha sintió el aire que golpeaba la piel sensible entre sus muslos a medida que Kade se movía, descendiendo cada vez más, mientras una de sus grandes manos ascendía por su muslo y utilizaba los dedos para penetrar los pliegues ya saturados de su vagina.

Asha sabía que debería sentirse avergonzada. La cabeza de Kade estaba directamente entre sus muslos, sus dedos se sumergían en su vagina, pero ella no sentía nada más que una tensión en el vientre, una necesidad tan volátil que levantó las caderas suplicando algo más.

—Por favor, Kade. —Su voz sonaba desesperada, torturada. Nunca se había sentido así antes, nunca le había dado placer un hombre de esa manera, que se asemejaba tanto a la tortura como al éxtasis. ¿Cómo era posible que tuviera veintisiete años y que nunca hubiera sentido esa clase de excitación? Asha se sintió como si aquello fuera su despertar sexual. Lo que una vez había sido una obligación ahora era un placer más allá de su entendimiento.

«Esto es lo que añoraba. Esto es lo que siempre he anhelado, pero nunca supe exactamente qué era lo que faltaba».

—¿Por favor qué? —preguntó Kade con voz grave y excitada—. Dilo en voz alta. Dime lo que necesitas.

—Tócame más fuerte. Tócame ahí —le dijo Asha desesperada, sorprendida al ver que realmente podía pedir lo que quería. Pero, con Kade, sabía que podía hacerlo. No estaba oscuro, no había vergüenza y él estaba haciendo que se sintiera deseada, necesitada y muy femenina.

Sus dedos se movieron, y una yema movía su clítoris de un lado a otro.

—¿Así? —preguntó él con voz apagada mientras su lengua acariciaba el pliegue de su muslo y su vulva.

—Sí. Pero más fuerte —suplicó Asha sin reconocer su propia voz necesitada—. Voy a hacerte sexo oral, Asha. Tengo que probar tu orgasmo cuando llegues al clímax —dijo Kade en tono áspero, justo antes de que su boca y su lengua empezaran a devorarla.

El trasero de Asha se levantó completamente de la cama, y Kade deslizó las manos debajo de este, ahuecándolo para traerla con más fuerza contra su boca; gimió sobre su sexo a medida que usaba los labios y la boca para hacer que perdiera el control totalmente.

—Kade, no puedo… —quería decirle que no podía respirar, pero no era verdad. Estaba jadeando y se le escapó un gemido cuando dejó de resistirse al éxtasis de lo que le estaba haciendo y se limitó a dejarse sentir… exactamente como le había dicho que hiciera. Sus manos se aferraron a la cabeza de Kade, desesperada por un desahogo—. Por favor —suplicó.

Su lengua se movió un poco más fuerte sobre el clítoris de Asha, un poco más deprisa, haciendo que enloqueciera todavía más. Llegó al éxtasis justo cuando estaba segura de que iba a perder la cabeza y su cuerpo se sacudió por la fuerza del clímax.

—Kade —jadeó su nombre mientras se aferraba a su pelo con los puños y dejaba que Kade se adueñara de su cuerpo durante esos momentos; su lengua seguía moviéndose sobre su clítoris y su boca saboreaba hasta la última gota de su orgasmo explosivo.

Seguía temblando cuando Kade trepó por su cuerpo. Ambos estaban resbaladizos de sudor, pero sospechaba que la mayor parte era suyo. «Santo Dios… nunca había sentido nada como lo que acaba de hacerme Kade». El corazón seguía latiéndole desbocado, palpitando en su cuello y dejándola incapaz de hablar. Los ojos de Kade la miraban fieros y agitados, con satisfacción viril.

—Eres preciosa —dijo en un tono áspero y maravillado.

—Nadie me ha dicho eso antes —reconoció ella con voz temblorosa—. Nadie me ha hecho sentir nunca como lo haces tú. De hecho, haces que lo crea.

—Bueno, pues créelo. Eres jodidamente perfecta. Y tu cuerpo responde al mío como si estuviera hecho para mí —dijo en tono posesivo mientras le acariciaba el pelo con los dedos—. Y que conste… yo tampoco me he sentido así nunca —añadió con énfasis sin dejar de devorarla con los ojos y haciendo que ella sintiera aún más apetito por su posesión.

En ese preciso momento, Asha lo deseaba dentro de sí más que respirar. Abrió la boca para hablar y todo lo que consiguió decir fue:

—Fóllame, Kade. Por favor. —Aquellas palabras nunca habían salido de su boca antes, pero fue muy fácil decírselas a Kade cuando vio el deseo ardiendo en sus ojos. Él quería que lo deseara tanto como él la deseaba a ella, y ella quería que supiera que ya lo deseaba.

—Si te follo, eres mía. Ni siquiera sé si podré dejarte marchar nunca —dijo con voz ronca—. No estoy seguro de que pueda, en cualquier caso.

El corazón de Asha tronaba en su pecho mientras sus manos descendían suavemente por los brazos de Kade, sintiendo la fuerza y la tensión contenidas en su cuerpo.

—Tengo mucho camino por delante, Kade. Tengo que hacer muchas cosas para encontrarme a mí misma. —Quería decirle ahí y en ese momento que era suya para siempre, que nunca sentiría aquello por ningún otro hombre. Aunque sabía lo que sentía por él, Kade no se merecía a una mujer rota—. Todavía estoy dañada.

—Y yo también —respondió él sinceramente, con mirada decidida—. Pero no me importa una mierda. Nos curaremos mutuamente. Yo te daré todo lo que necesitas para estar entera de nuevo. Tu sitio está conmigo.

Asha ansiaba creerlo, su anhelo por él provenía de lo más profundo de su alma. Reprimiendo todas las palabras que quería decir, respondió:

—Entonces tómame. Por favor.

—No tengo condones. No he estado con una mujer desde hace años y estoy limpio. Y no tengo planes de estar con ninguna otra mujer nunca más —dijo; sus palabras eran una declaración.

—Soy yerma. Estoy limpia. Y confío en ti —jadeó con el cuerpo suplicante por su posesión.

—No eres yerma. Odio esa expresión y no se te aplica —dijo Kade con voz ronca mientras frotaba su miembro contra los pliegues de Asha a medida que hincaba las caderas hacia delante—. Es posible que no puedas tener un hijo, pero tu cuerpo es mi idea del paraíso.

Asha jadeó atónita y complacida cuando Kade le sujetó las caderas y la penetró con una embestida suave. Tenía un gran aparato y la llenaba por completo, estirando músculos internos que no se había percatado de que tenía.

—¡Joder! Qué sensación tan condenadamente increíble —gimió con un sonido de puro éxtasis—. Rodéame la cintura con las piernas. Toma todo lo que quieras de mí. Todo lo que necesites. Complácete conmigo.

Asha obedeció, deseosa de decirle que ya tenía todo lo que quería. Con Kade profundamente enterrado en su interior, unido a ella, no creía que pudiera arder con más calor. Todos los nervios de su cuerpo estaban vivos y electrizados a medida que su pene entraba y se retiraba, clamándola como ningún hombre lo había hecho nunca.

«Te amo. Te amo».

No podía decir las palabras en alto, pero estas resonaban en su cabeza al ritmo de las embestidas de su pene, que la golpeaban una y otra vez dejándola desesperada por llegar al clímax. Cada emoción estaba sobrecargada y estrechó el abrazo con sus piernas alrededor de Kade, sujetándose a sus anchos hombros con los brazos. Gimiendo de deseo, sus uñas cortas se clavaron en la espalda de Kade; el placer era tan agudo que no podía soportarlo.

—Por favor. Necesito…

—Necesitas que te haga tener un orgasmo —le dijo Kade, su voz ronca de deseo—. Solo yo. Dime que eso es lo que quieres.

—Sí. Sí. Te necesito a ti. Solo a ti —respondió con énfasis—. Ahora, hazlo —exigió—. Ya no puedo más.

—Si puedes. Puedes tomarme. —Kade rodó sobre sí mismo con el pene muy dentro de ella hasta que Asha se encontró tumbada encima de él. Le dio las manos y la ayudó a sentarse con los dedos de ambos entrelazados—. Móntame —dijo con la mandíbula tensa y los dientes apretados. Era una orden, no una petición.

Asha se sintió violenta.

—¿Cómo? —Aquello era nuevo, algo que nunca había hecho antes y era aterrador y poderoso al mismo tiempo.

—Fóllame. Métete mi pene dentro y móntalo —gruñó—. Duro y profundo.

La mirada en su rostro era de angustia, excitación y completamente embriagadora. Los instintos de mujer de Asha despertaron mientras observaba su expresión a medida que se movía sensualmente sobre su pene. El ángulo era diferente y entró profundo cuando ella se dejó caer sobre él, moviendo las caderas en círculo mientras se precipitaba. Gemía mientras las paredes de su canal se estiraban y se contraían como si estuvieran deseosas de tragárselo en las profundidades de su cuerpo. El placer de tener a Kade tan inmerso en su interior era devastador e increíble, y Asha sentía el placer erótico recorriendo todo su cuerpo mientras seguía retirándose y volviendo a metérselo dentro, una y otra vez. Apretaba fuertemente los dedos de Kade, su cuerpo tan tenso como un arco.

—¡Ah, Dios, no puedo soportarlo! —exclamó Asha con el cuerpo muy tenso y todos los nervios palpitándole, hasta desear gritar de placer a medida que aumentaba la velocidad de sus embestidas.

Kade le soltó las manos y alcanzó sus pechos, los pellizcó ligeramente haciendo que sintiera el placer vibrante hasta los dedos de los pies. Tomó sus manos de nuevo y se las puso sobre los pezones.

—Tócalos. Lo que te haga sentir bien —exigió.

Demasiado cerca del clímax como para pensar en sentirse avergonzada, Asha se hizo cargo de masajear sus pechos, pellizcándose los pezones ligeramente y gimiendo de placer mientras Kade le agarraba las caderas y tomaba el control. Manteniéndola firme, embistió hacia arriba con fuertes impulsos, gimiendo debajo de ella mientras la llenaba una y otra vez.

—Jesús, estás tan caliente y apretada que no quiero llegar al orgasmo. —Kade jadeaba bruscamente, con una mirada de puro éxtasis erótico masculino en el rostro.

Kade cambió de postura ligeramente, estimulando su clítoris con cada roce de su miembro. Sus ojos eran de un azul ardiente mientras la observaba tocándose, retorciéndose y gimiendo de placer.

—¡Dios! No puedo aguantar mucho más. —Sus zambullidas de volvieron más profundas, más duras; la estimulación sobre su clítoris, más fuerte. Quitó una mano de su cadera, la colocó cerca del lugar donde estaban unidos y su dedo pulgar se unió a la fricción del pene; la estimulación de su clítoris era tan exquisita que Asha gritó:

—¡Kade!

Asha implosionó, gritando el nombre de Kade y clavándole las cortas uñas profundamente sobre los hombros a medida que montaba las olas del clímax; las palpitaciones se prolongaron durante lo que pareció una eternidad. Apretaba el miembro de Kade con las contracciones; este dejó escapar un gemido apasionado y se llevó su boca a los labios bruscamente en un beso que la dejó sin aliento mientras derramaba su cálido orgasmo en su interior.

Con los cuerpos aún conectados, Asha se dejó caer sobre el pecho jadeante de Kade; el cuerpo de ella era una masa de carne que se estremecía mecánicamente.

—Nunca he… eso ha sido… —balbuceó Asha, intentando decir lo que sentía con palabras, pero fracasando—. No sabía que podía ser así —terminó diciendo sin aliento.

—A mí tampoco me había ocurrido así nunca, cariño —respondió Kade con voz áspera y cruda.

Kade le acarició la espalda mientras ambos intentaban recobrar el aliento. Las palabras eran insuficientes y Asha se dio por vencida intentando expresar sus emociones enmarañadas. Se limitó a permanecer ahí tumbada con Kade, saboreando la relajación tras una experiencia tan increíble que había sacudido su mundo. Cuando recobró el aliento, dijo en tono jocoso:

—Te he visto hacer mucho más ejercicio aeróbico sin romper a sudar.

—Eres tú —respondió Kade con picardía—. Tu cuerpo increíble casi me da un ataque al corazón. Vas a suponerle muchos problemas a mi ego. Me enorgullezco de tener mucha resistencia, pero lo que acaba de pasar va más allá de la fuerza física.

Asha se rio; la idea de que ningún hombre sintiera deseo por su cuerpo con tanta intensidad era casi inconcebible para ella. Pero, obviamente, Kade lo sentía. Del mismo modo en que ella lo sentía por él. Lo que acababa de ocurrir, lo habían experimentado juntos. Estaba segura de ello.

—Supongo que tendrás que esforzarte por mejorar —le dijo todavía un poco sofocada.

Kade llevó la mano a su trasero y le dio un cachete juguetón.

—Te estás volviendo terriblemente descarada y autoritaria. Ahora sí que estás dañando mi ego. ¿Necesito mejorar?

Ella alzó la cabeza y lo miró.

—No. Lo que acaba de pasar ha sido la cosa más increíble que he sentido en toda mi vida. Ha sido perfecto —le dijo sinceramente.

Todo rastro de humor desaparecido, él contestó:

—Lo mismo digo, cariño. —Le retiró el pelo de la cara y la besó con dulzura, lentamente, como si tuviera todo el tiempo del mundo y fuera la cosa más importante que tenía que hacer.

Asha le devolvió el beso, consciente de que su vida acababa de cambiar irrevocablemente y de que nunca sería la misma.

Más tarde aquella noche, arregló su tatuaje de alheña y la mariposa emergió un poco más.

Capítulo 9

—Quiero que me ayudéis a localizar al ex marido de Asha y a sus padres de acogida —dijo Kade con una calma letal mirando de un hombre al siguiente de entre los que estaban sentados en su salón el día de Acción de Gracias. Él era el anfitrión en su casa. Aquel día, las mujeres los habían echado a todos de la cocina y les habían encargado que recogieran. Max, Sam, Simon y Travis lo miraron perplejos.

—¿Por qué? —preguntó Max con curiosidad mientras bebía un trago de la cerveza que tenía en la mano y lanzándole una mirada confusa a Kade—. Pensaba que ya no tenía relación con ellos.

Kade se encogió de hombros; las emociones que trataba de mantener bajo control clamaban por salir a la superficie. Trató de explicar brevemente parte del maltrato que había sufrido Asha mientras los hombres sentados a su alrededor escuchaban con atención. Kade dio un largo trago a su cerveza antes de terminar.

—He visto las cicatrices en su cuerpo y recuerdo que el doctor dijo que había visto lo que parecían antiguas fracturas en las costillas en su radiografía de tórax cuando tuvo neumonía. En aquel momento no me pareció importante; pensé que tal vez había tenido un accidente y se habían curado. Pero ahora, creo que no fueron provocadas por un maldito accidente. —El mero hecho de pensar en el ex marido de Asha pegándola lo bastante fuerte como para romperle las costillas y dejar algunas de las cicatrices que había visto en su precioso cuerpo hizo que empuñara la botella de cerveza que tenía en la mano con más fuerza. Por un minuto, se preguntó si podría romperse.

—Te ayudaré —respondió Max peligrosamente—. Y ni siquiera voy a preguntar cómo has visto las cicatrices de su cuerpo.

—Matad a ese cabrón —gruñó Simon.

—Me apunto —dijo Sam con voz grave y amenazante.

—Eso no va ocurrir —los contradijo Travis con desinterés.

—¿Qué cojones…? ¡Habría pensado que tú serías el último en tener escrúpulos sobre esto! —Kade golpeó la mesa de café con la cerveza vacía, sin importarle lo más mínimo si dejaba marca.

Travis se encogió de hombros, con aspecto relajado y control absoluto sobre sí mismo, sentado en el sillón abatible de Kade.

—No los tengo. Merece morir por lo que le hizo a Asha. Pero no estás haciendo esto por ella; lo haces por ti mismo. De acuerdo, no la conozco bien, pero no parece ser la clase de mujer que quiere que su hermano, su cuñado y los amigos de este vayan a la cárcel por asesinato. —Travis dejó escapar un suspiro masculino y atormentado—. Puede ser destruido de otras maneras, pagar por lo que le ha hecho.

«Mata. Mata. Mata». Kade no estaba seguro de que muchas cosas aparte de la muerte del hombre que había golpeado a Asha casi hasta matarla, más de una vez, fuera aplacar su locura protectora. Enterrando la cabeza entre las manos, gruñó:

—Creo que no puedo quedarme satisfecho con nada más. El mero hecho de que la pegara lo bastante fuerte como para, probablemente, dejarla a las puertas de la muerte, me vuelve loco.

—Yo tampoco —dijo Max con voz ronca.

—Tiene que ser borrado de la faz de la tierra —comentó Simon bruscamente.

—Estoy de acuerdo —se hizo eco Sam con vehemencia.

—¡Por el amor de Dios! Estoy rodeado de algunos de los hombres más brillantes y ricos de Estados Unidos, y todos os estáis comportando como idiotas. Dejad de lado vuestras emociones y pensad con la cabeza —dijo Travis con dureza—. Todos tenéis demasiado que perder como para hacer cualquier otra cosa. Tenéis niños o niños en camino, mujeres a las que queréis.

—No puedo dejarlo sin más —contestó Kade, su tono de voz hostil—. Sí, estoy pensando en Asha, pero podría matar a la siguiente mujer con la que salga.

Un rumor de acuerdo resonó en la sala.

—No estoy sugiriendo que lo dejéis. Estoy sugiriendo que dejéis las emociones a un lado y que uséis la cabeza —dijo Travis con voz cansina—. Lo último que necesita Asha en su vida es más caos y culpa.

Una punzada de remordimiento atravesó la conciencia de Kade. Sabía que Travis tenía razón, pero parecía incapaz de controlar su necesidad de buscar alguna clase de justicia para Asha, una que implicara serio dolor y sufrimiento para su ex marido.

Solo habían pasado unos pocos días desde que Asha le entregó su cuerpo por primera vez y sacudió su mundo, pero habían recuperado el tiempo perdido tocándose a cada oportunidad que tenían. Parecía incapaz de *no tocarla* cuando andaba cerca. De hecho, el deseo de levantarse, ir a la cocina y asegurarse de que estaba bien era casi irresistible.

—Supongo que tienes un plan —dijo Max despacio, mirando fijamente a Travis.

Este le devolvió una mirada de superioridad.

—Suelo tenerlo —respondió con arrogancia—. Resulta que uso la cabeza que tengo por encima de la cintura cuando se trata de mujeres, al contrario que el resto de vosotros.

—No siempre —le recordó Kade acaloradamente—. No cuando se trata de Mia. —Aparte de Travis, solo Max comprendería aquella afirmación porque era el único que sabía que Travis estaba más que dispuesto a matar cuando se trataba de la seguridad de Mia.

—Un desgraciado accidente —respondió Travis con indiferencia—. Y la seguridad de Mia estaba amenazada.

Simon y Sam observaban confundidos, pero no comentaron nada.

«Un desgraciado accidente… Y una mierda». Kade no tenía dudas de que Travis sabía exactamente lo que estaba haciendo cuando el hombre que acosaba a Mia tuvo ese «desgraciado accidente» que lo dejó convenientemente muerto para no poder volver a molestar a su hermana nunca más.

—Te escucho. Pero no garantizo que aun así no vaya a matar al cabrón —dijo Kade bruscamente. Los instintos seguían diciéndole que tenía que herir a quien había hecho daño a Asha.

Max se cruzo de brazos y lanzó una mirada obstinada y penetrante a Travis.

—Escuchémoslo.

Sam y Simon gruñeron, pero accedieron a escuchar a Travis.

Asha colocó sobre su soporte el intercomunicador que había junto a la puerta y abrazó a la pequeña Ginny un poco más fuerte. Ginny Helen Hudson dormía placenteramente en sus brazos. Le encantaba el olor y la sensación del bebé y la confianza que la criaturita había depositado en ella quedándose dormida mientras Asha la mecía. Llamada como sus dos abuelas, a Asha le parecía que era el bebé más adorable que había visto en su vida.

—¿Por qué querría alguien hablar conmigo? —musitó a la niñita dormida como si esta fuera a responderle—. Ni siquiera conozco a nadie aquí.

Le dio la espalda a la puerta y volvió al salón donde se habían acomodado las chicas mientras los chicos recogían después de haber satisfecho su glotonería durante la cena de Acción de Gracias. Reprimiendo el instinto de ir a ayudar porque todavía se sentía incómoda con la idea de los hombres en la cocina, le devolvió la pequeña Ginny a Kara con desgana y con el ceño fruncido—. Una señora quiere hablar conmigo. Una doctora. El agente de seguridad de Kade a dicho que ha comprobado su documento de identidad y que es válido. Por lo visto, conocía a mi padre y quiere darme algo que le pertenecía.

—¿Qué vas a hacer? —preguntó Mia con voz preocupada.

Asha se encogió de hombros con nerviosismo.

—Le he dicho que la deje subir a la casa. Está sola. No puedo dejar que se vaya si asegura conocer a mi verdadero padre. Sé muy poco sobre él. Si lo conoce, puede aportar cierta información, contarme más sobre él y, tal vez, sobre mi madre.

—Podría ser una reportera disfrazada —replicó Maddie; su voz sonaba asqueada.

—O simplemente curiosa. Ha habido bastante cobertura sobre tu descubrimiento en las revistas de cotilleos —murmuró Kara mientras volvía a colocar en su regazo a una Ginny dormida.

Sonó el timbre y Asha se encogió con nerviosismo. «¿De verdad conoció a mi verdadero padre esta mujer? Y si lo conoció, probablemente también conocía a mi madre. ¿Por qué vendría aquí después de todos estos años?».

—Yo abro —dijo Mia apresuradamente y saltó de su asiento en el sofá para ir corriendo hasta la puerta.

Asha sabía que podía haber abierto la puerta ella misma, pero la confusión dejó sus pies clavados en la alfombra mientras las otras tres mujeres la miraban con ansia.

Mia volvió momentos después, seguida por una mujer mayor, india. La mujer, con una elegancia informal, iba ataviada con un traje de pantalón moderno de los tonos apagados del otoño, el pelo recogido en un moño holgado en la parte superior de la cabeza. Era difícil adivinar su edad, pero Asha veía algunas canas asomando de sus mechones negros como el carbón.

Se detuvo frente a Asha, con una sonrisa cálida y reconfortante.

—*Namaste.* —Asha le dio la bienvenida en voz baja en hindi, el idioma oficial de la India. No estaba totalmente segura de qué decirle a la mujer ni de si hablaba telugu o no.

Ensanchando la sonrisa, la mujer repitió:

—*Namaste.* —Hizo una breve pausa antes de proseguir en inglés—. Te pareces mucho a Navin y eres tan guapa como Alice.

—Le ahuecó la mejilla cariñosamente a Asha antes de dejar caer la mano y añadir—: Sabía que llegarías a ser una mujer preciosa incluso cuando eras un bebé. Le robaste el corazón a todos.

—¿Nos conocimos? —preguntó Asha con curiosidad.

—Sí. Pero no te acordarías de mí. Todavía eras un bebé. —El inglés de la mujer tenía un ligero acento, pero era perfecto.

—De modo que realmente conoció a mi padre —dijo Asha en voz baja, ofreciéndole asiento a la mujer para después sentarse en un sillón frente a ella.

—Sí. ¿Puedo hablar delante de tus amigas? —La mujer miró a su alrededor a Maddie, Kara y Mia.

Asha asintió con la cabeza y presentó a su hermana, a su cuñada y a Kara, explicando que el marido de Mia, Max, y Maddie también eran hijos de Alice.

—Es estupendo conoceros a todas. Yo soy Devi Robinson. —Miró a Maddie y añadió—. He oído hablar de usted, Dra. Hudson, y de la obra maravillosa que lleva a cabo con su clínica.

Maddie asintió agradecida y contestó:

—Yo también he oído hablar de usted. Es psiquiatra. Muy buena. He leído muchos de sus estudios de casos y artículos.

—Soy doctora en Psiquiatría, un sueño que nunca se habría hecho realidad de no haber sido por el padre de Asha —reconoció con aprecio—. ¿Cuánto sabes acerca del trabajo de tu padre para ayudar a estudiantes indias, Asha?

Estupefacta, Asha la miró boquiabierta.

—Era ingeniero —respondió desconcertada por las palabras de la mujer.

Devi asintió.

—Lo era. Pero también era activista por los derechos de las mujeres indias. Y tu madre lo apoyaba en la causa. Nunca crearon una organización oficial, pero ayudó a muchas estudiantes aquí, en Estados Unidos, incluida yo misma. Navin Paritala era uno de los mejores hombres que he conocido en mi vida. Daba dinero muy desinteresadamente a mujeres indias en diferentes circunstancias difíciles, aquí. Su única petición era que todas le devolviéramos algún día el dinero a su hija para su educación cuando llegara el momento. —La mujer hurgó en su bolso y extrajo un sobre de entre el contenido—. Ninguna de nosotras consiguió localizarte. Fuiste entregada a una familia de acogida muy rápido después de que murieran tus padres, y no teníamos permiso para saber dónde estabas. Todas nosotras hemos buscado durante años, pero no pudimos localizarte. Cuando vi el artículo que decía que eras medio hermana de la Dra. Hudson y del Sr. Hamilton, tenía que encontrarte. Te debemos esto. —Devi le entregó el sobre a Asha con una sonrisa—. Éramos diez y todas hemos seguido en contacto. Se ha convertido en una suma considerable.

Asha miró el sobre y lo abrió con dedos temblorosos. El cheque del banco era de más de doscientos mil dólares. La cabeza empezó darle vueltas y el corazón le latía con fuerza.

—Esto no es mío —negó mientras intentaba devolverle el cheque a Devi.

La mujer apartó la mano de Asha, negándose a aceptar el cheque que le devolvía.

—Pertenecía a tu padre y a tu madre. Él nos ayudó económicamente a todas cuando estábamos en problemas. Ahora el dinero te pertenece a ti. Sinceramente, todas estamos aliviadas de poder pagar nuestra deuda por fin. Tu padre nos dio la libertad. Es era mucho más valioso que el dinero. Cuando todas terminamos la universidad, ingresamos el dinero en una cuenta conjunta para ti. Lleva muchos años ahí. Ninguna de nosotras necesita el dinero, Asha. Y te pertenece a ti.

—¿Qué hicieron el padre de Asha y mi madre para ayudarla a usted, Dra. Robinson, si no le importa que le pregunte? —inquirió Maddie en voz baja.

—No me importa en absoluto —dijo Devi sonriendo ampliamente—. Yo me enamoré de un hombre estadounidense y mis padres lo averiguaron. Amenazaron con sacarme de la universidad aquí y llevarme de vuelta a la India para casarme con alguien de nuestra casta, un hombre más mayor que yo y conocido por ser cruel. Navin y Alice pagaron mi matrícula de la universidad y me ayudaron a quedarme aquí. Dennis y yo estamos casados y tenemos dos hijos maravillosos, una hija y un hijo, mezcla de india y estadounidense, igual que Asha. Dennis es arquitecto.

—¿Es eso difícil para tus hijos, ser mestizos? —preguntó Asha con voz temblorosa, curiosa sobre otros como ella.

—No —respondió Devi con cariño—. Yo les enseño las cosas buenas de mi país, pero en última instancia son estadounidenses muy progresistas. Ambos tienen planeado estudiar Medicina —terminó orgullosa—. Cuéntame como te criaron cuando te perdimos la pista, Asha. ¿Fuiste a la universidad? ¿A qué te dedicas?

A Asha se le llenaron los ojos de lágrimas mientras miraba a Devi; ahora sabía que su padre no se sentiría muy orgulloso de ella. Intentó hablar, pero fracasó.

Maddie, Mia y Kara hablaron a Devi de la educación de Asha y de su matrimonio concertado.

—¡Oh, Asha! —exclamó Devi con los ojos bañados en lágrimas—. Lo siento muchísimo. Eso no es en absoluto lo que habrían querido tu madre y tu padre. Parece muy injusto que terminaras siendo tratada de ese modo después de que tu padre nos diera la libertad a todas. —La voz de Devi sonaba consternada y se puso de rodillas junto a Asha para abrazarla. —Gracias a Dios, todavía eres muy joven y has roto los lazos con ellos. Puedes encontrar tu propio camino con el dinero que hemos podido devolver.

Asha le devolvió el abrazo a la mujer con cautela y preguntó en voz baja:

—¿Qué crees que mi padre habría querido para mí?

Devi soltó a Asha lentamente y volvió a su asiento mientras decía con vehemencia.

—Habría querido que persiguieras el sueño de tu corazón, sea el que sea. Quería tu felicidad. —Miró a Maddie y añadió—: Sabía que tu madre tenía dos hijos de su primer matrimonio a los que tuvo que renunciar. Navin y Alice los buscaron a usted y al Sr. Hamilton, pero nunca fueron capaces de descubrir donde estaban. No creo que quisieran arrancarles de sus padres adoptivos, pero querían saber que estaban bien. Nunca pudieron encontrar sus historiales ni consiguieron información sobre ustedes.

—Sobrevivimos. Y al final todos nos hemos encontrado —respondió Maddie con una sonrisa; sonaba como si aquello fuera todo lo que quería decirle a la mujer mayor—. ¿Así que nuestra madre finalmente encontró una vida feliz con el padre de Asha?

Devi asintió.

—Durante el tiempo que tuvieron juntos... sí. Navin y Alice se querían mucho. Creo que amar a Navin cambió a vuestra madre profundamente. Recuerdo que Alice me contó que no le gustaba la mujer que era antes y que Navin era su tercer marido. No creo que quisiera renunciar a ti y a Max, pero pensaba que tendríais una vida mejor sin ella. Dijo que ni siquiera podía permitirse alimentaros. Espero que puedan perdonarla, Dra. Hudson. Al final, era una buena mujer que ayudó a su marido a luchar por mujeres en circunstancias difíciles. El amor de un buen hombre puede cambiar a una mujer, y creo en el caso de su madre eso es exactamente lo que ocurrió.

—No estoy segura de que nunca fuera realmente mala —dijo Maddie con tristeza—. Simplemente estaba oprimida. Es de mi padre eran pobres, y creo que hizo lo que necesitaba para sobrevivir cuando murió mi padre. No sé mucho acerca de su segundo matrimonio, pero supongo que tampoco fue bueno. Me alegro de que tuviera suerte la tercera vez, y me alegro de tener una hermana de ese matrimonio —dijo Maddie sonriendo dulcemente a Asha.

—Mi padre y mi madre no estarían orgullosos de mí —susurró Asha para sí misma. Descubrir que su padre había sido tan progresista y que se mantuvo firme sobre que se tratara a las mujeres con igualdad, hizo que se le encogiera el estómago, desalentada al percatarse de que le había fallado. «¿Qué habría pensado de mi pasado, del maltrato que aguanté por parte de Ravi o del trato que soporté por parte de mis padres y de mi ex marido porque pensaba que me lo merecía? Se habría sentido muy decepcionado conmigo».

—Se habría sentido muy orgulloso —contestó Devi con severidad después de oír el comentario entre dientes de Asha—. Sobreviviste, incluso en muy malas circunstancias. Sé que Navi se habría sentido muy apenado de no haber estado ahí para ti, pero se sentiría orgulloso de que escaparas y sobrevivieras.

—No estoy segura de quién soy —respondió Asha con sinceridad mientras miraba a Devi directamente a los ojos—. Fui educada como una india muy convencional, pero nací en Estados Unidos, de madre estadounidense y un padre indio progresista. Soy estadounidense, pero no me siento como tal.

—Encontrarás tu camino. Yo te ayudaré —dijo Devi en voz baja sacando una tarjeta de visita de su bolso y entregándosela a Asha—. Si no puedes hablar de ello conmigo, puedes hablar con mi compañera. Es más joven, pero es estadounidense con sangre india, igual que tú. Tal vez te resulte más fácil hablar con alguien que nunca conoció a tu padre. —Devi se puso en pie—. Siento haber interrumpido vuestra Acción de Gracias, pero ya no podía esperar más para verte y devolverte el dinero. Tengo que volver a casa. Mi marido está preparando la cena de Acción de Gracias.

—Otro hombre en la cocina —musitó Asha.

Devi rio suavemente.

—Sí. Y mi hijo está ayudándolo.

Asha sacudió la cabeza.

—¿Cómo te acostumbraste? Te criaste en la India.

—Poco a poco —respondió Demi, divertida—. Es muy fácil acostumbrarse cuando has tenido la oportunidad de ser una compañera en igualdad, pero lleva tiempo sentirse como tal. Date tiempo, Asha.

Esta se puso de pie cuando se dio cuenta de que, en algún momento, todos los hombres se habían unido a ellas. Después de presentarse rápidamente, Max y Maddie acompañaron a Devi a la puerta mientras le hacían unas últimas preguntas acerca de su madre. Asha empezó a seguirlos, pero Kade la frenó rodeándole la cintura fuertemente con el brazo.

—¿Estás bien? —preguntó bruscamente.

«¿Estoy bien? Va a llevarme tiempo procesar todo de lo que acabo de enterarme». Sostuvo en alto el cheque que había recibido de Devi.

—Tengo dinero —respondió llanamente, no del todo capaz de creer que los fondos realmente le pertenecían a ella.

—Lo he oído. Todos intentamos darte intimidad, pero oímos el timbre desde la cocina y escuchamos desde detrás de la puerta con bastante descaro —dijo Kade con franqueza.

—Mis padres me querían, Kade. Les importaba —respondió llorosa. «Dios, eso ha sido lo más asombroso de toda la tarde»—. Mi padre era un progresista. De hecho, ayudaba a mujeres indias en problemas. Era un buen hombre.

—Lo sé, cielo. ¿No sabías ya que era un buen hombre? —preguntó Kade con voz áspera, atrayendo a Asha contra su pecho y abrazándola con fuerza.

Para ser sincera consigo misma, Asha había dado por hecho que probablemente ella era de poca importancia para él porque era una niña, y que su padre era como los otros hombres Indios de su vida.

Su padre había hecho suya la misión de ver a las mujeres bien tratadas, incluso con igualdad, y tenía valores liberales. Él, un hombre indio, había ayudado mujeres en problemas para que pudieran perseguir sus sueños. Sacudió la cabeza contra el pecho de Kade.

—No es eso. Nunca imaginé que fuera tan bueno.

Mientras Kara, Simon, Sam, Travis y Mia observaban, Asha apoyó la cabeza contra el pecho de Kade y lloró.

Capítulo 10

Asha dobló la última camisa que se había comprado y la colocó en la parte superior de su nueva maleta con un suspiro. No había metido en la maleta la ropa que le habían comprado Maddie y Mia, pensando que lo resolvería con ellas más adelante. Eran demasiado extravagantes y ella era una mujer bastante informal. Pantalones, sandalias y camisas eran casi siempre la norma. Era pintora, y aquellos conjuntos no eran algo que llevaría normalmente. Si consiguiera que Maddie los devolviera, su hermana podría conseguir el reembolso. No se había puesto ninguno de ellos, a excepción de la camisa roja.

Las paredes de Kade estaban terminadas y ya no podía seguir engañándose acerca de marcharse. No había ni una pared que pudiera pintar en su casa sin hacer que estuviera sobrecargada o demasiado decorada. Desde Acción de Gracias, hacía dos semanas, había apreciado cada momento que habían pasado juntos, sin pensar en el futuro, y seguía rota. Kade se merecía algo mejor, necesitaba más de lo que ella podía darle.

Había visto a la colega de Devi, la Dra. Miller, una vez a la semana como paciente durante las dos últimas semanas, y había visitado a Devi y a su familia informalmente, como amiga, varias veces.

Lentamente empezaba a darse cuenta de cómo le habían lavado el cerebro en su educación y en su matrimonio. Incluso después de abandonar su hogar de acogida y su matrimonio con Ravi, aquel condicionamiento nunca había abandonado su mente. Le suponía un esfuerzo consciente día a día reprogramar su manera de pensar, darse cuenta de que era una mujer fuerte que merecía mucho más. Eso no iba a suceder de la noche a la mañana, pero a Asha le gustaba pensar que había progresado un poco.

Después de poner al día su página web y de colgar su número de teléfono nuevo, había recibido montones de llamadas para nuevos encargos, la gran mayoría de ellos en Florida. Sin duda, tenía algo que ver con la noticia de que era hermana de Max y Maddie, pero su agenda se estaba llenando de reservas, y ya había aceptado todos los encargos en Florida. Ahora que tenía fondos, quería un lugar donde echar raíces, coleccionar cosas y dejar de huir.

Su alma estaba completamente destrozada, y alejarse de Kade iba a ser la cosa más difícil qué había tenido que hacer en su vida, probablemente la cosa más difícil que tendría que hacer, pero sabía que tenía que hacerlo. Tal vez, algún día, encajarían lentamente las piezas de su alma y volvería a estar entera. Por el momento, las piezas eran tan pequeñas que apenas veía una partícula de su alma. Solo había un vacío negro que ya estaba atormentándola, y ni siquiera había salido todavía de casa de Kade.

—¿Qué estás haciendo? —preguntó un suave barítono desde la puerta.

Asha giró en redondo con el corazón en un puño al ver a Kade, una cadena apoyada contra la puerta, los brazos cruzados y una mirada desconcertada en su rostro. Todo lo que llevaba puesto eran unos pantalones que le caían bajos, a la altura de la cadera, y dejaban su increíble tronco superior al desnudo. Parecía que acaba de ducharse, con el pelo húmedo y desordenado de una manera sensual.

—Nada… Solo estaba recogiendo mis cosas. Ya he terminado con tu casa. No quedan paredes para que las pinte. —Apartó la mirada, incapaz de verlo cruzar la habitación sin querer arrojarse en sus brazos.

—¿Así que estabas planeando marcharte? ¿Así, sin más? ¿Por qué? —inquirió rodeándole la cintura con los brazos cuando se detuvo detrás de ella.

«Porque te quiero tanto que no puedo soportarlo. Porque tengo miedo de perder todo rastro de dignidad que me queda después de mi pasado si no me marcho ahora. Porque necesito que tú también me quieras».

Asha se separó de él, dirigiéndose hacia la puerta.

—Iba a preparar desayuno —dijo informalmente, ignorando su pregunta.

Kade la atrapó cuando llegó a la puerta. La hizo retroceder contra la pared, donde la sujetó con su cuerpo.

—¿Por qué? —rugió enfadado—. ¿Se debe esto al asunto de la infertilidad? Maldita sea… háblame. Te diré un secreto: nunca he estado seguro de querer un hijo propio. Mi padre era un jodido lunático y mi reserva genética es una mierda. Podría adoptar con la misma facilidad. Tener un hijo con mi ADN no es tan importante para mí. Demonios, ni siquiera había pensado realmente en tener un hijo, todavía no. Dudo que fuera un padre decente siquiera.

Asha se quedó helada, atónita. Lanzó una mirada a la expresión feroz de Kade, cuyos ojos destellaban fuego azul. Aquello no cambiaba nada, pero su vehemencia la sorprendió. Sabís que lo decía sinceramente, que no necesitaba un hijo con su ADN, pero aún así la sorprendía.

—Kade… Ya no estoy indefensa. Y no estoy arruinada. Puedo sobrevivir bien.

Él enlazó sus dedos con los de ella y le levantó las manos por encima de la cabeza, apretando su cuerpo duro contra el de Asha. Ella sentía su miembro duro y largo haciendo presión contra el *denim* de los pantalones a medida que entraba en contacto con su pelvis. La idea de tenerlo dentro hizo que tuviera que tragarse un gemido. La mantenía completamente cautiva mientras su lengua trazaba un sendero ardiente por la piel sensible de su cuello, mordisqueándole y lamiéndole el lóbulo de la oreja.

El

—No quiero que estés arruinada e indefensa —siseó bruscamente mientras su aliento cálido soplaba sobre su oreja, haciendo que se estremeciera de deseo—. Solo quiero que seas mía.

Todo el cuerpo de Asha se derritió contra él, porque ella *quería* ser suya. «Santo Dios, no tengo defensas frente a este hombre». Hacía que su cuerpo sintiera placeres exquisitos que nunca había experimentado antes y, avariciosamente, quería más. Dejó caer la cabeza contra la pared para darle vía libre y que hiciera lo que quisiera.

—Kade —gimió, incapaz de pensar, incapaz de hacer nada excepto sentir.

—Eso es, cariño. Gime mi nombre. Recuerda lo que se siente al llegar al orgasmo para mí —dijo Kade ferozmente, separando los dedos de los de Asha para arrancarle la camisa, desabrochar el botón y bajar la cremallera de sus pantalones.

—¡Joder! No vas a dejarme. Nunca. ¿Intentas matarme, Asha? Porque me matarás si te vas. Me quedaré tan condenadamente vacío que ya nada me importará una mierda.

Asha gimió cuando Kade le bajó los pantalones y la ropa interior de las piernas de un tirón y se bajó los suyos rápidamente, dejando libre su miembro erecto.

—Fóllame, Kade. Te necesito. —Asha necesitaba sentirlo en su interior en ese preciso instante.

«Solo una vez más. Lo necesito».

Él metió la mano entre sus muslos con los dedos duros a medida que atravesaba sus pliegues, su carne húmeda rindiéndose a él fácilmente.

—Dime que no te marcharás —insistió él, pellizcándole el clítoris lo bastante fuerte como para enviar una oleada de sensaciones por todo su cuerpo—. Dime que me necesitas tanto como yo te necesito a ti.

—No puedo. Tengo que irme. Esto es buenísimo. Pero debemos tener más que esto. Es confuso —jadeó Asha mientras rodeaba el cuello de Kade con los brazos para atraer sus pieles tanto como fuera posible; el conocimiento de que nunca volvería a estar con él hacía su deseo mucho más urgente. Sus pezones se abrasaban contra el pecho de Kade; su cuerpo estaba listo para él, lo necesitaba.

Kade acariciaba su piel sensible con dureza y sin su delicadeza habitual. Asha nunca lo había visto tan crudo e intenso. Normalmente se tomaba su tiempo, avivaba la llama de su pasión hasta dejarla sin sentido. Pero ahora, a ella ya no le funcionaban las neuronas y actuaba por puro instinto primitivo, reaccionando a la necesidad básica de Kade. Desesperada, sus piernas serpenteaban alrededor de la cintura de él, pero aquello sólo le hizo más fácil torturarla. Ahora estaba abierta para él y Kade se aprovechaba de ello, metiendo y sacando los dedos de su vagina y rozándole el clítoris toscamente.

—Dímelo —ordenó con una voz insistente y entrecortada.

Su contundencia hacía que el deseo de Asha se elevara a nuevas alturas. Kade siempre había tenido más testosterona de la justa, pero ahora era como un macho alfa completamente desatado. Kade nunca le haría daño, sino que aquello era carnal y erótico, una nueva dimensión de su manera de hacer el amor que hacía que ella lo deseara aún más.

—¡No! —gritó ella, desafiándolo a propósito aunque sabía que no podía decir que sí a quedarse con él.

—Te lo advierto, cariño. A veces me gusta duro y me estás sacando de mis casillas. —Su voz era una advertencia grave y gutural.

—Bien —respondió, clavándole las uñas en la espalda y flexionando las caderas contra la mano que tenía entre sus piernas.

—No te tengo miedo. Házmelo duro. Quiero que lo hagas.

—Dime que te quedarás conmigo. Kade pellizcó su clítoris con el pulgar y el dedo índice, cambiando la presión sobre el palpitante manojo de nervios y acariciándolo como si fuera un pene diminuto—. Has sido mía desde el minuto en que te vi. Hazlo oficial. Dime que me necesitas tanto como yo te necesito a ti, joder.

—Ah, Dios —gimió Asha bajando la boca hasta el hombro de Kade y mordisqueándole la piel, intentando instarlo a que la arrojara al abismo—. Sí —susurró angustiosamente. Era un murmullo de placer y no una respuesta afirmativa a la exigencia de Kade.

—Es suficientemente para mí —respondió Kade bruscamente mientras le aplicaba la presión que necesitaba, la caricia fuerte que hizo que cayera al abismo.

Su boca tomó la de Asha mientras esta se deshacía en sus brazos, ahogando sus gritos de éxtasis en su propio cuerpo como si fueran de su propiedad. La lengua de Kade conquistaba y devoraba su lengua mientras ella se estremecía en sus brazos.

Kade puso las manos bajo su trasero, la colocó en posición y se sumergió en ella. Arrancando los labios de su boca, gimió:

—Agárrate a mí, Asha. Móntame.

La tenía contra la pared y su miembro empezó a martillearla con golpes explosivos. Asha empuñó su cabello y montó la ola de placer que recorría todo su cuerpo. Estaba clavada a la pared, el pene de él taladrándola tan rápido que apenas podía respirar. Era una cópula básica y primitiva, la unión feroz de sus cuerpos que hizo que el de Asha implosionara y se sacudiera con necesidad desesperada.

—¡Sí, sí, sí! —gritó rítmicamente a cada invasión maestra de su pene, sintiéndose como si la aclamara. Aquello era lo que había querido, lo que había necesitado. De una manera extraña, su salvaje posesión de ella la estaba liberando. Su deseo salvaje por ella hizo que se sintiera deseada y necesitada, y para ella era como un potente afrodisíaco.

Enérgico y poderoso, Kade la martilleaba con fuerza, gimiendo cuando Asha empezó a vibrar alrededor de su miembro. Incansable, no dejó de mover repetidamente las caderas, llevando el placer a un violento *crescendo*.

—¡Joder! —Kade dio un paso atrás y se desplomó sobre la cama con Asha encima de él. Recobraron el aliento en silencio, solo el sonido de sus jadeos y bocanadas llenó la habitación durante varios minutos antes de que él levantara la cabeza de Asha y la mirara a los ojos.

—Dime que nuestro sitio no está juntos. Quiero oírte decirlo si lo crees.

Asha casi se hundió en sus ojos azul líquido, incapaz de mentir.

—No puedo decirte eso. —«Sinceramente, no estoy segura de que mi sitio no esté contigo, pero no estoy segura de tus sentimientos y estoy confundida con respecto los míos». ¿Era el sexo increíble lo que le hacía creer que en realidad lo amaba? Y no estaba segura de que el sexo no estuviera persuadiéndola de creer que la necesitaba. ¿Era todo aquello un amor loco nacido de la lujuria? Ella nunca había conocido el amor, y si el amor que sentía por Kade era real, lo era solo por su parte. Estaría destinada a hundirse y arder cuando el resplandor del sexo devastador se apagara.

—Entonces, ¿cómo puedes pensar en dejarme siquiera? —preguntó Kade con voz gutural.

Desembarazándose de él, Asha se deslizó a su lado.

—Nunca me has pedido que me quede —musitó en voz baja. «Y nunca dijiste cuánto tiempo me querías aquí ni que me amabas».

Kade terminó de quitarse los pantalones de una patada y dio la vuelta para sujetarla debajo de su cuerpo.

—Entonces te lo estoy pidiendo. Te lo estoy pidiendo ahora mismo. Quédate ahora porque quiero que lo hagas, no porque tengas que hacerlo. Sé que tienes medios para irte, pero quédate de todas maneras porque es lo que quieres.

Asha miró su apuesto rostro que se cernía sobre ella. Tenía un aspecto un poco salvaje, pero también vulnerable. El corazón se le encogió al darse cuenta de que pensaba que se iba ahora que tenía dinero para ayudarla. «¿Cree que esa es la única razón por la que he estado con él, que solo he estado utilizándolo?».

—¡Maldita sea, Asha! ¿Todavía no te has enterado de que eres más que una invitada? —gruñó Kade.

—¿Entonces qué soy? —preguntó con curiosidad examinando su rostro.

«¿Tu amiga? ¿Tu amante? ¿Tu novia? Sé que eso es ir un poco lejos, pero Kade no es un chico muy dado hablar sobre el futuro ni sobre sus emociones».

—Estás jodiendo mi cordura —murmuró Kade por encima de ella—. Tú eres la razón por la que dejé de huir a los analgésicos que tomaba.

Asha exhaló un suspiro trémulo mientras miraba a Kade sorprendida.

—Pensaba que los habías dejado antes de conocernos.

—Lo hice. Pera tan pronto como empecé a buscarte. No podía permitirme que mis sentidos estuvieran adormilados. Necesitaba estar presente en la realidad. Eres inteligente. Me retabas, aunque por aquel entonces no sabía que huías porque estabas asustada.

—Pero el reto ha terminado —respondió Asha, confundida.

—Difícilmente —respondió él en tono seco—. Me desafías cada día. Ver la mujer que eres, toda la energía y alegría que pones en cada proyecto que haces, que le das a cada persona que conoces, hace que quiera ser un hombre mejor.

Asha posó la palma sobre su mejilla, dejó que se deslizara por su mandíbula sin afeitar en una caricia y dijo con vehemencia.

—Tú ya eres bueno. —Kade empezaba a buscar propósito en su vida sin ella, y se equivocaba si pensaba que ella tenía algo que ver con su decencia innata. Era simplemente él. Y ella no tenía duda de que tenía muy poco que ver con el retorno de Kade a la realidad. Era fuerte, obstinado y decidido. Tal vez hubiera utilizado analgésicos como una vía de escape temporal, pero se habría librado de ellos a su propio tiempo.

—Supongo que acabamos de encontrar otra cosa que se me da bien en vertical —dijo Kade con voz ronca y una sonrisa maliciosa—. ¿Te he hecho daño? —preguntó ansioso.

Kade estaba evitando serios problemas emocionales otra vez, pero Asha no pudo evitar sonreír.

—No. Ha sido increíble.

—Entonces te gusta un poco sucio y vicioso de vez en cuando. ¿Quién lo habría imaginado? —respondió Kade con una voz falsamente sorprendida. Giró sobre su espalda y volvió a traerla encima de él, con las palmas en su trasero desnudo para mantenerla ahí.

Asha suspiró, la sensación de ellos piel con piel hacía que quisiera ronronear como una gatita satisfecha.

—¿Un poco? —preguntó escéptica.

—Cariño, hay cosas mucho más sucias y mucho más viciosas que lo que acabamos de hacer —dijo Kade en tono áspero.

—¿Las hay? —Asha no pudo contener una nota de entusiasmo en su voz—. Tal vez necesitaría comprar algunos libros o DVD de instrucciones. Creo que me he perdido mucho de mi educación sexual. Ni siquiera he visto nunca el *Kama Sutra* —dijo juguetona.

Kade le dio un apretón en los cachetes del trasero, atrayéndola por completo sobre él—. No es necesario. Lo he leído. Estaré encantado de corromperla e instruirla, Srta. Paritala. Ha sido demasiado buena.

Imitando su ánimo alegre, contestó descaradamente:

—Tengo que ser buena o Santa Claus me dejará carbón en la media.

—¿Lo ha hecho antes? —preguntó Kade pensativo.

—Nunca he tenido una media antes —respondió Asha sinceramente—. Ni siquiera he celebrado la Navidad de verdad. Y este ha sido el primer día de Acción de Gracias que he celebrado. Solo reconocíamos las fiestas indias, y yo realmente no participaba en las celebraciones de mi familia de acogida.

—No, no lo habrías hecho, ¿verdad? —ladró Kade enfadado—. Eras su puñetera sirvienta, joder.

Asha no podía negarlo. Simplemente se sentía agradecida por su libertad. Su vida estaba cambiando, y eso era suficiente.

—Voy a empezar de cero este año. Voy a poner un árbol de navidad y mi media. —Tal vez la Navidad fuera una fiesta religiosa y no estaba segura de qué religión quería que fuera la suya, pero podía celebrarlo simplemente por la alegría de la fiesta.

Kade se incorporó bruscamente y la sentó en su regazo.

—Yo seré tu Santa Claus. Siéntate en mi regazo desnuda como ahora y cuéntale a Santa Kade todo lo que quieres. Te garantizo que recibirás todo lo que pidas y más.

Asha soltó una risilla, encantada con el repentino y travieso cambio en su comportamiento.

—Me gustaría que me enseñes los aspectos más refinados de ponerse sucio y vicioso.

Los ojos de Kade lanzaban llamaradas mientras la miraba.

—Santa Kade premia las travesuras —dijo con voz ronca—. Pórtate mal con total libertad.

Asha lo miró dubitativa.

—No es así como funciona. Es posible que no la haya celebrado antes, pero vivimos en Estados Unidos. —Kade resultaba adorable cuando estaba despeinado y se ponía juguetón, y Asha no pudo resistir la atracción de jugar con él. Solo le quedaba un poco de tiempo con él y quería tener aquel día para recordarlo. Podía darse eso como mínimo. Sabía que tenía que marcharse, tanto por el bien de Kade como por el suyo. Ambos necesitaban tiempo y distancia para averiguar lo que sentían. Y ella necesitaba llegar a ser una persona entera.

—Mis reglas. Mi navidad. —La sonrió pecaminosamente.

—Vale, Santa. Empecemos acumular esos puntos —respondió con un susurro abrasador.

Kade gimió mientras se dejaba caer y la hacía rodar sobre su espalda, cerniéndose enorme sobre ella.

—No está bien provocar —la previno con voz áspera.

El cuerpo de Asha empezó a calentarse mientras Kade la sostenía indefensa sobre la cama, con aspecto de querer devorarla entera.

—Nada de provocar. Enséñame —le rogó, su cuerpo anhelante por Kade.

«Quiero experimentarlo todo hoy… contigo».

—Podría llevar un tiempo —le advirtió él, bajando la boca hasta la de Asha—. Todavía eres bastante inocente.

El beso de Kade la dejó sin aliento, pero Asha no se quejó. Averiguar lo travieso que podía ser Kade valía cada jadeo sin aliento que saliera de su boca mientras él la llevaba al paraíso.

Capítulo 11

Asha se marchó al día siguiente. Mientras Kade estaba trabajando, recogió el resto de sus cosas y salió por la puerta. Una de las cosas más difíciles que había hecho en su vida, pero se obligó a salir por la puerta con su pequeña maleta esquivando la seguridad de Kade, y se metió en un taxi que la esperaba. Las lágrimas inundaban rostro cuando el taxi se alejó del bordillo, pero sabía que estaba haciendo lo correcto. Sus emociones eran crudas y su confusión, rampante.

Ella y Kade tenían un sexo increíble, y se sentía agradecida hacia él, pero no sabía si lo que sentían era amor o deseo. Ambos se encontraban en puntos vulnerables y el deseo mutuo no iba a ser suficiente para ninguno de los dos.

Ya había alquilado un apartamento diminuto al otro lado de la ciudad. Aunque tenía fondos, quería ser cuidadosa. Todavía necesitaba comprarse un coche y más muebles para el apartamento; tenía que ser cuidadosa con su dinero. Tarde o temprano se pondría en contacto con Maddie y Max. Pero aún no, no cuando sus emociones seguían siendo tan frágiles y no antes de haber aprendido a sobrevivir sola de verdad.

«Esto va a hacer daño a Kade».

Las lágrimas empezaron a caer más rápido y se las secó con dedos impacientes. Un dolor breve y temporal era mejor que hacerle más daño en el futuro.

«Todavía sigo dañada. Estoy confundida. No estoy lista para un hombre como Kade ni lo merezco. Oh, pero vaya si no quiero estar, y lo quiero desesperadamente, ahora mismo». Lo último que quería era abandonarlo, pero le importaba demasiado como para permitir que se quedara atascado con una mujer a medias, una mujer que no sabía realmente quién era ni lo que quería.

«¡Empezaré ese viaje de descubrimiento hoy!».

Y había una cosa que Asha quería, algo que nunca había tenido.

Después de pedirle al conductor del taxi que hiciera una parada rápida para ella, salió el taxi de un saltó y entró rápidamente en una joyería. El precio del oro no era barato, pero compró un juego de brazaletes de todas formas, dejando una pequeña mella en sus ahorros.

De vuelta en el taxi, palpó las pulseras. Le encantaba el sonido de los aros finos entrechocándose. A las mujeres indias les encantaban los brazaletes y ella no era una excepción. Cuando era mas joven, anhelaba aunque fuera un par de brazaletes baratos, pero nunca los tuvo. Sus padres de acogida apenas la alimentaban y su marido nunca sintió que mereciera tenerlos porque no podía quedarse embarazada ni era una mujer de verdad.

La Dra. Miller y Devi ya le habían recomendado que tomara lo que le gustara o lo que quisiera de su herencia india y que desechara las cosas malas porque, después de todo, era estadounidense. Y una cosa que siempre había codiciado en unos brazaletes. Tal vez lo llevara en los genes, pero siempre los había querido. Se había visto privada del derecho a llevarlos a pesar de haber sido criada como una mujer india. Ahora, podía decidir lo que quería por sí misma. Aquel pensamiento la tranquilizaba y la aterrorizaba a partes iguales. Había pasado de una familia de acogida exigente y controladora a un marido maltratador. Incluso los dos últimos años todo habían sido decisiones tomadas únicamente para la supervivencia. «¿Quién soy? ¿Qué quiero?».

Sus pensamientos errantes se vieron interrumpidos cuando llegó al edificio de su apartamento. Después de pagar a toda prisa y darle la propina al conductor, salió del taxi y se dirigió nerviosa y aprensiva hacia allá, pero sintiéndose más fuerte de lo que se había sentido en toda su vida. «Ojalá pudiera contarle a Kade cómo me siento».

Castigándose por ese pensamiento, se percató de que iba atardar mucho tiempo en no extrañar a Kade. Además de ser un amante increíble, se había convertido en su primer amigo verdadero, el único hombre que la había tratado con respeto y amabilidad. Era especial y, en lo más profundo de su corazón, Asha lo sabía. Pero no era más que un amigo y permanecer en su vida haría que todo se volviera turbio y confuso. Tal vez, salir de su casa también había sido en parte por su propia protección. Creía que Kade se merecía algo más una mujer destrozada y confundida, pero luchaba contra emociones con las que no podía lidiar en ese preciso momento. Kade la abrumaba y todavía no era lo bastante fuerte como para lidiar con esos sentimientos tan intensos.

Entró en el apartamento, cerró la puerta y echó el pestillo.

—Hogar dulce hogar —dijo para sí misma echando un vistazo al apartamento escasamente amueblado. Tenía un sofá y una cama, además de unas cuantas cosas básicas, pero tenía que ir a comprar lo demás que necesitaba. Había alquilado el apartamento hacía unos días y la familia de Devi le había ayudado a trasladar al apartamento las pocas cosas que había comprado. Ahora, había llegado el momento de convertirlo en su hogar.

Apoyó su maleta contra el sofá y estudió las paredes blancas y desnudas. Una de las primeras cosas que necesitaba era pintura. Era india y necesitaba color. Cubriría la pintura antes de irse algún día para no enojar al casero, pero las paredes eran deprimentes.

«Tengo encargos a partir de pasado mañana. Es hora de ponerse trabajar».

Llevó la bolsa su habitación y la abrió para encontrarse el ordenador que le había regalado Kade en la parte superior. Los ojos se llenaron de lagrimas y sintió enormes oleadas de soledad que amenazaban con aplastarla.

«Hazlo por él. No dejes que su bondad sea en vano. ¡Triunfa! ¡Triunfa! ¡Triunfa!».

En ese momento, Asha encontró su nuevo mantra y estaba decidida a mantenerlo.

—Has hecho un trabajo increíble con Holderman —comentó Travis de manera informal mientras se dejaba caer en el sillón frente al escritorio de Kade en su despacho, en Harrison—. Muchísimo mejor de lo que habría conseguido yo.

Kade se encogió de hombros.

—Es un imbécil, pero queremos la adquisición.

—No estoy seguro de que yo la hubiera perseguido. La compañía habría perdido dinero porque no tengo paciencia para tratar con él —contestó Travis mientras se alisaba la corbata, evidentemente con deseos de decir algo, pero con aspecto de sentir recelos o ser incapaz de decirlo.

—Así que me necesitas —dijo Kade en tono jocoso. Ya más en serio, añadió—: No tiene importancia. He tenido que tratar con un montón de gilipollas en mi vida. He aprendido a no dejar que me afecten. Es más importante ganar el partido.

—Me alegro de que estés aquí, Kade. Solo quería que lo supieras —farfulló Travis, con aspecto un poco incómodo—. Tienes cualidades que yo no tengo, y nos complementamos.

Kade miró a su gemelo sorprendido.

—¿Quién eres tú y qué has hecho con mi hermano? —El comentario era tan impropio de Travis que Kade estaba totalmente seguro de haberlo oído bien. Su hermano gemelo no admitía tener debilidades.

—Solo he afirmado un hecho. Harrison es mejor por tenerte aquí. —Travis cambió de postura en el sillón, alisando su corbata, ya perfecta—. Solo me gustaría que reconsiderases tus camisas y corbatas.

Kade soltó una risotada. *Ese* comentario era más propio de Travis, pero se sentía conmovido de que su hermano lo quisiera allí.

—Pensaba que lo tenía todo bajo control. Nunca tuve la sensación de que me necesitaras.

—No te necesito —dijo Travis a la defensiva—. Si quieres hacer algo más con tu vida, puedes dejarme Harrison con total libertad.

Kade estudió a Travis, intentando leer su expresión, pero era casi imposible. Por suerte, eran gemelos, y Kade presentía ciertas cosas sobre su hermano. En ese preciso momento, Travis intentaba darle alas para que hiciera lo que quisiera porque su hermano mayor siempre se había hecho cargo de todas las responsabilidades en Harrison para permitir que el resto de los hermanos persiguieran sus sueños. Kade nunca había pensado en los sacrificios que Travis había hecho por su familia, pero ahora le preguntó:

—¿Te gusta estar aquí? ¿Te gusta dirigir Harrison? Podrías haber sido un piloto de carreras increíble si hubieras seguido con ello. Pero no podías, ¿verdad? Eras el único que quedaba para dirigir la compañía. —A Kade se le retorció el estómago de culpa—. Eras el único que nunca se sintió libre para hacer lo que quisiera. Estabas atrapado aquí porque Mia perseguía su arte y yo estaba jugando al fútbol. —Kade nunca había pensado en la justicia de aquel hecho hasta ahora. Siempre había dado por hecho que Travis estaba exactamente donde quería estar.

—Era lo justo —musitó Travis—. No me sentía desfavorecido. Estaba haciendo exactamente lo que quería. Me gusta correr, pero es un pasatiempo. Nunca sentí la necesidad imperiosa de hacerlo de manera profesional. Quería estar aquí así que no intentes que parezca una especie de héroe. Me gusta esta compañía y la manera en que me desafía.

«Te gusta la manera en que ocupa todo tu tiempo y te ayuda a olvidar». Kade sabía que Travis se enterraba en su trabajo, pero se sintió aliviado de que no hubiera tenido el deseo acuciante de hacer otra cosa—. Quiero estar aquí, Travis. Simplemente sentía que no me necesitabas aquí porque lo tenías todo controlado, porque lo tenías todo en orden.

—Lo tengo —contestó Travis con voz arrogante y arrastrando las palabras—. Pero me vendría bien tu ayuda.

Kade ahogó una risilla, a sabiendas de que no iba a conseguir nada más que aquel reconocimiento por parte de Travis. Pero era suficiente para él. «He de reconocer que siento que me necesitan aquí». Lentamente, las obligaciones que eran debilidades de Travis habían pasado a sus manos y descubrió que realmente destacaba en las cosas en las que Travis no lo hacía. Los empleados empezaban a recurrir a él en esos aspectos, y empezaba a sentirse como el capitán de su propio equipo de fútbol.

—Estoy aquí. Y no me voy a ninguna parte.

—Bien —respondió Travis vigorosamente mientras se ponía de pie y se sacudía pelusas imaginarias del traje.

—Pero no voy a cambiar mi forma de vestir a menos que sea para un evento necesario que exija que sea aburrido —le advirtió Kade intentando contener la risa.

—De acuerdo —contestó Travis de mala gana. Se detuvo con la mano en el picaporte, de espaldas a Kade, e hizo una pausa—: Sabes, a veces me aterra, pero la verdad es que empiezo a tener ganas de ver tus camisas de conejitos peludos y corbatas de plátanos bailarines todos los días.

—Bueno, maldita sea —musitó Kade entre dientes—. Supongo que me echaba de menos. —El comentario de su hermano era lo más parecido que había estado nunca a oír una confesión de que quería estar mas unido a él y verlo más a menudo.

Travis se movió para salir, pero volvió a girarse.

—Por cierto, he descubierto ciertas prácticas empresariales no del todo legales del ex marido de Asha. Da trabajo a estudiantes indios de manera ilegal y los hace trabajar como mulas. No les paga casi nada, pero están desesperados, así que lo hacen. Puesto que se supone que no pueden trabajar aquí con visado de estudiante, mantienen la boca cerrada. Se rumorea que las mujeres se llevan la peor parte, pero no pueden denunciarlo cuando las maltrata o las agrede sexualmente porque tienen miedo de meterse en problemas por trabajar de manera ilegal.

—Cabrón —escupió Kade asqueado.

—Recibirá su merecido, Kade. Sé paciente. Esto ayudará a más gente que a Asha —dijo Travis con cautela, taladrando a Kade con una mirada intensa.

Él sacudió la cabeza, intentando contener la rabia que sentía cada vez que imaginaba a alguien haciéndole daño a Asha. Pero ahora que sabía que ese gilipollas estaba haciendo daño a otros, sabía que tenía que encontrar la manera de controlarse. Después de todo, Asha estaba a salvo—. Esperaré —respondió sucintamente.

El teléfono de Travis estalló con un timbre rítmico y rápido, y se lo extrajo del bolsillo, fulminándolo con la mirada como si fuera su peor enemigo.

—¡Maldita sea! ¿Cómo demonios ha conseguido mi número esta vez?

—¿La Srta. Caldwell? —preguntó Kade lanzándole una sonrisa de suficiencia al teléfono de Travis.

—Es como un grano en el trasero. Esta vez, está despedida. —Salió del despacho pisando fuerte y la puerta se cerró tras él.

Kade rio entre dientes sin dejar de mirar la puerta cerrada y sin temer por Ally en absoluto. Travis amenazaba con despedirla al menos una vez al día, y seguía allí. Su hermano podía cabrearse y rugir todo lo que quisiera… No iba a librarse de Ally de ninguna manera. La necesitaba demasiado. Sinceramente, Kade ya no estaba seguro de qué haría Travis sin ella. Es posible que lo pusiera de los nervios, pero lo mantenía firme.

Miró el reloj y decidió que era hora de irse a casa.

Al salir del despacho, sonrió a su secretaria, Karen, y ella le devolvió la sonrisa mientras ambos oían el intercambio acalorado entre Ally y Travis en el despacho contiguo. Kade dudaba que nadie se lo tomara en serio ya, porque ocurría a diario.

—Que pase buena noche, Sr. Harrison —canturreó Karen.

—Tú también —respondió despidiéndose con la mano.

Últimamente, todas las noches sabían sido buenas, ahora que tenía a Asha. Yo esperaba que aquella noche fuera distinta.

Condujo a casa más rápido de lo que debería, impaciente por llegar y ver el rostro sonriente de Asha, preguntándose como se había vuelto tan dependiente de verla en un periodo de tiempo tan corto. Pero lo había hecho, y tenerla en su vida había cambiado la forma en que lo veía todo ahora. Su futuro ya no era desolador y seguía adelante con su vida. Por fin, empezaba a pensar cada vez menos en la carrera futbolística que había perdido y más en lo que le deparaba el futuro. Aparcó enfrente de su casa con una sonrisa en la cara.

A Kade asaltó una sensación de vacío en el momento en qué entró en su casa.

«Asha no está aquí».

Era extraño, pero siempre podía sentir su presencia. Cuando Asha estaba presente, había una sensación de ligereza y alegría en su hogar. Cuando no lo estaba, resultaba vacío y tan solitario que era sofocante.

—¿Asha? —La llamo con urgencia mientras comprobaba en la cocina, solo para encontrarla vacía. Subió las escaleras como un rayo, quitándose la chaqueta del traje de camino. Se percató de inmediato de los dos grandes dibujos sobre la cama y se acercó a examinarlos.

El primer dibujo era uno que reconocía. En el autorretrato que había visto la primera vez que se llevó las cosas de Asha, su dibujo anhelando un hombre cuyo rostro permanecía en la sombra. Paso al siguiente y se reconoció de inmediato; también identificó a Asha con la cabeza apoyada en su hombro. Una mujer te parecía increíblemente feliz y satisfecha.

Dos dibujos. Los mismos protagonistas. Pero las emociones serán completamente diferentes.

Sosteniéndolos en alto, Kade los examinó en paralelo. Comprendió su mensaje de inmediato. Tendría que ser un completo idiota para no entender lo que le decía de que había satisfecho sus necesidades. Volvió a poner los dibujos en su sitio con el corazón retumbándole en el pecho, increíblemente feliz de que Asha le dijera que la había hecho feliz. «Porque la verdad es que eso es todo lo que quiero».

Había una nota junto a los dibujos. La tomó y la abrió. Solo había un párrafo.

F. A. Scott

Queridísimo Kade,

*Quería despedirme en persona, pero supongo que
soy una cobarde. Tal vez esa sea una de las muchas
cosas de mí en las que necesito trabajar. No podía
irme sin darte las gracias por todo lo que has hecho
por mí. Me salvaste la vida, pero no puedo quedarme.
No soy lo bastante fuerte para esto ahora mismo, y
estoy confundida. Necesito tiempo y espacio para
trabajar en mis problemas. No te mereces a una mujer
tan destrozada y rota como estoy yo ahora mismo.
Por favor, perdóname por no decirte esto en persona,
pero creo que es mejor así. He llamado al hospital en
Nashville para que me dijeran el total de la factura. Mi
trabajo no da para cubrir el total, así que he dejado un
cheque por el resto en tu cómoda. Nunca sabrás cuánto
valoro nuestro tiempo juntos y nunca olvidaré todo lo
que has hecho por mí.*

Sé feliz,
Asha

Kade anduvo apresuradamente hasta su cómoda, incapaz de
procesar lo que había escrito Asha. Tomó el cheque percatándose
distraídamente de que tenía que cobrar más por su trabajo. Era casi la
totalidad de la factura del hospital. Junto al cheque estaba el teléfono
que le había dado; la razón por la que lo había dejado era evidente.

«Quiere asegurarse de que no puedo ponerme en contacto con ella».

—No puede haberse ido de verdad —trató de asegurarse con voz
incrédula.

Caminó hasta el dormitorio al otro lado del pasillo y encontró la
ropa que le habían comprado Maddie y Mia. La habitación parecía
la misma, pero se sentía diferente. El ordenador portátil que le había
regalado había desaparecido del escritorio. Los cajones de la cómoda

donde guardaba la ropa que se ponía estaban vacíos y su maleta había desaparecido.

—No —Negó con énfasis, sacudiendo la cabeza y mirando en blanco el cajón vacío que acababa de abrir—. No me dejaría. Dijo que no lo haría.

Finalmente, la realidad se hizo evidente, dejándolo clavado a la alfombra del suelo de la habitación de Asha; todo su cuerpo temblaba.

La incredulidad se volvió frustración, decepción... Y, finalmente, desolación.

—¿Por qué? ¿Por qué se iría? —dijo con la voz rota consciente de cuál era la respuesta a su pregunta. Simplemente no quería estar con él.

Dejó caer los puños sobre la cómoda lo suficientemente fuerte como para dejar una marca.

—¡Joder! ¿De verdad pensaba que sería feliz conmigo? —gritó en voz alta, su alma devorada por la desolación—. Soy un cabrón cojo sin nada que ofrecer excepto dinero y ella ya no lo necesita. —Completamente destrozado, dio una patada con su pierna herida, que se estrelló contra la cómoda. Le dolió como el demonio, pero la agonía de perder a Asha seguía siendo más aguda, un dolor abrasador en el pecho que amenazaba con consumirlo.

Fue cojeando hasta la cama, se sentó mirando fijamente el dibujo que Asha había pintado en aquella pared de acento. Era una escena de playa, olas que rompían en la costa y un cielo que parecía extenderse hasta el infinito. En ese momento, Kade deseó poder estar en el mural, dejar que lo tragara y lo devorara.

«No puedes permitir que esto te destruya».

Intentó buscar una última reserva de fuerza o resistencia en su interior, pero no la encontró. No quedaba nada.

Kade durmió en la cama de Asha aquella noche; el ligero aroma del jazmín lo torturó hasta que se fue apagando lentamente, llevándose consigo todo atisbo de felicidad que había tenido.

Capítulo 12

Las primeras seis semanas de libertad absoluta de Asha resultaron ser uno de los periodos más difíciles de su vida. No poder hablar con Kade, no ver su bonito rostro todos los días era una agonía, y el deseo de llamarlo era casi irresistible. Tomaba su teléfono nuevo varias veces al día, solo para volver a meterlo en su bolso con un suspiro. Aquellos lazos estaban rotos, y era posible que no obtuviera una reacción positiva de él. Había quemado ese puente en un esfuerzo por darle a Kade una oportunidad para encontrar una pareja mejor, y necesitaba permanecer fuera de su vida.

Finalmente, reconoció para sus adentros que no se sentía confundida acerca de lo que sentía por él. Lo amaba. Probablemente siempre lo haría. La mayor parte de sus miedos surgían de la incertidumbre de lo que sentía Kade por ella y de la certeza que tenía Asha de que él merecía a una mujer mucho mejor que ella en su vida.

La Navidad llegó y pasó, y había puesto un árbol, pero se decidió por no poner la media. Terminaría tan vacía como su vida en la mañana de Navidad.

Siguió su terapia con la Dra. Miller, intentando liberarse de las cadenas invisibles que la habían mantenido inmóvil durante toda su vida. Trabajaba casi todos los días y había comprado un coche compacto de segunda mano para desplazarse. Conducir era un reto. Aunque tenía permiso, había conducido muy poco durante toda su vida. Maldecía a los demás conductores a menudo, pero temía que en realidad era destreza lo que le faltara.

Sin embargo, cada día sentía más confianza en todo lo nuevo que sabía que estaba haciendo y empezó a perderle el miedo a la vida. A veces, intentar despojarse de la culpa y la vergüenza que la acosaban parecía una batalla cuesta arriba, pero no dejaba de dar pequeños pasos por la cuesta. Llegaría… tarde o temprano.

—Tengo una pequeña confesión que hacer —le dijo Tate Colter, su vecino, mientras se servía otra taza de café.

Su voz la sacó de un susto de sus cavilaciones. Tate había sido un rayo de luz para Asha. Lo había conocido una semana después de mudarse al apartamento. Vivía justo al otro lado del pasillo y el día en que se mudó chocaron literalmente. Ella entraba al ascensor cuando Tate salía. Llevaba muletas por una pierna rota, pero Asha no lo vio porque tenía prisa y lo derribó como un bolo, literalmente, dejándolo al pobre chico en el suelo del ascensor. Avergonzada, lo ayudó a levantarse y lo siguió al apartamento, intentando asegurarse de que no le había hecho daño en la pierna. Él le aseguró que estaba bien y se invitó a tomar un café.

—En realidad no soy gay —admitió con un pequeño tono de culpa.

Asha sonrió mientras bebía su café a sorbitos en la mesa de la cocina de Tate. Cuando aquel primer día dudó en invitarlo a entrar, él le aseguró que no era ninguna amenaza porque no estaba interesado en las mujeres excepto como amigas.

—¿De verdad? —preguntó fingiendo inocencia, porque ya había adivinado la verdad hacía bastante tiempo.

—Parecías nerviosa y no quería asustarte. Así que era lo mejor que podía hacer en ese momento —dijo Tate con voz arrepentida—. ¿Me perdonas?

Asha lo miró a él y la sonrisa casi irresistible que le lanzó. Tate era increíblemente atractivo. Con sus ojos grises suplicantes, pelo corto rubio y un hoyuelo que se insinuaba junto a su boca sonriente, Asha estaba casi segura de que no había ni una mujer en el mundo que no desfallecería cuando lo viera. Suspiró deseando poder sentirse un poco atraída por Tate, pero no se sentía así. Le gustaba su compañía, pero empezaba a pensar que cualquiera que no fuera Kade no le serviría.

—Ya lo hice. Hace semanas.

—¿Lo adivinaste? ¿Qué me delató? —preguntó Tate con curiosidad.

—Ummm, creo que la primera pista fue la morena atractiva que entra y sale de tu apartamento. Siempre tiene una expresión embelesada y enamorada cada vez que la veo entrar o salir de tu casa.

Tate se encogió de hombros.

—No es serio.

Asha le lanzó una mirada amonestadora.

—Creo que ella piensa que lo es.

—No… Sabe lo que hay —respondió él con tono de desapego—. Ella tampoco quiere nada serio. Se ha divorciado recientemente y solo busca algo informal.

A Asha no se lo parecía, pero en realidad no era asunto suyo, así que no hizo comentarios.

—Supongo que debería volver al trabajo. —Tate era su último cliente, y necesitaba terminar la pared de acento de su apartamento—. ¿Te das cuenta de que vas a tener que volver a pintar cuando te mudes?

—Sí. Pero merece la pena el esfuerzo si puedo ver tu trabajo alucinante todos los días. Ya tiene un aspecto increíble. Se está haciendo tarde. Puedes trabajar en ello mañana. Pareces cansada.

Asha estaba cansada y no tenía mucho que hacer para terminar el proyecto de Tate. Estaba pintando una escena con un camión de bomberos antiguo en la pared y estaba quedando muy bien. Tate le había dado las fotos y ella estaba creando la escena ayudándose con las imágenes. Le había dicho que coleccionaba antigüedades y que le fascinaban los camiones de bomberos antiguos y el material antiincendios.

—Vale —accedió vaciando su taza—. Tengo algo que hacer por la mañana. ¿Puedo venir por la tarde para terminar? —Se puso en pie y tomó las llaves de la mesa.

—Sí. No hay problema —dijo él de buena gana, acompañándola hasta la puerta—. ¿Asha?

—¿Sí? —Se volvió para mirar a Tate.

—Siento haberte engañado. Me gustas y no debería haber mentido. Me siento bastante culpable porque te has tomado muchas molestias para cuidar de mí mientras estaba escayolado. —Dio un paso adelante y rozó su frente con los labios en un gesto de disculpa.

Tate parecía tan sincero que Asha sonrió.

—Ya no hago nada que no quiero hacer. No deberías haber mentido, pero entiendo por qué lo hiciste. No estoy segura de si habría entablado amistad contigo por aquel entonces de no haber dicho tú que eras gay.

—¿Una mala relación? —preguntó con voz preocupada.

—Hace algunos años, sí. No siento mucha confianza en los hombres.

—No todos los hombres apestan —respondió Tate con una sonrisa.

—Lo sé. Ahora he conocido a unos cuantos buenos —respondió ella mientras abría la puerta.

—¿Estoy incluido en ese grupo? —preguntó Tate esperanzado.

—El tiempo lo dirá —respondió Asha con aire despreocupado—. Supongo que depende de si sigues engañando a esa morena simpática y le rompes el corazón o no.

Asha oyó un gemido exagerado proveniente de Tate cuando cerró la puerta y volvió a su propio apartamento con una sonrisa descarada.

Asha intento mantener los nervios bajo control mientras detenía su vehículo en la verja delantera de casa de Maddie para pedirle al guarda de seguridad que hiciera saber a Maddie que estaba allí. Había querido ir a visitar a su hermana muchas veces, pero no había sido capaz de hacerlo.

El servicio de seguridad le abrió la verja y Maddie la recibió en las escaleras que subían a su casa. Su hermana mayor no dijo una palabra mientras Asha se acercaba. Simplemente, Maddie se limitó a estrecharla entre sus brazos y a abrazarla con fuerza, consolándola.

Permanecieron un rato así; Asha le devolvía el abrazo a Maddie mientras saboreaba consuelo de los brazos abiertos de su hermana.

Por fin, Maddie habló con voz temblorosa.

—Temía no volver a verte nunca.

—Lo siento, Maddie. Debería haberme puesto en contacto contigo. Yo… simplemente no podía. —Al oír la voz preocupada de su hermana, Asha se dio cuenta de que debería haber llamado como mínimo. Pero no estaba acostumbrada a que nadie se preocupara sobre si estaba bien o no.

—Pasó algo con Kade. —Era una afirmación de Maddie, no una pregunta.

Asha se retiró lentamente de brazos de Maddie y dejó que abriera camino hacia la cocina.

—No fue él. Fui yo. Me enamoré de él, así que tuve que marcharme.

Maddie hizo un alto junto a la cafetera y sirvió café para las dos antes de volverse a Asha alzando una ceja inquisidora.

—¿Tuviste que dejarlo porque lo amas? —Haciendo un gesto de sentimiento hacia la taza de café, mencionó—: Lo siento… es descafeinado. Tengo prohibida la cafeína hasta que nazcan los bebés.

Las mujeres se sentaron, cada una de ellas con una taza de café delante. Asha añadió crema de leche y azúcar al suyo—. Bebo mucho *chai* herbal, así que yo tampoco bebo mucha cafeína.

—Tenía tanto miedo de que no te pusieras en contacto conmigo. Recibimos los resultados de la prueba de ADN y son positivos, tal y como yo sabía que serían. Somos hermanas, Asha. Oficialmente —dijo Maddie emocionada. Empezaron a caerle lágrimas de los ojos mientras miraba a Asha desde el otro lado de la mesa.

Asha bajó la cabeza.

—Lo sé. Creo que siempre lo he sabido. Solo tenía miedo, Maddie. Lo siento. —Ver a su hermana llorando casi la desarmó. Maddie estaba disgustada. Por ella. Era más que evidente que le importaba a su hermana mayor, y eso hizo que Asha sintiera un anhelo en el pecho—. Necesito un poco de tiempo. Nunca he estado realmente sola ni he tomado mis propias decisiones sin que nadie las tomara por mí. Estoy destrozada, Maddie. Necesito poner en orden mis ideas, aprender a tomar mis propias decisiones y ser independiente. Nunca quise hacerte daño. No estoy acostumbrada a que nadie se preocupe por mí.

El rostro de Maddie se suavizó.

—Oh, Asha. Claro que la gente se preocupa. Max y yo te queremos, y tienes amigos. Creo que vas a tener que acostumbrarte a que la gente se preocupe. —Dudó antes de añadir—: Kade también te quiere. Ha estado destrozado desde que te fuiste. No habla mucho de ello, pero no está bien. Le contó a Max que no querías estar con él.

—¿No está bien? ¿Qué le pasa? —preguntó Asha con ansiedad, preocupada de que algo malo le ocurriera a Kade. Y la forma en que dio por hecho que no quería estar con él no podía estar más lejos de la realidad.

—Max lo ve más a menudo que yo, pero dice que Kade va por ahí como en una nube, como si no le importara nada.

Asha dio un sorbo a su café con la mente disparada.

—¿Sigue trabajando con Travis en Harrison todos los días?

Maddie asintió.

—Sí, pero incluso Travis está preocupado por él, y Travis raramente habla o da muestras de lo que le preocupa, aunque lo esté.

La angustia de Asha casi hizo que se levantara y fuera corriendo a Kade para ver si estaba bien, pero ¿querría verla él? «Ahora mismo, no lo sé». ¿Estaría lamentando tanto su pérdida? Ella creía que la olvidaría bastante rápido cuando se hubiera marchado. No era precisamente un premio. Habían compartido un sexo fenomenal y su bondad lo hacía mostrarse protector con ella, ¿pero era posible que la extrañara tanto como ella lo extrañaba a él?

—¿Qué crees que anda mal?

—Creo que tiene el corazón roto. Primero lo dejó Amy, y ahora tú. Su recuperación del accidente fue larga y dolorosa. Creo que ha tocado fondo. No creo que Amy afectara nada más que su orgullo. Pero está bastante destrozado por tu marcha.

—No sé qué hacer. —Asha enterró el rostro entre las manos; no estaba segura de qué medida debería tomar. Lo último que quería era ver sufrir a Kade, pero no estaba segura de que verlo fuera a mejorar la situación.

Maddie estiró el brazo desde el otro lado de la mesa y apretó la mano de Asha.

—Primero tienes que cuidarte tú, Asha. Tómate el tiempo que necesites para sanar. Has sufrido mucho. Dijiste que tu matrimonio fue malo, pero tu ex marido era violento, ¿verdad?

—Mucho —dijo sin pensar. Las compuertas se abrieron y empezó a contarle a Maddie toda la verdad sobre su educación y su matrimonio, incapaz de detenerse hasta que toda la historia vio la luz. No quería seguir poniendo distancia entre ella y sus hermanos, y quería que Maddie supiera la verdad. No era un secreto sucio que necesitara ocultar. Por una vez, empezaba a darse cuenta de que no era su culpa.

—Dios mío. Lo siento muchísimo —dijo Maddie con tristeza cuando Asha se hubo desahogado de las dificultades de su matrimonio.

—No lo sientas —respondió ella—. No fue tu culpa. Y tengo suerte de haber escapado. Supongo que es difícil entender cómo puede estar tan motivada la cultura india por la vergüenza y la culpa. Ahora que sé cómo y quién era mi padre, desearía haberme revelado y no haberme casado nunca. Me gustaría haberlo manejado todo de otra manera. Ni siquiera se me ocurrió a hacer nada de otra manera hasta que me di cuenta de que de verdad no quería morir.

No es la única cultura donde se maltrata a las mujeres, Asha. Es posible que sea mucho más frecuente inaceptable la cultura india, pero las mujeres estadounidenses también permanecen en relaciones abusivas y se quedan atrapadas en el ciclo del maltrato. Cuando estás en el ciclo, es muy difícil salir. Solo me alegro de que hayas escapado. Por favor, has de saber que Max y yo te ayudaremos. Estamos aquí para ti. ¿Estás recibiendo terapia?

—Sí, estoy viendo a una de las colegas de Devi. Pero sé que tengo que responsabilizarme de hacer los cambios por mí misma. La Dra. Miller me abre los ojos a la realidad, y yo estoy haciendo todo lo posible por cambiar. —Asha hizo una pausa antes de añadir—. Tengo un pequeño apartamento y mi negocio está prosperando. Me va bien, Maddie.

—¿Pero extrañas a Kade? —pregunto Maddie en voz baja.

—Tanto que duele —le admitió Asha a su hermana—. Estoy enamorada de él. Al principio me preguntaba si estaba confundiendo el amor con el deseo. El sexo era increíble. Pero lo extraño todo de él. Creo que me estoy dando cuenta de que el sexo era increíble porque lo amo.

—¿Y porque él te ama? —preguntó Maddie.

—Los hombres son diferentes —dijo Asha malhumoradamente, pensando en las circunstancias de Tate con la morena—. Creo que ellos pueden tener buen sexo sin que se impliquen sus emociones.

Maddie rio.

—Cierto. Pero no *tan* bueno.

Asha miró a Maddie, con el corazón en los ojos.

—¿Qué debería hacer?

—Eso tienes que decidirlo tú. Ahora *tú* tomas tus propias decisiones —le dijo Maddie con calidez.

—Sí, supongo que sí —respondió Asha con una pequeña sonrisa—. Es difícil acostumbrarse.

—Te acostumbrarás. Estoy muy orgullosa de ti, Asha. Hace falta una mujer fuerte para sobrevivir todo lo que tú has pasado y después tomar el control de su vida. —Maddie la miró con cariño.

A Asha se le elevó el corazón. Nadie había estado orgulloso de ella nunca.

—Gracias. Todavía estoy trabajando en ello.

—Todos lo estamos. —Maddie dio un sorbo de café y puso la taza sobre la mesa—. Ninguno de nosotros está libre de problemas. Pero admitir que los tienes y querer cambiar las cosas es el paso más grande.

—Gracias por apoyarme —le dijo Asha sinceramente—. Estoy muy contenta de tener una mujer tan increíble por hermana.

—Gracias por dejar que te apoye —contestó enseguida Maddie—. Max también estará ahí para ti.

—Gracias, Maddie. —Asha se levantó y fue a abrazar a su hermana al percatarse de cuánto ayudaba a su determinación el saber que tenía su apoyo.

—Tengo que irme. Tengo un encargo esta tarde.

Maddie se levantó y envolvió a Asha con el brazo.

—Hoy libro. Sam está muy nervioso y no me gusta verlo estresado. Solo estoy trabajando a media jornada hasta que nazcan los bebés. Tal vez podamos pasar algo de tiempo juntas. Por favor, no me rechaces. Quiero ayudar, aunque solo necesites que alguien te escuche.

Asha hizo planes para ver a Maddie más adelante aquella semana, deseando haber acudido a ella antes. La verdad es que había sido muy egoísta por su parte. Maddie quería apoyar su independencia, pero Asha sabía que le dolería cada vez que viera a cualquiera que le recordase a Kade.

«Empieza a darte cuenta de que la gente te quiere y cuida de ese afecto».

En otras palabras, necesitaba acostumbrarse a ello y aceptarlo como la verdad. Ahora había personas que se preocupaban por ella y necesitaba cuidar de sus sentimientos. Antes, sus acciones nunca habían afectado a nadie realmente. Ahora lo hacían, y podía hacer daño a gente a la que le importaba.

Se fue de casa de Maddie y pensó en aquella verdad, casi increíble, durante todo el camino a casa.

Capítulo 13

sha visitó a Max a la mañana siguiente, con esperanza de que no estuviera trabajando porque era sábado. Aparcó el coche frente a su casa, y se acercó dubitativamente a la garita en la verja delantera mientras extraía su permiso de conducir de la cartera.

—Pase —le dijo el fornido guarda de seguridad cuando le entregó su permiso—. Hemos recibido instrucciones del Sr. y la Sra. Hamilton de admitirla de inmediato cuando venga de visita. Usted es de la familia. Todos nosotros reconoceremos su cara tarde o temprano —continuó el guarda lanzándole una sonrisa tímida cuando cruzaba la verja.

«Soy de la familia. De verdad tengo una hermana y un hermano».

Asha le devolvió la sonrisa al hombre, todavía intentando hacerse a la idea de su comentario. ¿Se acostumbraría alguna vez a estar emparentada con Maddie y Max?

—Parece que a su neumático le falta aire Srta. Paritala —exclamó el guarda desde la verja mientras se acercaba la casa.

Haciendo un aspaviento para confirmar que había oído al guarda, hizo una nota mental para preguntarle a Max si tenía a alguien que pudiera ayudarla a cambiar el neumático. Sabía que el vehículo necesitaba neumáticos nuevos, pero todavía no había puesto los de recambio. El precio del pequeño coche compacto de segunda mano era justo, aunque necesitara comprar neumáticos nuevos.

Max vivía en la misma playa; el sonido de las olas y el olor del agua salada asaltaron sus sentidos. En realidad, nunca había estado en su casa, pero había pasado por la zona antes con Kade y él le había indicado cuál era la casa de Max. Costaba creer que cualquier miembro de su familia viviera en una residencia tan opulenta.

Tal vez había sido una mala idea juntar tanto las visitas a Max y Maddie. Solo ver lo exitosos que eran sus hermanos en dos días seguidos resultaba intimidante. Pero necesitaba ver a Max. Después de ver lo disgustada que estaba Maddie porque no se había puesto en contacto con ella, quiso asegurarse de ver a Max también.

Asha llamó al timbre con un suspiro, intentando aislar sus pensamientos y pensar en Max como su hermano en lugar de como un multimillonario. Era extraño, pero nunca se había sentido realmente intimidada por la posición social de multimillonario de Kade.

«¡Probablemente porque estaba demasiado ocupada admirando sus otros atributos!».

Kade la abrumaba como hombre, de modo que su riqueza nunca había sido realmente algo por lo que se preocupara tan a menudo. La había mantenido demasiado atontada de placer y deseo como para pensar en su dinero o su posición social.

—Asha —dijo Mia con voz sorprendida pero feliz cuando abrió la puerta; una expresión fugaz de preocupación cruzó su rostro antes de convertirse en una sonrisa auténtica. La estrechó entre sus brazos con entusiasmo en la puerta, y abrazó a Asha con fuerza mientras añadía—: Estábamos preocupados por ti.

Asha le devolvió el abrazo a Mia. Le gustaba la sensación reconfortante de su abrazo.

—Lo siento. Encontré una casa. Un pequeño apartamento —dijo, intentando que todo sonara como si le fuera bien.

Mia dio un paso atrás y la sonrió.

—Lo sé. Max te ha seguido la pista. Sabíamos que estabas a salvo.

—¿Sabíais dónde estaba? —preguntó ella entrando a la casa mientras Mia le sostenía la puerta abierta.

—Por supuesto. No pensarías que Max permitiría que su hermana desapareciera y no supiera dónde vivía, ¿verdad? Pero me alegro de que vinieras. Ha estado preocupado por ti.

—¿Cómo averiguó dónde estaba viviendo? —«De verdad, las habilidades y el poder de mi hermano dan un poquito de miedo».

Mia le levantó una ceja.

—Te encontró cuando no supo nada de ti. Esta vez fue más fácil.

Asha suponía que debería disgustarse porque su hermano hubiera estado espiándola, pero había estado buscándola, preocupado por ella. Y ella no se había puesto en contacto con él. No podía castigarlo por preocuparse.

—Iba a ponerme en contacto con vosotros. Quería hacerlo. Solo necesitaba un poco de tiempo.

—Maddie me llamó anoche. Lo entiendo —le dijo Mia a Asha en tono reconfortante—. ¿Estás bien?

Ella asintió lentamente.

—Sí. Estoy bien. Mi negocio está muy ajetreado y me he matriculado en unas clases de arte.

Asha se detuvo en la puerta de la sala de estar hacia donde la dirigía Mia cuando oyó voces que le sonaban familiares.

—¿Tienes compañía? —le preguntó a Mia preocupada de haber interrumpido la visita de alguien más.

Podía oír la voz furiosa de Max, pero no distinguía exactamente qué estaba diciendo.

—Asha… tus padres de acogida están aquí —respondió Mia; sonaba tensa y frustrada. Por eso era por lo que le había resultado familiar el tono de las voces.

—¿P-por qué? —tartamudeó—. ¿Por qué iban a venir aquí?

—Están buscándote —respondió Mia sin rodeos—. De alguna manera han recibido noticias en California de que eres hermana de Max y Maddie. Querían hablar contigo. Creo que Max está echándoles una buena reprimenda.

El mundo de Asha se ladeó y se tambaleó durante un momento antes de volver a enderezarse. Durante unos breves instantes, volvió a ser una adolescente, aterrorizada de disgustar a sus padres de acogida y perder el único hogar que tenía.

—¿Está mi ex marido con ellos?

—No. Si lo estuviera, tampoco sería capaz de hablar. Max ya lo habría matado a estas alturas —dijo Mia ferozmente—. Max ha dejado entrar a tus padres de acogida únicamente para poder decirles lo que pensaba sobre la manera que te habían acogido. En breve se les acompañará a la salida.

Mia se rodeó la cintura con los brazos, invitando a Asha a que entrara en la sala de estar con un aspaviento.

Asha sabía que aquel era un momento de inflexión para ella, un breve periodo de tiempo en el que podía salir fácilmente evitando a sus padres de acogida o enfrentarse a sus demonios. Podía huir y esconderse… o lidiar con ellos por sí misma. Ya no era a una niña… era una adulta. En realidad, no era algo con lo que Max debería enfrentarse y no era necesario que lo hiciera.

—Hablaré con ellos —le dijo a Mia, mirando el rostro preocupado de su cuñada con gesto decidido—. Ya no tengo que tenerles miedo ni tengo que ser obediente. Quiero que salgan de tu casa y se vayan, y no quiero que vuelvan a molestaros a ti ni a Max.

Giró sobre sus talones y siguió las voces, cosa que no resultó difícil puesto que Max bramaba a pleno pulmón.

—¿Estáis de broma, joder? No fue Asha la que denunció; fui yo. Ninguno de vosotros está capacitado para ser padre de acogida y nunca volveréis a acoger a otro niño.

Asha se detuvo en la puerta el salón, atónita. ¿Max había puesto una denuncia? ¿Por ella?

Mia la detuvo poniendo una mano sobre su hombro y le susurró al oído.

—No fuiste solo tú, Asha. Cuando te marchaste, acogieron a otro niña de unos diez años. Están intentando casarla con otro de sus parientes en la India, por una suma muy considerable. Y acaban de solicitar otra. Otra niña. Max obstaculizó su solicitud con una denuncia. Esto podría ponerse desagradable.

—¿Volvieron a hacerlo? —preguntó Asha incrédula, sintiendo la rabia que le subía del estómago, rabia por la niña que estaba a punto de casarse con un hombre con el que casi con total probabilidad no quería casarse—. Tenemos que detener la boda a menos que quiera casarse.

—Max ya lo ha hecho. No la quería, pero se encontraba en las mismas circunstancias que tú en aquella época. Quiere ir a la universidad para ser profesora. Max ya se ha encargado de matricularla en la universidad y de que se instalara en la residencia. Estamos ayudándola. No te preocupes. Y Max se asegurará de que nunca vuelvan a tener otro niño de acogida.

Lágrimas de rabia y alivio inundaron los ojos de Asha.

—Gracias —suspiró ferozmente—. No tenéis ni idea de cuánto va cambiar esto su vida. —Aunque probablemente la adolescente había crecido presa de la misma culpa y vergüenza que Asha, el transcurso de su vida había cambiado gracias a Mia y a Max.

Mia le apretó la mano y Asha se volvió para hacer frente a sus padres de acogida, que seguían discutiendo con Max. Soltó la mano de Mia, levantó el mentón y entró en la sala. La conversación se detuvo cuando se aproximó a sus padres de acogida, todas las miradas sobre ella.

—Vais a salir de casa de mi hermano y nunca volveréis a acercarnos a nadie de mi familia —le dijo bruscamente Asha a sus padres de acogida, todavía hirviendo de rabia.

Su madre de acogida dio un paso adelante, sus brazaletes de oro repiqueteaban a medida que se movía. Tenía casi el mismo aspecto, pero a Asha le resultaba diferente ahora que la veía con los ojos de una adulta. Sus ojos examinaron el sari de seda fina que llevaba su madre de acogida y el oro y las piedras preciosas que adornaban su cuerpo. ¿Por qué había creído nunca que sus padres de acogida sufrían dificultades económicas? Su madre de acogida llevaba encima bastante oro como para vivir de él durante el resto de su vida.

«Era una sirvienta y después fui vendida, tal y como Kade dijo que era. No había dificultades económicas ni razón por lo que hicieron excepto los beneficios».

—¿Qué? ¿Ya no hablas telugu? —la amonestó su madre de acogida.

—Soy estadounidense y vivo en Estados Unidos. Hablo inglés. Mi hermano y su mujer hablan inglés. No sería tan grosera como para hablar en un idioma que no hablan —respondió enfadada.

—¿Cómo te atreves? Te alimentamos, te criamos, ¿y replicas a mi mujer? —respondió furioso su padre de acogida.

—Me acogisteis y me vendisteis. Entretanto, yo era una sirvienta sin sueldo para vosotros. Incluso vendisteis las cosas de mi padre —respondió Asha con valentía, dando un paso adelante para situarse cara a cara con su padre de acogida—. ¿Cómo te atreves *tú*? —Inspirando hondo, prosiguió—. ¿Sabíais que Ravi me maltrataba? ¿Sabíais lo que me hacía?

—Estaba intentando disciplinarte. Y estaba decepcionado de que nunca le dieras un hijo —respondió su madre de acogida como si fuera natural que ocurriera algo semejante.

Asha resopló pesadamente al recibir la respuesta que se había esperado pero que tenía la esperanza de que no fuera verdad. Lo sabían y habían dejado que ocurriera.

—Los dos sois personas horribles. Mi padre trabaja para proteger los derechos de las mujeres y vosotros las vendéis como si fueran esclavas. No tiene nada que ver con la cultura sino todo que ver con que vosotros seáis individuos crueles y egoístas, aunque tenéis que abrir los ojos y daros cuenta de que las mujeres indias están cansadas de ser maltratadas, cansadas de ser abofeteadas y sometidas a la voluntad de los hombres. Yo no podía concebir un niño, pero eso no significa que mereciera ser apaleada por algo que no era mi culpa.

—Tu padre, tu padre… —Su padre recogida lanzó las manos al aire y dejó escapar un bufido de disgusto—. Era un soñador que murió pobre debido a sus estúpidos ideales.

—Su karma era rico —le espetó Asha en respuesta.

—Tienes que volver con tu marido —dijo su madre de acogida con severidad—. Ahora puedes ayudarlo económicamente.

—¿Porque mis familiares son ricos, pensáis que parte de su dinero tendría que ir a Ravi? —Asha echaba humo, disgustada de que realmente pensaran que le debía nada a un hombre que casi la había matado en varias ocasiones. Probablemente pensaran que se beneficiarían de parte de la riqueza—. Yo vivo por mis propios medios. No vivo del cuento, no vendo personas para ganar dinero. Y prefiero morir antes que volver a la prisión de un maltratador otra vez.

—Es tu marido —bramó su padre de acogida.

—No es nada para mí. Estamos divorciados y si vuelvo a casarme, y cuando lo haga, será con un hombre de mi elección.

—¡Puta! —Su padre de acogida levantó la mano para golpearla. Asha se movió rápido, agachó la cabeza y tropezó hacia atrás cuando un cuerpo grande se interpuso entre ella y su padre de acogida. Una mano grande subió a la velocidad del rayo para atrapar la muñeca de su padre de acogida cuando se movió. Asha perdió el equilibrio y el impulso que la llevaba hacia atrás provocó que cayera sobre su trasero en medio de la alfombra.

—Deshonra a su marido. Es una zorra. —Su madre de acogida puso el grito en el cielo.

Max se adelantó y miró a la mujer quejumbrosa mientras le lanzaba una mirada asqueada antes de agarrarle la muñeca.

—Se van. Y no digan ni una palabra más. Nunca he pegado una mujer en toda mi vida, pero señora, usted es la primera que me ha hecho desear poder hacerlo.

Asha alzó la mirada, un poco aturdida, primero al ver a Max tirando de su madre de acogida, y después al ver a su padre de acogida, sujeto por alguien que hizo que se le acelerase el corazón y que contuviera la respiración.

«¡Kade!».

Los dos hombres estaban de perfil, pero podía ver la rabia en la cara de Kade, las venas palpitando en su cuello. Con la respiración entrecortada, la mirada que le lanzaba a su padre de acogida era de pura ira furiosa. Era como una serpiente en el momento antes de golpear con intención letal.

—Nos vamos. Estás muerta para nosotros —dijo su madre de acogida sorbiendo por la nariz.

A Asha no le pareció nada nuevo. Siempre había estado muerta para ellos y, si Ravi la hubiera matado, ninguno de los dos lo habría culpado.

La seguridad de Max invadió la habitación, tomó a la mujer de manos de Max y la condujo hacia la puerta.

—Kade. No lo hagas. Ninguno de los dos merece la pena —dijo Asha en voz baja, intentando persuadir a Kade de que no se volviera loco. Veía su determinación y la asustaba. No quería que se viera atrapado en sus problemas.

Asha se levantó rápidamente y apoyó la mano en el hombro de Kade.

—Por favor —le susurró al oído.

—Iba a pegarte —rugió Kade, la respiración entrando y saliendo de sus pulmones rápidamente, como si estuviera perdiendo el control.

—No lo hizo. Me salvaste. Deja que se marche.

Su padre de acogida permanecía de pie en un silencio sepulcral, intentando pasar junto a Kade para irse, pero no podía escapar de sus tenazas.

—Vale. Puede irse. Después de esto. —Kade echó atrás su poderoso brazo y golpeó el rostro del hombre mayor con el puño lo bastante fuerte como para hacer que su padre de acogida cayera de rodillas.

—Me has roto la nariz —gimoteó el hombre mayor mientras se llevaba la mano a la nariz sangrienta.

El equipo de seguridad se abrió paso junto a Kade y levantó a su padre de acogida de un tirón.

Fulminándolo con la mirada, Kade dijo con tono hiriente.

—No esperes que te traiga un jodido pañuelo. Eres un maldito cobarde, y si te tuviera para mí solo durante cinco minutos, te rompería algo más que la nariz. Si vuelves a acercarte a ella, te las verás conmigo.

—Pensaba que eras un héroe del fútbol —dijo su padre de acogida asqueado.

—Ahora mismo, solo soy un hombre muy enfadado. Sacadlo de mi vista, Dios —le dijo Kade a los guardas que sostenían al hombre en pie.

Max envolvía a Mia con los brazos y la sala se vació excepto por ellos, Kade y Asha.

—¿Estás bien? —farfulló Kade tratando los brazos arriba y abajo y examinando su rostro—. ¡Joder! Quería matar a ese cabrón, pero creo que ya has presenciado suficiente violencia en tu vida.

—No te he visto entrar —comentó ella en voz baja, todavía intentando calmar la situación.

—Entré solo unos minutos antes de que ese cabrón te levantara la mano.

—Sigues siendo rápido —dijo Max, mirando agradecido a Kade—. Yo no habría llegado lo bastante rápido—. Se apartó del lado de Mia el tiempo suficiente para darle un abrazo a Asha mientras susurraba en voz baja—: Estoy muy orgulloso de ti. Sé que no ha sido fácil plantarles cara. Lo has hecho fenomenal.

Por extraño que parezca, no fue tan difícil, pero ella se sonrojó ante el cumplido de Max. Tal vez estuviera cogiendo agallas o simplemente fuera capaz de distinguir por fin la línea que separa el bien y el mal.

—Ya era hora. Gracias por ayudar a la niña de acogida que estaban planeando casar. Me gustaría darte algo de dinero para ayudarla.

Max dio un paso atrás y sacudió la cabeza.

—Eso no va ocurrir. Es una niña dulce y será una profesora maravillosa. Estoy encantado de ayudarla. Ya la he instalado con todo lo que necesita para su educación y sus gastos. Está bien, Asha.

—Entonces quiero montar una organización de algún tipo. Para ayudar a otras mujeres maltratadas a liberarse. Eso es algo de lo que quería hablar contigo. Eres un gran inversor. ¿Puedes ayudarme invertir el dinero que me dio mi padre para continuar con su legado? —le preguntó a Max esperanzada.

—Ya está hecho. La fundación se llama como tu padre. —fue Kade quien habló esta vez—. Y en este momento cuenta con una buena financiación.

—Pero quiero hacer algo —objetó Asha—. Quiero dar algo.

—Harrison la ha establecido y está financiada por varios multimillonarios. Pero nos vendría bien tu tiempo como voluntaria —le dijo Max en voz baja.

—¿Tú la has establecido? —interrogó Asha a Kade, con el corazón palpitante tras la mirada. Parecía cansado, ojeras oscuras dañaban la piel bajo sus ojos y arrugas de tensión se veían en su rostro.

Kade se encogió de hombros.

—Lo hicimos todos. Max, Travis, Sam, Simon y yo somos los donantes principales.

—Eso es increíble. No sé cómo daros las gracias a todos. —Miró a Mia, Max y Kade con lágrimas de gratitud de los ojos—. ¿Pero qué pasa con mis fondos? ¿No ayudarían?

Max la sonrió ampliamente.

—Tenemos otros donantes en fila. Creo que tú necesitas invertirlo para tu futuro.

—Yo te ayudaré —gruñó Kade.

Max asintió.

—Eres bueno. Quizá mejor que yo —accedió Max un poco a regañadientes.

—Quiero aprender a hacerlo yo misma —comentó Asha con obstinación.

—Ya te enseñaré —accedió Kade—. Solo te aconsejaré mientras aprendes.

Asha asintió de buena gana.

—Gracias.

La tensión entre ella y Kade era casi palpable y, aunque quería verlo, estar cerca de él era difícil.

—Debería irme. Estoy segura de que has venido a visitar a Max. —Abrazó a Mia y besó a Max en la mejilla—. Gracias. Por todo.

—Somos familia. Sé que no estás acostumbrada tener familia, pero ve acostumbrándote. Nos meteremos en tus asuntos todo el tiempo —respondió Max con la arrogancia y confianza de un hombre que planeaba ser su protector durante toda la vida.

Mia le dio un codazo a Max en las costillas.

—Pero solo de buena manera —se apresuró a añadir.

Asha rio; era muy difícil contener en su interior la alegría de tener personas a las que les importaba realmente.

—Trabajaré en acostumbrarme a ello —accedió—. Ah, se me olvidaba. ¿Tienes a alguien que pueda ayudarme a cambiar un neumático? Creo que está pinchado. Tengo uno de recambio, pero no estoy segura de tener el material que necesito para cambiarlo.

—¿Es tuyo ese coche viejo de ahí fuera, frente a la casa, con una rueda pinchada? —preguntó Kade irritado.

—Sí —admitió.

—Te ayudaré. Vamos. —Le dio la mano bruscamente y salió de la casa a grandes zancadas, haciendo que Asha tuviera que correr para seguirle el ritmo.

Asha suspiró, a sabiendas de que estaba a punto de tener su segunda confrontación crucial del día, excepto que aquella no solo heriría sus sentimientos, sino que le rompería el corazón.

Capítulo 14

Asha se detuvo bruscamente y chocó contra el cuerpo enorme de Kade cuando llegaron afuera y la puerta se cerró sin ruido detrás de ellos. Él se había detenido inesperadamente justo al salir y la acorraló contra la pared junto la puerta. Se inclinó sobre ella, respirando entrecortadamente, con las manos apoyadas sobre la pared a cada lado de su cuerpo, atrapándola de manera eficaz.

—Juré que no iba a hacer esto —dijo él con voz ronca y desesperada, clavándole la mirada y con la frente bañada en sudor—. Juré que no reaccionaría cuando volviera a verte. ¿Por qué demonios debería importarme una mujer a la que yo no le importo una mierda? —Una de sus manos se cerró en un puño y golpeó el exterior de madera de la casa de Max en un gesto de frustración.

Asha alzó la mirada hacia él, el corazón encogido al ver el agotamiento y el tormento que reflejaba su rostro.

—Sí que me importas, Kade.

—Y una mierda. Te fuiste. Ni siquiera dijiste adiós. Nunca me llamaste para hacerme saber qué estabas haciendo ni si estabas bien. Ni siquiera era una señal en tu radar —escupió con resentimiento.

—No ha pasado un día, ni siquiera una hora, en que no haya pensado en ti. —«Es más, ni un momento». Kade la atormentaba constantemente—. Te echaba de menos.

El tiempo se detuvo mientras él examinaba su rostro, como si intentara averiguar exactamente qué estaba pensando.

—Ya veo —respondió con sarcasmo—. Intentaste permanecer en contacto por todos los medios…

—No podía, ¡¡vale!? —le gritó—. Todo en ti me confunde. Entras tan fresco en mi vida con toda tu bondad y tu atractivo sexual masculino. —Inspiró profundamente haciéndole un aspaviento a Kade, el hombre atractivo anteriormente mencionado—. Después me abrumas con tu atención, me atiborras de comida, y después me haces llegar al clímax hasta que creo que voy a perder la cabeza—. Le clavó un dedo en el pecho—. No me convertiste en nada más que hormonas femeninas que siempre estaban dispuestas a saltar sobre tu… tu… testosterona —terminó diciendo incómoda—. No podía pensar en nada más que en ti ni puedo hacerlo todavía. Así que no me digas que no te echaba de menos. He perdido la cuenta de cuántas veces al día marco tu número a medias y después cuelgo el teléfono.

—Tal vez deberías haber marcado la otra mitad del número —dijo Kade con aspereza.

Asha puso los ojos en blanco y siguió sin parar.

—No podía. Sabía que si lo hacía, querría verte aunque tú no quisieras verme. —Lo empujó del pecho, intentando liberarse de su encierro.

—Entonces veme, Asha. Por favor. Porque yo quiero verte a ti —discutió Kade con persistencia, sin dejar que se alejara.

—¿Y entonces qué? Terminaríamos simplemente teniendo sexo increíble —lo acusó con nerviosismo.

Kade retorció los labios mientras la miraba desde arriba.

—Y eso es malo… ummm… ¿por qué, exactamente?

—Porque no puedo pensar cuando sucede. Tiene que haber algo más que buen sexo —espetó, todavía intentando desesperadamente hacer que Kade lo comprendiera.

—Nunca ha sido solo buen sexo —replicó él enfadado—. Es buen sexo porque hay algo más que eso entre nosotros.

Asha se estremeció al recordar la relaciones con su ex marido, la falta de emoción, la manera en que se desapegaba del acto. Sabía que Kade tenía razón. El problema era que no podía precisamente decir sin pensar cuánto lo amaba ni que lo que le preocupaba era qué sentía él por ella—. ¿Es diferente para ti? Quiero decir… ¿entre nosotros?

—Si me estás preguntando si alguna vez he follado y me he sentido como me siento contigo, la respuesta es no —contestó acaloradamente—. Tú sacudes mi mundo tanto como yo sacudo el tuyo. La diferencia es que yo no tengo miedo de ello. Demonios, *quiero* sentirme así. Es vivificante y emocionante, y me hace sentir más vivo de lo que me he sentido en mucho tiempo… quizás en toda mi vida. Yo no quiero alejarme de ello en absoluto, joder.

—Entonces tal vez solo sea una cobarde. —Asha rompió el contacto visual con Kade y agachó la cabeza—. Tal vez no pueda lidiar con ello.

—Una mierda. No era una cobarde quien básicamente acaba de decirle a sus padres de acogida que se vayan al infierno. Hace falta mucho valor para hacer algunas de las cosas que has hecho tú, y te vuelves más valiente todo el tiempo. De hecho, creo que estás sacando carácter. —Kade bajo una mano para levantarle el mentón y sonrió—. ¿Acabas acusarme de intentar persuadirte con mi atractivo sexual masculino?

—Es verdad —le dijo ella obstinadamente—. Aunque probablemente no puedas evitarlo, pero es una distracción.

Kade asintió.

—Bien. Quiero ser una distracción para ti porque me vuelves completamente loco. —Se abalanzó y besó el lateral de su cuello, acariciándole la oreja mientras susurraba—. Solo tu aroma me la pone dura, todo lo que tengo que hacer es oír tu voz o verte la cara y estoy arruinado. Deja que te vea, Asha. Deja que te enseñe lo bueno que puede ser estar juntos. Huir no va a resolver esto para ninguno de nosotros. No va a desaparecer.

Asha se estremeció al sentir su cálido aliento en el lateral de la cara mientras sus labios acariciaban su piel ligeramente. Sabía que tenía razón, que tendría que seguir aquello con él o seguir huyendo de ello. Y ya no quería seguir huyendo, sobre todo no de Kade. Quería correr hacia él, alojarse en sus brazos, donde todo en su mundo parecía correcto, y seguir amándolo con cada latido de su corazón como ya lo amaba. Estar con Kade también hacía que ella se sintiera viva, excepto que él le había dado la vida, había instilado vida en ella—. Sí —susurró ella en voz baja mientras le rodeaba el cuello con los brazos—. Si quieres verme… entonces veme.

Kade envolvió su rostro con sus grandes manos mientras respondía con convicción apasionada:

—Ya te veo, cariño. Siempre lo he hecho.

Asha suspiró felizmente cuando sus labios capturaron los de ella, y abrió la boca para degustarlo. Sabía a café y a puro pecado, y lo saboreó. Un beso largo y prolongado se convirtió en otro, hasta que al final Kade atrajo la cabeza de Asha contra su pecho y la abrazó tan fuerte que ella casi chilló.

—Gracias a Dios —gruñó ferozmente, acariciándole la espalda con las manos—. Sé por lo que has pasado, y sé que te he presionado mucho, pero casi me mata que te fueras. Quería perseguirte, pero no podía superar el hecho de que no me quisieras.

—Sí te quería —farfulló Asha contra su pecho—. ¿Cómo ibas a poder perseguirme si no sabías donde estaba?

Kade se apartó mientras le rodeaba la cintura con un brazo posesivo y la acompañaba a las escaleras de la entrada de Max.

—Sabía exactamente dónde estabas.

Asha resopló por la nariz.

—¿Hay alguien que no sepa donde vivo?

Kade le lanzó una sonrisa.

—Nadie que se preocupe por ti. Y la gente que lo hace tiene influencias y contactos que dan bastante miedo.

—Ya me he percatado —gruñó ella en voz baja—. Mi coche…

—Está para el desguace —interrumpió Kade enojado—. Los neumáticos están desgastados y quién sabe lo que podría andar mal mecánicamente. ¿No podías haberte comprado algo un poco más nuevo?

—No estaba en mi presupuesto. Estoy ahorrando. Y no le pasa nada. Solo necesita neumáticos —recalcó Asha a la defensiva—. Mi vecino lo revisó. Dijo que parecía estar bien excepto por los neumáticos.

—¿Y te miraba a ti o al coche cuando lo dijo? —gruñó Kade—. ¿Un crío?

—Resulta que Tate tiene más o menos tu edad. Y sabe de coches.

—Es un imbécil —musitó Kade mientras conducía a Asha hacia la moto aparcada en la entrada de coches—. Te llevaré a casa y haré que pongan neumáticos nuevos a tu coche. Voy hacer que revisen la mecánica, aunque tu vecino experto ya haya dicho que es seguro.

Asha dio una bocanada de aire para discutir, pero Kade alzó una mano y la interrumpió.

—Ni siquiera empieces. Puedes dejarme hacer esto. Deja que me asegure de que estás a salvo.

Ella respiró y sonrió. Sí… podía. Estaba intentando ayudarla y aceptó con elegancia. Echó un vistazo a la moto, que parecía un vehículo de altas tecnologías y admitió tristemente.

—Nunca he montado en una de estas. —Y, sinceramente, nunca había querido montar.

—Entonces no has vivido realmente. —Abrió la alforja y sacó un casco mientras tomaba el suyo del asiento.

—Parece… sofisticada. ¿Es rápida?

Kade extrajo una chaqueta de cuero de la alforja y cerró la puerta.

—Es una moto *touring* BMW. No es tan rápida como mi moto de carreras, pero es lo bastante rápida —respondió con una sonrisa juvenil—. Toma. —Sostuvo la chaqueta en alto para que pudiera meter los brazos.

—Hoy estamos a más de 20° C —discutió Asha, no muy entusiasmada por la idea ponerse una chaqueta de cuero mientras Kade llevaba una camiseta granate de manga corta, pantalones y botas negras de motero. Ella iba ataviada más o menos con lo mismo, excepto que llevaba zapatillas en lugar de botas.

—Es ligera y no es para dar calor. Es por protección —le dijo con vehemencia.

Ella suspiró y metió los brazos en la chaqueta, dejando que se tragara todo su tronco superior. Obviamente, pertenecía a Kade—. Huele a ti —dijo ensoñadoramente mientras el perfume de Kade la rodeaba.

—Cariño, si vuelvo a oírte decir algo así con ese tono de voz que dice «fóllame», me veré obligado hacer que tengas un orgasmo aquí mismo, en la entrada de coches de Max —la amenazó Kade, sus palabras un gruñido de advertencia.

A Asha se le encogió el estómago en respuesta, y una corriente eléctrica le atravesó el vientre hasta el sexo. Se le humedeció la ropa interior al llevarse el forro de la chaqueta a la cara y oler, pero permaneció en silencio.

—Mujer, estás sacándome de mis casillas —le advirtió Kade en un tono de voz grave y vibrante mientras enrollaba las mangas de la chaqueta y le subía la cremallera.

Ella nadaba en la cazadora; el material le llegaba hasta los muslos. Daba mucho calor, pero no se quejó. Asha se deleitó en la manera en que Kade cuidaba de ella, la protegía.

—¿Entonces qué hago? —preguntó ligeramente intimidada por la enorme moto.

—Espera —le dijo Kade en tono jocoso antes de contarle las cosas básicas.

Cuando se hubieron situado en la moto, Asha rodeó a Kade con los brazos y se apretó contra su espalda.

—Más fuerte —ordenó Kade con voz ronca—. Y no te sueltes.

Los cascos tenían *bluetooth* y Kade ya se lo había explicado, pero el sonido de su voz en el oído la sorprendió de todas maneras.

Cuando la moto se puso en movimiento, Kade no tuvo que decirle que se agarrara fuerte. Asha empezó asfixiándolo, pero intentó relajarse y mantener una postura neutral como él le había pedido que hiciera. Perdió casi todo el miedo al experimentar la competencia de Kade al volante. Sus movimientos serán suaves y fluidos, y conducía con la confianza de un hombre que llevaba conduciendo mucho tiempo.

—¿Estás bien? —preguntó Kade en voz baja.

—Sí —contestó ella respirando suavemente—. Esto es genial. ¿Podemos ir más rápido? —Asha confiaba en Kade, y la sensación de libertad que sentía montando al aire libre era vivificante.

Oyó reírse a Kade entre dientes.

—No, no podemos, mi pequeña diablilla. Voy al límite de velocidad y llevo una carga muy valiosa. —Dudó por un momento—. Podemos salir a la autopista. Conozco un lugar donde podemos ir más rápido con seguridad.

—Sí —accedió ella de buen grado—. Vamos.

La velocidad en la autopista hizo que le diera vueltas la cabeza, y Asha se colgó de Kade, disfrutando del viaje con abandono incontrolado.

—Voy a tomar la próxima salida —le advirtió al salir de la ciudad para hacerle saber que iban a reducir la velocidad hasta detenerse.

—¿Dónde estamos? —preguntó ella con curiosidad.

—Ya lo verás —respondió él misteriosamente.

Después de conducir durante unos cinco minutos, llegaron a lo que parecía un gran estadio. Kade se detuvo a las puertas y tecleó un código en una pantalla, esperando hasta que las puertas se abrieran lo suficiente para escabullirse entre ellas. Se acercaron por un pasillo estrecho que se habría a un enorme circuito asfaltado.

—¿Conoces al dueño de esto? —preguntó inquisitivamente con tono de entusiasmo.

—Sí. Bastante bien. Resulta que es mi hermano. Este es el circuito de Travis. Es piloto de carreras como pasatiempo. Es un conductor buenísimo.

—No parece la clase de hombre que hace algo así —respondió Asha, sorprendida de que un hombre conservador como Travis tuviera un pasatiempo peligroso.

—Es una de sus pocas excentricidades —respondió Kade en tono jocoso—. ¿Estás lista? No vamos a hacer ninguna locura. Y si te da miedo, dímelo. —Metió la moto en el circuito y empezó a tomar velocidad.

—Vale —accedió Asha, acelerándosele el pulso con la moto. El circuito estaba compuesto de largas rectas donde Kade aceleraba rápidamente para hacer que volaran por las rectas y reducir la velocidad en las curvas. No obstante, Asha reía de pura delicia mientras Kade recorría el circuito a toda velocidad, haciendo que se sintiera como si estuviera volando.

—¿Estás asustada? —preguntó Kade mientras desaceleraba para tomar una curva.

—No. Confío en ti —admitió sin aliento.

—¡Joder! No tienes ni idea de cuánto tiempo llevo queriendo oírte decir eso —respondió Kade con voz áspera y seria.

—¿Podemos ir más rápido? —suplicó Asha.

—No. Ninguno de nosotros está vestido adecuadamente y esta moto no es de carreras, intrépida mía. Creo que necesitas un viaje a Disneyworld. Te encantaría —recalcó Kade mientras reducía la velocidad y llevaba la moto a un alto en el arcén de la pista.

—Nunca he ido a un parque de atracciones —confirmó Asha intentando peinarse con los dedos el cabello bajo el casco para que pareciera un poco ordenado.

—Por qué no me sorprende —gruñó Kade descontento.

Asha descendió primero mientras Kade mantenía la moto firme para que desmontara. Él se quitó el casco y después se lo quitó a ella, para guardar todo el equipo, incluida su chaqueta de cuero, en las alforjas.

—Podemos tomar alguna bebida. Travis cuida de que su refrigerador aquí siempre esté bien provisto.

—¿Kade?

Él le dio la mano y la condujo hacia lo que parecían ser unos garajes.

—¿Sí?

—Gracias por esto. Ha sido maravilloso —le dijo con autenticidad—. Ha sido una de las mejores cosas que he hecho nunca. Una de las pocas cosas.

—¿Quiero saber las otras? —preguntó Kade deteniéndose en la puerta del edificio.

—Solo se me ocurre una cosa que fuera más increíble. —Asha le sonrió—. Y eso también lo experimenté contigo.

—¿De verdad? —preguntó peligrosamente mientras la sujetaba con su cuerpo contra la puerta.

Asha le rodeó el cuello con los brazos, desesperada por sentir a Kade piel con piel.

—Sí. —Lo miró a sus ardientes ojos azules y el corazón le palpitó. Parecía tenso, las ojeras bajo sus ojos más pronunciadas y ella sintió deseos de calmarlo, confortarlo y hacer que se perdiera en otra cosa aparte de las emociones negativas que había estado experimentando durante los últimos meses. En ese momento, odiaba lo que había tenido que hacer para recomponerse. Era evidente que le importaba a Kade. Tal vez no la quisiera, pero decididamente se estresaba y se preocupaba por ella. Y ella le había causado dolor.

—Siento haberte hecho daño —le dijo amablemente, acariciando las ojeras bajo sus ojos y las arrugas de tensión en su cara—. No pretendía hacerlo. —Su mano se deslizó por su torso, por sus abdominales duros y, finalmente, rozó sus pantalones, acariciando la erección considerable que intentaba hacer saltar las puntadas del *denim*—. La tienes muy dura.

—¡Joder! —Kade capturó su mano errante con la suya y entró en el garaje, tirando de ella tras de sí—. Necesito esa bebida para refrescarme. No empieces nada que yo no pueda terminar —farfulló en un tono inquietante.

Pasaron varios vehículos y terminaron en un despacho que Asha suponía pertenecía a Travis.

—Yo lo terminaré —le dijo Asha en voz baja, sintiéndose incómoda al mostrarse sexualmente agresiva, pero quería serlo. Quería hacer cosas con Kade que nunca había hecho con ningún otro hombre. Aunque le encantaba la sexualidad apasionada de macho alfa de Kade, anhelaba complacerlo. Y se sentía mucho más que preparada para abrir las alas un poco más y probar.

Capítulo 15

Kade tragó con fuerza, intentando digerir un nudo en su garganta que parecía del tamaño de una pequeña piedra. Su expresión irradiaba una mirada entre el deseo y la decisión, y sabía que tenía algo en mente, algo que probablemente volvería a dejarlo del revés otra vez.

Echó un vistazo al despacho y se percató de que no había mucho allí. Había un sofá maltratado, un escritorio y una silla, y el frigorífico. La alfombra parecía cualquier cosa menos limpia, y manchas de grasa del garaje marcaban varias zonas del suelo.

—No voy a hacértelo aquí —le dijo Kade a Asha con aspereza—. No está limpio.

Asha le lanzó una sonrisa seductora y le desabrochó el botón superior de los pantalones.

—No hay problema. Pretendo… ponerme sucia.

—Asha, yo…

—Por favor, déjame —dijo Asha en tono vulnerable—. Nunca he intentado seducir a un hombre antes, y nunca he probado tu sabor, pero quiero hacerlo. Antes nunca habría tenido el valor de hacerlo.

«¡Santo Dios!». Kade casi eyaculó en los pantalones cuando Asha le bajó la cremallera y recorrió su pene con los dedos por encima del material sedoso de sus *bóxer*. Todo en su interior quiso desnudarla y enterrarse en ella, pero no lo hizo. Aquel era un momento que quería saborear, su pequeña mariposa confiaba en él e intentaba liberarse de su capullo. Kade te prometió que no se movería, que no echaría a perder el momento. Pero Dios, iba a ser duro y no estaba seguro de cuán duro podía ponerse antes de perder la razón.

—Toma el control, Asha —le dijo casi atragantándose mientras sus dedos manoseaban de manera inexperta el miembro que acababa de liberar de sus pantalones y calzoncillos.

—Quiero complacerte —susurró ella; la incertidumbre hacía que su voz temblara.

Asha lo complacía con solo existir, de modo que tener sus manos sobre él era el éxtasis. Kade estiró el brazo para cubrirle la mano con la suya y demostrarle cómo acariciarlo.

—Bésame —exigió, incapaz de pasar un minuto más sin estar dentro de su cuerpo de alguna manera.

Apartando la mirada de su miembro, Asha levantó la cabeza y puso la boca sobre la suya; su lengua presionaba atrevidamente más allá de sus labios, buscando la lengua de Kade.

«No tomes el control. Este el momento de Asha».

Kade se dijo aquello una y otra vez mientras la lengua de Asha exploraba los recovecos de su boca, empezando a entrar y retirarse al mismo ritmo que el pulso de su miembro. Le rodeó la nuca con la mano y lo sostuvo firmemente, enredando los dedos en el pelo de su nunca.

Cuando por fin apartó la boca de la de él, lo dejó jadeando, mientras la mano de Kade alentaba movimientos más rápidos sobre su pene. No aguantaría aquello durante mucho tiempo, no sin penetrarla.

Asha apartó la mano de repente con un respingo, y él la dejó marchar haciendo un esfuerzo sobrehumano. En realidad, quería tocarse el pene hasta tener un orgasmo, liberar parte de la tensión acumulada hasta acercarse a la detonación.

Ella tiraba de su camiseta.

—Quítatela —ordenó severamente mientras agarraba la camiseta y tiraba de ella hacia arriba.

Kade se la quitó y la dejó caer al suelo, y después se preguntó si había hecho lo correcto al quitársela. Las manos de Asha estaban por todas partes, acariciando sus tatuajes y tocando cada centímetro de piel desnuda que podía encontrar. Cuando su boca empezó a chupar uno de sus pezones, él gimió; todo su cuerpo se estremecía, la necesitaba desesperadamente.

—Asha —gruñó una advertencia en tono grave—. Estoy intentándolo, pero si no paras de calentarme, estaré dentro de ti en unos cinco segundos. —Un chico solo podía aguantar hasta cierto punto y, experimentada en las artes de seducción o no, Asha era la mujer más *sexy* del planeta para él. Esa boca errante tenía que detenerse.

—Eres hermoso, Kade. Tan guapo y hecho tan a la perfección. —Hablaba con voz grave y sensual, pero el tono maravillado era auténtico. Rozó sus musculosos bíceps hasta llegar a su pecho, tocando con los dedos cada músculo desarrollado hasta que por fin alcanzó su sendero feliz. A medida que su dedo descendía por la línea de vello que llevabas entrepierna, Asha se puso de rodillas y su boca siguió al dedo explorador.

Nadie lo había llamado hermoso nunca, ni siquiera guapo. Sí… entrenaba, y su cuerpo estaba bien excepto por su pierna magullada, pero las palabras de Asha hicieron que sudara la gota gorda intentando controlarse. Cerró los puños a los costados y se obligó a base de fuerza de voluntad a dejar que explorar a Ash, ignorando sus tendones tensos en la nuca y la sensación de la sangre bombeando con fuerza en su cabeza, ¡en ambas!

Casi le cedieron las rodillas cuando su dulce boca tocó su pene y lamió una gota de semen de la punta.

—Eso es muy sensible —le dijo entre dientes apretados. «Santo Dios, todas las partes de mi cuerpo parecen hipersensibles en este momento».

Kade bajo la mirada hacia ella justo cuando lamía su pene con la boca como si fuera un chupachups, haciendo que casi llegara al orgasmo únicamente por la sensación y la vista. Incapaz detenerse, enredó los dedos en su pelo y guió su cabeza en un movimiento de vaivén, gimiendo de placer mientras su lengua se deslizaba por la parte inferior de su miembro dilatado.

—Cariño, no voy a aguantar mucho. —Pronunció aquellas palabras entre jadeos, el aire entrando y saliendo de sus pulmones, y el corazón latiéndole tan furiosamente que parecía que iba darle un infarto. Cuando ella gimió alrededor de su pene... perdió el control por completo.

—Necesito estar dentro de ti. Ahora. —La levantó y le abrió los pantalones de un tirón para bajárselos hasta que quedaron enredados en una de sus piernas.

Ella lo miró, confundida.

—¿No ha estado bien? —preguntó dubitativamente mientras él tiraba de ella hacia el sofá.

—Ha sido demasiado bueno. Pero no voy a tener un orgasmo solo, cielo —le dijo con vehemencia. Necesitaba hacer que Asha llegara al clímax con tanta desesperación como necesitaba eyacular él. Ansiaba sus dulces gemidos de placer cuando encontrase su desahogo; necesitaba darle eso. Los escrúpulos de que aquel sitio estaba demasiado sucio y crudo se habían esfumado. Su pasión no iba a esperar a la luz de la luna ni a las sábanas de seda. La tormenta fogosa de su deseo estaba a punto de estallar y ya no importaba lo que los rodeaba. Kade solo la quería de cualquier manera como pudiera tomarla. Estaba tan desesperado.

—Sabes tan bien como hueles —le dijo inocentemente mientras se lamía los labios y lo miraba.

—Mujer, qué peligro tienes. —Kade miró la expresión inocente de Asha y gimió. Aunque sus palabras no pretendían seducirlo exactamente, lo hicieron, y Kade sabía que había llegado al límite de su autocontrol.

Colocando sus manos sobre el brazo del sofá, introdujo el muslo entre sus piernas, abriéndola para él. Su gemido necesitado era música para sus oídos a medida que deslizaba los dedos entre sus piernas y le rodeaba el clítoris con el dedo índice. Estaba tan caliente, tan húmeda y tan lista para él. Embelesado con solo sentir su sexo aterciopelado y húmedo, deslizó dos dedos en su interior y no encontró nada más que fuego sedoso para recibirlo.

—Te sientes tan condenadamente bien, tan apretada y caliente —gruñó Kade, sacando los dedos lentamente para volver a meterlos, pero más profundo.

—Por favor —gimoteó Asha agachando la cabeza, con el pelo cayendo sobre su rostro en una cortina de seda.

A Kade se le encogió el estómago con una sensación de satisfacción primitiva. Asha lo quería dentro de ella. Nada más funcionaría. Era lo mismo para ella que para él. Pero le encantaba oír la prueba de su deseo. Nunca había estado tan desesperado por penetrar a una mujer. Ni de lejos. Y sin embargo, sacó el pene para saborear su placer, pasando del dedo pulgar sobre su clítoris y haciendo que todo su cuerpo sensibilizara, preparándola para que llegara al orgasmo para él.

—¡Kade! —gritó desesperada—. Ahora.

«No. Aún. No».

Kade se deleitaba en sus exigencias, alentado por el nivel de confianza de Asha y su capacidad de entregarse a él sin reservas. Ahora pedía lo que quería, y lo quería *a él*. Y, por Dios, tendría cada cosa que pudiera darle.

Al mover el dedo pulgar con más fuerza y más rápido sobre su clítoris, hizo que ella echara atrás las caderas de manera exigente, sentándose sobre sus dedos se introdujeran más al fondo. Echó la cabeza atrás, el pelo todavía cubriéndole la cara, y gimió, un sonido largo y angustiado que señalaba su orgasmo inminente.

Kade sacó la mano de entre sus piernas de un tirón y la empaló con su miembro, embistiendo tan fuerte y tan profundo como podía; la unión de sus cuerpo era caliente y carnal.

—Ten un orgasmo para mí, Asha. —No aguantaría mucho tiempo y quería ella que temblara por la fuerza del clímax cuando lo hiciera él.

—Entonces fóllame. Duro —suplicó ella con voz áspera.

Kade le dio lo que quería, embistiendo dentro y fuera de su cuerpo; su entrepierna chocaba contra su trasero con cada embestida, completamente perdido en su sexo. Los dos llegaron al éxtasis como fuego azul, la llama colorida amenazaba con hacerlos arder a ambos.

Kade encontró su desahogo en el momento en que Asha implosionó. El cuerpo de ella temblaba y su sexo le apretaba el miembro, extrayendo su semen a cada contracción. Kade se agachó y envolvió a Asha con los brazos, haciendo presión sobre su espalda y sosteniéndola mientras su cuerpo temblaba, saboreando la intimidad de estar tan cerca de alguien. En ese momento, solo estaban él y Asha, los dos experimentando las mismas emociones, el mismo placer.

Momentos después, él se dejo caer en el sofá y la arrastró consigo. Ella estaba tumbada sobre él, pero Kade suponía que era mejor sobre él que en el sofá, porque no sabía con seguridad si estaba limpio.

Kade la rodeó con los brazos, sosteniéndola contra su cuerpo, saboreando la sensación de tenerla pegada a él. Los últimos meses sin ella habían sido una agonía, un dolor que nunca quería volver a sentir. Su alma se había vuelto oscura de nuevo, desprovista de la luz que Asha había encendido en su interior, y no quería volver a verse en esa clase de infierno nunca más. Dormía poco y funcionaba mal, apenas existía. Tal vez hubiera sido así antes de conocerla, pero no lo recordaba; ni siquiera lo había reconocido realmente. Ahora, conocía el dolor de perderla, y no iba a ocurrir otra vez.

Asha murmuraba algo en telugu contra su pecho, de modo que no entendía las palabras, pero su tono de voz era tierno y dulce.

—No he entendido ni una palabra de eso —dijo en voz baja, arrastrando las palabras—. Espero que fuera todo bueno.

Ella levantó la cabeza y le sonrió, haciendo que el corazón le golpeara contra el pecho.

—Es bueno —accedió—. Te echaba de menos.

Kade también la había echado de menos, pero temía que se cagara de miedo si le decía cuánto.

—Yo también te echaba de menos. —Le besó la frente y apoyó la cabeza de ella contra el pecho—. Ahora tendré a alguien a quien le gusta montar conmigo de más de una manera —dijo con una sonrisa de suficiencia en el rostro, aunque estaba entusiasmado de que Asha hubiera disfrutado en su moto.

—Oh, sí —dijo emocionada—. Me encanta. ¿Puedo aprender a conducir una?

Kade hizo una mueca, descontento ante la idea de Asha en moto.

—Ya veremos. Podemos empezar con algo fácil —respondió sin comprometerse. «¡Como una bicicleta con ruedines!».

Suspirando felizmente, ella dijo:

—Me gustaría.

«Oh, qué demonios. Si la hace feliz, intentaré enseñarle con algo seguro». ¿Quién habría pensado que a la solemne Asha Paritala que había conocido hacía unos pocos meses le chiflaría montar en su moto?

—¿Va a conseguir volar libre la mariposa ya? —preguntó Kade con voz ronca, esperando que dijera que sí. Todo lo que quería era que fuera feliz, libre, amada, y que no tuviera miedo de nada. Se percataba lentamente de que Asha empezaba a darse cuenta de que era… más. Dudaba que se hubiera percatado todavía de la mujer tan increíble, *sexy* y talentosa que era, pero lo haría. Se aseguraría de que lo hiciera.

Ella levantó la cabeza de su pecho y lo miró sonriente.

—Todavía no. Pero estoy trabajando en ello.

Kade le devolvió la sonrisa, una sonrisa atontada que le llegó a lo más profundo del corazón.

Kade dejó a Asha en su apartamento e hizo los arreglos para llevarle el coche a casa al día siguiente. Mientras la acompañaba hasta la puerta, Asha sopesó la idea de pedirle que se quedara. Sabía que lo extrañaría desde el momento en que se marchara. Pero también sabía que tenía que pensar y que todavía tenía que conseguir crecer mucho antes de poder hacer nada más que salir con Kade, por el momento. Tener sexo con él era inevitable. Ellos dos no podían estar juntos en una misma habitación sin sentir la necesidad de *estar juntos*.

Kade, como era Kade, hizo un alto para que Asha comiera antes de llevarla a casa. Ya no estaba precisamente delgada, pero a juzgar por su reacción a algunas de sus viejas costumbres, nunca iba dejar de intentar obligarla a comer. Aunque su cuerpo ya estuviera saciado, comería. Kade tenía un instinto protector que no iba a desaparecer, y no merecía la pena discutir con él por algunas de las pequeñas cosas.

—He estado pensando en abrir un campamento de fútbol. Para niños con potencial que no pueden permitirse ir a campamentos de entrenamiento de verdad. Tengo amigos que se han retirado y que quieren trabajar conmigo. Harrison financiaría el programa.

Asha alzó la mirada hacia Kade cuando llegaron a la puerta de su apartamento, con el brazo de Kade rodeándole la cintura en gesto protector.

—Creo que eso es estupendo —respondió Asha, que sorprenderse lo más mínimo de que Kade financiara un proyecto para niños desfavorecidos—. ¿Te gusta trabajar con niños?

Kade se encogió de hombros.

—He trabajado un poco con campamentos en el pasado, pero solo como invitado de visita. Nada propio. Era divertido. Y hay muchos niños ahí fuera que no pueden permitirse los extras.

—Y echas de menos el fútbol —añadió Asha, a sabiendas de que Kade extrañaba participar en el deporte—. Tienes mucho que ofrecer, Kade. Mucho que podrías enseñarles. Creo que es una idea fantástica.

—No estoy seguro de cuánto querrán aprender de un tipo que ya ni siquiera puede correr bien —contestó él de manera autocrítica.

Asha se volvió cuando llego a la puerta, mirándolo de hito en hito. Le agarró la camiseta para acercárselo y lo miró a los ojos.

«Lo dice en serio. Cree que es menos ahora de lo que era antes por su accidente».

—¿De verdad crees que a esos niños les importaría? Recibir lecciones del gran Kade Harrison entusiasmaría increíblemente a cualquier niño al que le guste el fútbol. —Asha suspiró y soltó su camisa, pero no dejó de mirarlo a los ojos—. Cinco niños nos han suplicado tu autógrafo cuando hemos ido a comer. Te reconoce todo niño que aspira a jugar al fútbol. Puedes ser un modelo a seguir para ellos. El fútbol es más que habilidad física, y lo sabes. También está aquí. —Se llevó la mano libre a la sien y se dio toquecitos con el dedo—. Tú podrías enseñarles eso, Kade, y nadie puede hacerlo tan bien como tú.

Kade le ciñó la cintura con los brazos mientras empezaba a retorcer los labios.

—A ti no te gusta el fútbol. ¿Cómo lo sabes?

—Tengo una pequeña confesión que hacer —le dijo, envolviéndole el cuello con los brazos—. He visto casi todos tus partidos de las dos últimas temporadas que jugaste. Cuando ibas a la oficina, veía los partidos grabados que tenías en casa y aprendía de ellos. Eres increíble. Casi veía ponerse en marcha las ruedas de tu cerebro, tu concentración y atención mientras jugabas. Mientras que muchos de los otros chicos estaban ahí fuera dejando volar la testosterona, tú conspirabas, planeabas. No creo que te viera perder los estribos ni una vez.

Él la sonrió, visiblemente complacido.

—No podía permitirme perder el control. Demasiado dependía de que yo mantuviera la atención. Pero confía en mí, no me falta testosterona. Simplemente no podía liberarla en el campo. ¿De verdad has visto mis partidos?

—Créeme, ya sé que tienes una buena dosis de hormonas masculinas, pero controlabas la situación. Estaba fascinada —admitió Asha—. Y aprendí mucho. Hay mucha estrategia en el juego, y tú eres un maestro en ella. Todavía posees mucha de esa información, Kade. Y estoy dispuesta a apostarme contigo a que todavía puedes dar en el blanco lanzando con el brazo. Así que, por favor, deja de castigarte por tu pierna. Tienes mucho conocimiento que podrías compartir con jugadores jóvenes.

—Ya lo creo que puedo dar en el blanco —le dijo Kade en tono malhumorado, pero seguía sonriendo—. Dudaba un poco por mi pierna, pero quiero hacerlo.

—Entonces, hazlo. Sigues siendo el gran Kade Harrison. Y me apuesto a que tu trasero sigue siendo increíble con esos pantalones ajustados —le dijo en tono de broma. En realidad, probablemente podía hacer rebotar una moneda en su trasero duro, y no podía evitar admirarlo cada vez que lo divisaba desde detrás. Kade seguía siendo poesía en movimiento a cada paso que daba, incluso con una pierna lesionada.

Kade se rio, un sonido explosivo que hizo eco en el pasillo.

—No tengo planeado ponerme los pantalones. Solo estaré allí para enseñar.

—Bueno… joder —dijo Asha decepcionada—. Y yo que iba a ofrecerme para enseñarte yoga en el campamento si podía ver ese trasero en uno de esos pantalones —bromeó ella.

—Nunca te he visto hacer yoga. Yo me pondré los pantalones de fútbol si puedo verte con unos pantalones de yoga —dijo Kade esperanzado.

Asha levantó una ceja.

—Ni siquiera tengo.

—Te compraré varios de cada color —contestó Kade entusiasmado.

Asha le golpeó el brazo juguetona.

—Mis vecinos eran indios y practicaban tanto yoga como meditación. Aprendí de ellos desde una edad muy temprana. Hace tiempo que no lo hago, pero como tú, todavía tengo el conocimiento aquí —dijo llevándose el dedo a la frente.

—Lo creas o no, pienso que el yoga es increíblemente beneficioso para un jugador de fútbol. Yo practicaba algo de yoga durante la pretemporada y durante la temporada de descanso. Me ayudaba a mantener la amplitud de movimiento y la flexibilidad —le contó Kade con un guiño—. Me encantaría verte hacerlo.

—Para tu información, normalmente lo hago cuando estoy sola y en ropa interior o desnuda —le informó inocentemente.

—Olvida los pantalones de yoga. Me apunto a *eso* en un visionado privado —le dijo con una sonrisa malvada—. Y aceptaré tu oferta de enseñar yoga básico a los niños, pero para eso te voy a comprar unos pantalones de deporte holgados. No quiero que los compañeros del equipo que me ayuden te miren el trasero. Los jugadores de fútbol pueden ser unos cabrones salidos.

Asha lo miró con los ojos en blanco, divertida al ver que parecía pensar que todos los hombres la mirarían con deseo, como él. Sinceramente, ningún otro hombre la miraba como Kade.

—Serás un gran profesor —le dijo sinceramente, a sabiendas de que también sería muy buen padre. Era un macho alfa protector, pero también tenía mucha paciencia y bondad.

—Gracias —contestó él inclinando su frente contra la de Asha—. ¿Confías tanto en mis habilidades?

—Sí —respondió ella rápido y con vehemencia. En realidad, no creía que hubiera nada que Kade no pudiera hacer si se lo proponía. Era de una tenacidad obstinada que siempre haría que tuviera éxito.

—¿Te he dicho hoy lo increíble que creo que eres? —le preguntó Kade con voz ronca.

A Asha le dio un vuelco el corazón. Su barítono grave era sincero, y obviamente pensaba que era excepcional, por alguna razón desconocida. De alguna manera, aquello hizo que ella se sintiera más ligera, más despreocupada.

—No. No me lo has dicho.

—Entonces deja que te lo diga ahora. Asha, eres una mujer increíble, *mi* mujer increíble. —Se inclinó y la besó entonces, un beso lento y lánguido, que hacía que se sintiera valorada y atesorada. Era sensual, pero era un beso que no pretendía excitar. Era para compartir emociones, un beso de comunicación e intimidad.

Dejó a Asha sonriendo, sin poner los pies en la tierra largo rato después de abrir la puerta del apartamento y desaparecer en su interior, sola.

Capítulo 16

Tiene un aspecto increíble —le dijo Tate Colter a Asha mientras miraba fijamente la pared terminada en su apartamento—. Queda incluso mejor de lo que pensaba. Me gustaría… —Su voz fue apagándose, el comentario inacabado.

Asha miró a Tate con curiosidad, preguntándose qué iba a decir. Había terminado su pared aquel día e hizo los retoques a la escena.

—¿Qué te gustaría?

Tate sacudió la cabeza.

—Nada. He olvidado lo que iba a decir.

Asha sabía que estaba mintiendo, pero no presionó. Ella y Tate se habían hecho muy buenos amigos en un periodo muy breve de tiempo, pero no se sentía lo bastante cómoda como para fisgonear.

—He disfrutado haciéndolo. —Ladeó la cabeza, examinando el antiguo camión de bomberos y otro equipo que había incluido en el mural—. ¿Cómo te interesaste en el material antiincendios antiguo? —preguntó con curiosidad.

—Durante un tiempo, fui bombero voluntario en Colorado. Me interesé en parte del antiguo material antiincendios? —respondió

Tate suavemente, dándole la espalda y trasladándose a la cocina—. ¿Quieres quedarte a cenar?

A Tate ya le habían quitado la escayola y Asha pudo apreciar su trasero, duro como una piedra, y la planta sólida y musculosa de Tate. Era increíblemente guapo, y podía admirarlo de una manera estética, con un pelo casi más claro que el de Kade y ojos grises que casi parecían mirar el alma de una. Pero a pesar de lo guapísimo que era, Tate no le afectaba en absoluto. Era como si su cuerpo solo reaccionara y volviera a la vida por un hombre.

—No puedo. Tengo una cita para cenar. Kade va a llevarme a cenar a un restaurante de *fondue* esta noche.

—Comida de nenas —respondió Tate en tono de broma—. Yo estaba dispuesto a preparar unos filetes.

—Ha sido elección mía —le dijo Asha a Tate indignada—. He oído hablar de él a una de las mujeres de mi clase de arte, y quería probarlo.

Acababa de empezar las clases aquella semana y eran bastante básicas, pero disfrutaba de cada momento de ellas. Por fin podía llamar por sus términos a las técnicas y la profesora era una artista increíble. Asha sabía que con el tiempo podría aprender muchas cosas nuevas de ella, y estaba impaciente por absorber conocimiento.

Kade la había mimado mucho desde el momento en que volvió a verlo durante aquella horrible confrontación con sus padres de acogida hacía tres semanas. Habían ido a Disneyworld y ella había gritado encantada en cada atracción. De hecho, probablemente lo había llevado a todas las atracciones turísticas de Florida, pero a él siempre parecía ocurrírsele algo nuevo cada vez que lo veía. Normalmente, no pasaba un día sin que lo viera. Y se escribían como adolescentes, mandándose mensajes coquetos y seductores el uno al otro como dos personas completamente… enamoradas.

Asha suspiró y recogió su bolso, lista para volver a su propio apartamento a prepararse para que Kade la llevara a cenar.

—¿Estás saliendo con ese tío que lleva la camisas atroces? —preguntó Tate cuando volvió al salón—. Lo vi ayer saliendo del ascensor. Algo tiene que andar mal con un tipo que se viste así.

—Resulta que me encantan sus camisas —respondió Asha a la defensiva y sinceramente—. Son coloridas, luminosas y preciosas. —«¡Justo igual que él!».

—Son horrendas —refunfuñó Tate mientras movía la cabeza de un lado a otro.

Asha salió por la puerta, pero se volvió a mirar a Tate de nuevo—. Te gusta el fútbol. ¿No lo reconoces?

—Sí. Kade Harrison —respondió Tate de inmediato—. Era un *quarterback* alucinante, pero tiene que trabajar en su sentido del estilo.

Asha sabía que Tate estaba bromeando con ella. No era un chico esnob ni tampoco era precisamente sofisticado en el vestir.

—A mí me parece que está muy guapo. Ayer era la camisa de chiles picantes. Y decididamente se veía… ¡picante!.

Tate bufó mientras le abría la puerta.

—Necesita un poco de trabajo.

Asha se volvió a mirarlo y le dijo con seguridad:

—No necesita nada. Es perfecto tal y como es.

—Estás enamorada de él, ¿no? —preguntó Tate reuniéndose con ella en la puerta—. Solo una mujer enamorada podría pensar eso de un hombre con camisas feas.

Disfrutando de las chanzas con Tate, respondió altivamente:

—Al menos Kade sabe cómo tratar a una mujer, al contrario que algunos hombres que conozco. —Le levantó un ceja, refiriéndose a la morena que salía de su apartamento todos los días sonriendo mientras Tate insistía en que era algo informal—. No la he visto desde hace unas semanas. ¿La has dejado?

Tate se encogió de hombros incómodo.

—Hemos… roto.

—¿Estás triste? —preguntó ella con curiosidad, sintiéndose fatal por haberle hecho pasar un mal rato.

—No. Iba a ocurrir tarde o temprano. Volvió con su ex marido. Ya te dije que no era nada.

Asha miró a Tate, pero este evitaba mirarla a los ojos.

—Lo siento. —Y lo sentía. Si la mujer lo había dejado a él, aunque no estuviera tan apegado a ella, probablemente dolía.

—No lo sientas —dijo apresuradamente—. Tal vez podría darle a tu *quarterback* estrella una buena competencia. Estoy soltero y sin compromiso —dijo en tono jocoso.

—Pero yo no —contestó ella descaradamente, a sabiendas de que Tate no estaba realmente interesado en ella. Sacó las llaves del bolso y cruzó el pasillo hacia su apartamento.

—No veo ningún anillo. No te tiene, todavía —exclamó Tate desde su puerta.

Asha abrió el pestillo y empujó la puerta. Se detuvo durante un momento antes de mirar a Tate a los ojos desde la puerta de su casa.

—Tiene mi corazón —afirmó llanamente antes de cerrar la puerta con una pequeña sonrisa en los labios.

Al ver el reloj en la pared de su apartamento, Asha supo que tendría que darse prisa en arreglarse para su cita a cenar con Kade. Un subidón de adrenalina y excitación inundaron su cuerpo mientras se movía rápidamente hacia el baño para ducharse. No es como si a Kade fuera a importarle que llegara tarde. Esperaría pacientemente, entendiendo que tenía que terminar un encargo aquel día, comportándose como si estuviera perfectamente contento solo por estar en el mismo sitio que ella. Aunque era un multimillonario que dirigía una de las compañías más prestigiosas del mundo, nunca trataba sus obligaciones como si fueran menos importantes que las de él. Era una de las muchas cosas que le encantaban de Kade a Asha. Hacía que se sintiera importante, que lo que ella valoraba también era significativo para él. La mayor parte del tiempo, ponía las necesidades de Asha por delante de las suyas, y empezaba a resultarle menos confuso cada vez. A Kade le importaba; él protegía a aquellos que le importaban y los trataba con consideración. En otro tiempo, aquello había sido extraño para ella, pero se estaba acostumbrando a que la trataran como una mujer de valía, no solo Kade, sino también otros como Maddie, Max, Devi y otras personas que había conocido que poco a poco se convertían en amigas. Seguía siendo increíble para

Asha que, a medida que la gente empezaba valorarla, ella empezó desarrollar su propio sentido de la autoestima.

Asha suspiró al salir de la ducha y se envolvió en una toalla. Fue de puntillas hasta el armario, donde rebuscó entre la ropa y escogió un vestido ligero de la colección que le habían comprado Maddie y Mia cuando llegó a Florida. Después de incontables discusiones sobre la ropa, Maddie se había presentado a su puerta hacía una semana con un hombre muy grande que traía toda la ropa a su habitación para que la colgara en el armario. Maddie le lanzó una mirada que decía «no jodas a la mujer embarazada», y Asha no rechistó. Tal vez su hermana fuera dulce, pero podía ser muy obstinada cuando quería algo. Y quería que Asha aceptara su regalo. La sonrisa brillante y feliz de Maddie cuando Asha asintió aceptando su regalo valió tragarse su orgullo. Había hecho a Maddie realmente feliz aceptando la ropa. Era prácticamente simbólico, como si Asha la hubiera aceptado por fin como su hermana. De haberse percatado de lo mucho que significaba para Maddie, la habría aceptado antes. Pero no había sido lo bastante receptiva como para interpretar a su hermana. Ahora, empezaba entender a Maddie, la veía con los ojos amorosos de una hermana. Lo último que necesitaba en ese momento era conflicto. Iba a tener gemelos, y el estrés del embarazo bastaba. Asha también quería estar ahí para Maddie.

El mismo día que Maddie le llevó la ropa, acababa de averiguar que ella y Sam iban a tener un niño y una niña. Asha cerró el puño de alegría, primero por Maddie cuando su hermana le dio la feliz noticia, y después porque iba a ser tía de una sobrina y un sobrino nuevos en unos pocos meses. Ella y Maddie lloraron juntas de alegría y fue en ese momento tan profundo cuando Asha comprendió que de veras tenía familia. Ya no importaba lo que tuvieran Max y Maddie ni lo exitosos que fueran. Todos estaban irremediablemente conectados, y la posición social significaba poco al lado del afecto que sentía por ambos. Con dinero o sin él, Asha no podía haber deseado mejores hermanos, y se sentía agradecida por ellos cada día. Ahora hablaba con Maddie y Max casi todos los días, y pasaba tanto tiempo con ellos como podía para conocerlos mejor a los dos.

Comer con Maddie, Mia y Kara se había convertido en un acontecimiento semanal, y Asha seguía un poco maravillada por las tres mujeres y sus relaciones con sus hombres, muy dominantes y poderosos. Todas ellas eran independientes y fuertes, pero adoraban a sus maridos posesivos, protectores y autoritarios porque esos hombres quería estuvieran a salvo y felices. No se trataba de control en el caso de ninguno de sus maridos. Todo se debía a que las querían tanto que no podían evitarlo.

—En realidad, todo se reduce al amor —suspiró Asha para sí misma mientras se alisaba el vestido sobre sus nuevas curvas. ¿Acaso no le gustaba a ella la sobreprotección y posesividad dominante de Kade? ¿Y no sabía que era porque le importaba? Maddie decía que había una gran diferencia entre *dominante* y *gilipollas*, y Asha entendía perfectamente lo que quería decir su hermana. El factor distintivo radicaba en qué motivaba su comportamiento.

Mirándose en el espejo, Asha aplicó un maquillaje ligero y empezó a hacerse una trenza francesa. Sonrió, a sabiendas de que Kade la destrenzaría más tarde. Casi se había convertido en un ritual sensual para ellos; ella se estremecía mientras hacía la trenza, conocedora de que serían los dedos de Kade los que liberarían los mechones de pelo una vez más.

Cuando terminó, se echó una última mirada y se percató de la forma en que la seda verde jade acariciaba sus curvas. Caía justo por encima de la rodilla, pero una pequeña raja lateral revelaba destellos seductores de sus muslos cuando se movía. A Kade le encantaría, pero refunfuñaría sobre la cantidad de pierna que iba enseñando y fulminaría con la mirada a cualquier hombre que la mirase. Sonriendo, tomó las sandalias de tiras y su bolso, aliviada de no necesitar medias. Aunque era de herencia mestiza, su tez era lo bastante oscura como para que llevar medias fuera completamente innecesario.

Asha se obligó a ignorar la voz de su madre de acogida que resonaba en su cabeza diciéndole que se cubriera el cuerpo, que estaba revelando demasiada piel. Educada para ser increíblemente modesta, el vestido se salía un poco de su zona de confort como para ir a un lugar público. Sacudiéndose mentalmente, se recordó que en realidad era bastante aburrido para los estándares estadounidenses. Aún así, era difícil liberarse de su educación y de la idea de que vestirse para enseñar la convertía en una «mala chica» que pedía que un hombre la acosara o abusara de ella.

Añadiendo un par de pendientes largos de cuentas y sus pulseras de oro, Asha decidió que estaba lista y salió al salón.

«Las siete en punto». Kade llegaría en cualquier momento. Había dicho que a las siete y media, pero solía llegar temprano. Asha estaba a punto de agacharse para abrocharse las sandalias cuando un brazo fornido le rodeó el cuello, arrancándole un grito de pánico de la boca.

—Cállate. Vas vestida como una puta, Asha —le dijo vehementemente una voz masculina con un fuerte acento.

Asha supo que era Ravi desde el momento en que el fuerte brazo de hombre le rodeó el cuello. Había estado en la misma postura muchas veces antes, y reconocía sus dolorosas tenazas y el olor sudoroso de su cuerpo grande.

—¿C-cómo has entrado aquí? ¿Cómo me has encontrado?

Ravi apretó más fuerte y Asha empezó a ver las estrellas.

—Eres mi mujer, una mujer india casada. Pero vas por ahí con otro hombre. Un estadounidense —respondió Ravi en telugu, enojado—. No fue difícil encontrarte. Todo lo que tuve que hacer fue seguirlo hasta ti. Me deshonras.

Antes, Asha habría temblado de miedo esperando el primer golpe, que iría seguido de muchos más hasta dejarla destrozada y sollozando en el suelo. Ahora, el enfado empezó a erguirse en su interior, una rabia contra el hombre que casi la había destrozado.

—Ya no soy tu mujer. Y soy una mujer estadounidense con sangre india. Suéltame o haré que te arresten.

«¡Pelea! ¡Pelea! ¡Pelea!».

Por primera vez, Asha sintió el instinto de luchar por su vida, por su cordura. En otro tiempo, todo lo que le preocupaba era enfadar más a Ravi, lo que prolongaba sus palizas. Ahora quería liberarse, incapaz de ignorar los sentimientos de odio y furia hacia el hombre que la tenía prisionera.

Él rio amargamente antes de anunciar:

—La policía ya está tratando de arrestarte. Tus amigos y tu familia decidieron meter las narices en mis asuntos, tanto personales como de otra naturaleza. No iré a una prisión estadounidense. Moriré. Pero tú morirás conmigo, mujercita. Tú has decidido nuestro final. —La voz de Ravi sonaba desquiciada y desesperada, y su aliento apestaba a alcohol.

A Asha se le cayó el alma a los pies mientras se preguntaba que estaba diciendo Ravi. ¿Su familia lo había perseguido? ¿Tenían una orden de arresto contra él? ¿Por qué? Su mente se inundó de preguntas, pero su instinto de supervivencia era más fuerte.

—Ya no soy tu mujer. Suéltame —carraspeó Asha desesperadamente. Tiró del brazo que le oprimía la tráquea, dificultándole el habla y la respiración.

—Tú mueres conmigo —respondió Ravi como un maniaco—. Nos casamos para toda la vida. Tú me traicionaste.

Echando el brazo atrás, Asha le clavó el codo en el cuerpo con tanta fuerza como pudo reunir, esperando hacerle daño suficiente a Ravi como para que aflojase sus garras. Después de esa acción, prosiguió con un pisotón en la parte interior del pie, pero ya sabía que no le haría mucho daño sin zapatos.

—¿Te atreves a pegarme? —aulló Ravi bajando el brazo para atrapar sus hombros y brazos entre sus tenazas.

«¡Pelea! ¡Pelea! ¡Pelea!».

Asha dio bocanadas de aire, agradecida de haberse liberado del abrazo mortal a su cuello... hasta que sintió el borde afilado de un cuchillo en la piel del cuello.

Todos los años de lucha, los años de pobreza intentando ganar su libertad, ¿todo para nada? ¿Así iba a terminar? ¿Iba a manos de su ex marido después de todo?

Al principio, volviendo a las viejas costumbres, cerró los ojos con resignación silenciosa, esperando el corte letal. Pero, casi de inmediato, decidió que su vida y las personas a las que había llegado a amar merecían que al menos cayera luchando. En un destello, vio a Kade, Max, Maddie y a todas las demás personas que la habían ayudado a encontrar su valor.

Luchaba por ellos.

Y batallaba por su vida.

Porque por fin se sentía valiosa.

No merecía morir.

Por desgracia, no estaba segura de que su determinación fuera a ser suficiente.

—¿Qué quieres decir, joder? ¿Se ha ido? ¿Dónde? —ladró Kade a Travis mientras conducía, levantando la voz, frustrado, mientras hablaba con su hermano con el manos libres de su coche.

—No lo sabemos —respondió Travis seriamente—. La policía fue a recogerlo con una orden y había desaparecido. Nadie lo ha visto desde hace días. Obviamente, oyó rumores de que iba a ser arrestado y huyó. Nos llevamos a las dos mujeres a las que violó y acosó, que trabajaban para él, para conseguirles ayuda. Probablemente eso le dio una pista.

—¡Mierda! —Kade golpeó el volante con la mano—. Tenemos que encontrar a ese cabrón. Tiene que ir a la cárcel.

—Podría haber volado a la India. Estamos buscándolo, pero es posible que haga mucho tiempo que se ha ido —respondió Travis descontento.

—Asha y esas mujeres se merecen que se haga justicia —contestó Kade enojado—. El mundo sería un lugar mejor sin él.

—Necesitas mantener la cabeza fría hasta que podamos encontrarlo —le advirtió Travis con severidad—. ¿Vas a decírselo a Asha?

Kade agarró el volante con fuerza, su odio hacia el hombre que había herido a Asha fuera de control.

—¿Qué? ¿Que su ex marido violó y acosó a dos de sus empleadas? ¿O que anda suelto después de hacerlo? —Inspiró profundamente, intentando calmar su deseo de violencia—. Sí, no le mentiré. Le diré la verdad. La conozco y sé que el hecho de que haya herido a otras mujeres la atormentará, pero merece saberlo.

—No cambiará nada —señaló Travis de manera racional.

—No lo hará —coincidió Kade—. Pero no quiero que haya secretos entre nosotros. Y probablemente tendrá que involucrarse en el caso; probablemente tendrá que testificar.

—Ese tipo es retorcido. Si sabe que la policía anda detrás de él, probablemente sabe que la investigación original provenía de nuestra parte —dijo Travis distraídamente.

Todo el cuerpo de Kade se tensó; de pronto su mente se quedó fija en un escenario de pesadilla.

—¿Crees que podría ir por Asha? —apenas podía mencionar aquella posibilidad.

—Lo dudo —respondió Travis de inmediato—. Está huyendo. Pero creo que deberías echarle un ojo hasta que lo encuentren.

—Ya casi estoy allí. Voy a llevármela a casa. Su sitio está conmigo —dijo Kade pisando el acelerador de su Lamborghini para llegar al apartamento de Asha tan rápido como pudiera. Algo de toda aquella situación no andaba bien, y un instinto primitivo le decía que llegase hasta Asha.

—Kade, sé que te importa esta mujer, pero…

—No solo me importa, joder, la quiero —interrumpió furioso a su hermano—. La quiero tanto que no puedo pensar. Quiero matar a cualquiera que le haga daño y no puedo soportar la idea de que pase un momento de infelicidad después de todo lo que ha sufrido. Pienso en ella todo el día y sueño con ella por la noche. No se trata de esperanzas con ella, Trav. Lo es todo para mí. Ahora es mi vida. He llegado donde están Simon, Sam y Max. —Era un lugar al que nunca había soñado que llegaría, pero no se arrepentía.

Travis suspiró.

—Mierda —farfulló irritado—. Así que voy a ser el único superviviente. ¿El único tipo cuerdo de nuestro grupo?

—Ya no estoy tan seguro de que estar cuerdo sea algo tan genial —contestó Kade—. Es solitario y oscuro. Antes prefiero estar loco de atar y tener a Asha en mi vida.

—No esperes que te visite en el psiquiátrico cuando te deje. Todavía no he encontrado una mujer por la que merezca perder el sentido común —dijo Travis arrastrando las palabras, con tono oscuro y taciturno.

Kade sabía que Travis estaba aparentando, que llevaba una máscara para ocultar todas las emociones que yacían detrás de ese cinismo. Le dio a Travis su respuesta habitual.

—Eres un gilipollas.

—Lo sé —respondió Travis de buena gana.

Kade dobló una esquina cerrada, centrado en Asha.

—Casi estoy allí. Te llamaré más tarde —le dijo impaciente a Travis.

—Pasa algo. Lo presiento. Ten cuidado —contestó Travis en tono sobrio.

Kade no puso en duda la intuición de Travis. Eran gemelos, y a veces sentían las emociones del otro. Aunque Travis nunca lo admitiría, tenía una habilidad espeluznante para adivinar y presentir acontecimientos futuros. Solo Travis sabía si se trataba únicamente de una intuición increíble o si había algo más detrás de su habilidad. Se negaba a hablar mucho de ello.

—Hablamos luego —replicó Kade sencillamente, apretando el botón para cortar la comunicación mientras entraba en el aparcamiento del edificio de Asha y salía del coche de un salto en el momento en que apagó el motor.

Un ruido de sirenas que parecían dirigirse hacia allá hizo que todo el cuerpo de Kade se tensara mientras corría torpemente hacia el edificio, a sabiendas de que no se relajaría hasta ver por sí mismo que Asha estaba a salvo.

—¡Joder! Esta noche se viene a casa conmigo y se queda para siempre —susurró Kade para sí mismo cuando llegó al ascensor y apretó impaciente el botón de subida.

Su paciencia se había esfumado, y lo único en lo que podía pensar era en llevarse a Asha con él, donde pertenecía, antes de perder la cabeza.

La mandíbula rígida, la mente decidida, la puerta del ascensor cerrada frente a su expresión dura mientras apretaba incansablemente el botón de su piso, estaba más que dispuesto a echarse a Asha al hombro y llevarla a casa, tanto si estaba lista como si no.

Capítulo 17

Asha puso toda la rabia de sus años de opresión en su batalla a vida o muerte con Ravi, pero no era suficiente. La tenía en el suelo; su olor corporal acre casi le provocaba arcadas. Su ex marido siempre había tenido muy mal carácter; culpaba al mundo de sus problemas y los pagaba con ella. Pero algo había cambiado; la mirada salvaje en sus ojos le decía que había perdido completamente la cabeza. Era evidente que no se había duchado en días y que su principal prioridad era verla muerta. En otro tiempo, temía que la matara de una lesión durante una paliza. Ahora, la muerte de Asha parecía ser su único propósito, su única motivación.

Con los brazos clavados a los costados por el peso de Ravi, Asha intentó derribarlo de su cuerpo, pero apenas podía moverlo, su peso sustancialmente mayor que el de ella, y el nivel de fuerza obstaculizaba sus esfuerzos. Le agarró la trenza, utilizándola como arma para mantener su cabeza inmóvil mientras se llevaba el cuchillo a su cuello vulnerable. Vociferando en telugu, aumentó la presión; el filo del cuchillo empezaba a cortar su piel, pero no Ravi no asestaba el corte final.

Asha sabía exactamente lo que quería, y parte de ella quería suplicar por su vida, pero no importaría. ¿Acaso no le ha suplicado piedad en el pasado por ofensas y errores sentidos que ella no había cometido? Eso nunca la había salvado de una paliza horrorosa, y suplicar tampoco la salvaría ahora. En silencio, respondió a sus ojos oscuros y enloquecidos con una mirada desafiante, algo que nunca habría hecho en el pasado. Iba a matarla, pero nunca más le pediría disculpas por quién era ni por lo que era.

Ella era Asha Paritala, hija de un hombre indio progresista que había ayudado a mujeres indias a tener éxito en Estados Unidos.

Y el hombre que tenía encima no era nada más que su asesino.

Preparada para un golpe letal, Asha se quedó atónita cuando le quitaron a Ravi de encima más rápido de lo que sus ojos alcanzaron a ver, su cuerpo arrojado de espaldas en el suelo, a sus pies. Se incorporó y se echó atrás con dificultad, observando con horror y fascinación cómo Tate Colter le arrancaba el cuchillo afilado a Ravi fácilmente y lo dejaba sangrando en el suelo de un solo golpe, increíblemente fuerte, en la cara. Tate volteó al hombre indio, más mayor, y le puso una rodilla sobre la espalda para mantenerlo inmovilizado mientras llamaba la policía con un teléfono móvil que había sacado de su bolsillo.

—¿C-cómo lo supiste? —le preguntó a Tate mientras guardaba el teléfono en el bolsillo y la miraba, estudiando su cuerpo con ojo clínico, como si buscara lesiones.

—Travis me mandó un mensaje —respondió vagamente.

—¿Travis? —Asha intentó captar el hecho de que Tate y Travis se conocían, pero todo su cuerpo temblaba en reacción a su experiencia cercana a la muerte—. ¿Eres policía?

—Amigo. Y ex militar de las Fuerzas Especiales —respondió Tate con pocas palabras—. ¿Estás bien? —su voz se volvió más amable y más preocupada—. Te sangra el cuello.

—Sí. Eso creo —contestó a sabiendas de que tenía suerte de seguir respirando. Teniendo en cuenta la alternativa, *estaba* bien. Se llevó la mano al cuello y la retiró manchada de sangre—. Solo es un rasguño.

Tate señaló hacia el baño con la cabeza.

—Será mejor que lo limpies antes…

—¡Joder! ¿Qué ha pasado? —el bramido de Kade reverberó en la habitación.

—…de que llegue Kade.

Asha se volvió y miró a Kade, con el corazón todavía palpitante del estrés de su experiencia con la muerte y el cuerpo temblando en respuesta. Envolviéndose con los brazos, abrió la boca para responder, pero Kade la puso en pie y empezó examinar el corte antes de que pudiera pronunciar ni una palabra.

—Ese cabrón te ha cortado. —Enfurecido, Kade le echó la cabeza hacia atrás cuidadosamente, examinando el corte y después al hombre que Tate tenía reducido—. ¿Supongo que no está muerto? —preguntó Kade a Tate con voz peligrosa.

—No. Solo lo he dejado inconsciente. La policía está de camino. —Tate le lanzó a Kade una mirada dubitativa—. Tiene que limpiarse ese corte.

—El baño está por allí. Creo que deberías llevarla tú. Conoces los primeros auxilios mejor que yo —dijo Kade con un tono alarmantemente grave y cultural.

—No voy a dejarte solo con él. Le prometí a Travis que no lo haría. Entiendo tu rabia, Kade, pero pagará por lo que ha hecho —respondió Tate aplicando más peso sobre la espalda de Ravi cuando este se despertó balbuceando enojado en telugu.

Volver a oír la voz de su ex marido hizo que Asha reaccionara echándose a temblar.

—Sácame de aquí, Kade. Por favor.

Todo su mundo se tambaleaba, la confusión y el miedo la dominaban en ese momento.

—Llévatela. Te necesita. No dejes que tu rabia se anteponga a todo lo demás. Te arruinará. Quitar una vida, buena o mala, cambia a un hombre —le dijo bruscamente Tate a Kade, sus ojos grises ahumados ligeramente atormentados—. Haz que Asha sea tu prioridad ahora mismo.

Kade levantó a Asha del sofá y la envolvió con su calor.

—Ella siempre va a ser mi prioridad —respondió Kade con voz ronca.

Tate asintió una vez para indicar que había entendido y observó a Kade mientras levantaba a Asha para llevarse su forma temblorosa al cuarto de baño. Kade rodeó el sofá, mirando al hombre en el suelo bajo la rodilla de Tate sin disimular su odio. Pasó por encima de su cuerpo con un pie, y el otro aterrizó sobre la mano extendida del hombre. El pie de Kade, con una pesada bota, puso todo su peso sobre ella y la machacó con fuerza mientras Ravi gritaba de dolor. Eran fuerza y peso más que suficientes para aplastar varios huesos y romper unos cuantos dedos.

—Eso es por Asha y por las otras mujeres a las que violaste, cabrón enfermo —rugió Kade caminando hacia delante con Asha todavía en sus brazos.

Tate sonrió con suficiencia.

La policía entró al apartamento como un vendaval mientras Ravi seguía gritando de dolor.

Con toda su atención puesta en Asha, Kade nunca volvió la vista atrás.

Más tarde aquella noche, Asha estaba sentada en el centro de la cama de Kade, devorando un sándwich y observándolo mientras iba de un lado a otro en la habitación. Llevaba horas vociferando, y no tenía el más mínimo aspecto de haberse quedado sin energía. La había llevado de vuelta a su casa, había cuidado de ella, se había asegurado de que tuviera una bandeja de comida, de que estuviera sana y salva, y había empezado a numerar una lista de cosas que haría para mantenerla a salvo.

—Sé que quieres recuperarte y ser independiente, pero puedes hacer eso aquí, conmigo. Te quiero bajo mi protección —prosiguió Kade con su razonamiento, malhumorado.

Asha lo observó con deseo mientras comía su sándwich a pequeños bocados. Solo llevaba unos pantalones del pijama y se veía increíblemente *sexy* y cien por cien masculino, obstinado y malhumorado.

—Preferiría estar debajo de ti en persona —susurró Asha anhelante entre dientes. Llevaba la parte superior del pijama de Kade, y olía su aroma embriagador por toda la prenda.

—¿Has dicho algo? —preguntó Kade impaciente, volviéndose y lanzándole una mirada punzante.

Asha hizo un aspaviento con la mano.

—No, no. Sigue. —Se tapó la boca con la mano, ocultando una sonrisa. Había superado el choque de su experiencia con la muerte hacía horas, y no había ningún lugar donde se sintiera mas segura que allí, en el dormitorio de Kade, con él merodeándola como un gran felino enfadado.

Se percató de que su diatriba no iba dirigida a ella. Iba dirigida a sí mismo de parte de Asha. Necesitaba detenerlo, calmarlo y hacer que se diera cuenta de que nada de aquello era culpa suya. Pero ver su comportamiento posesivo y obsesivo con ella resultaba un poco embriagador.

Cuando dejó de hablar para tomar aliento, ella le preguntó con curiosidad:

—¿Así que Tate Colter es otro tipo rico? ¿Un amigo vuestro? —Habían ido a la comisaría a prestar declaración, y Tate también había estado allí, pero Asha no había podido hablar con él realmente durante mucho tiempo. La cabeza seguía dándole vueltas ante la verdad de lo que había hecho su marido a sus dos empleadas y lo vil que era realmente.

—Amigo de Travis. Yo lo conozco por él, pero han sido amigos desde la universidad.

—¿Y era tu espía? —preguntó Asha inocentemente.

—No era así —respondió Kade irritado—. Colter quería salir de Colorado hasta que se curase su pierna. Los inviernos allí son brutales y estaba escayolado y con muletas. Travis le encontró alojamiento.

—¿Que da la casualidad de que estaba al otro lado de mi pasillo? ¿En el mismo edificio? ¿Por qué no podía quedarse con Travis? ¿O al menos conseguir una casa mejor si es tan rico? —Asha dudó un momento antes de añadir—: ¿Y cómo conoció a una mujer en un periodo tan corto de tiempo?

Kade hizo una mueca.

—La mujer era su hermana. Está felizmente comprometida, pero quería ver a Tate y asegurarse de que se encontraba bien después del accidente. Sí. Vale. Más o menos se nos ocurrió que estaría bien que Tate estuviera allí para cuidar de ti. Te marchaste sin ponerte en contacto con nadie. Obviamente no nos querías ni a mí ni a nadie que conocieras alrededor. Tate se ofreció voluntario y nosotros le conseguimos el apartamento. Sí… es asquerosamente rico, pero ha vivido en todas partes. Lo que te dijo de que pertenecía a las Fuerzas Especiales era verdad.

—Pensaba que era mi amigo —dijo ella tristemente, decepcionada de que Tate sólo quedara con ella por Travis y Kade.

—Es tu amigo. Créeme… Si a Tate no le gustaras, cuidaría de ti, pero no te dedicaría tiempo. Es bastante crudo. Igual que Travis. —Deteniéndose en medio de la habitación, Kade la observó con mirada especuladora—. ¿Te gusta?

Asha se encogió de hombros.

—Sí. Me gusta, aunque solo fue enviado en una misión de espionaje por ti y Travis.

—No era un puñetero espía. Solo estaba allí para ayudar si lo necesitabas. Estaba sola —refunfuñó Kade—. Pero todavía quiero patearle el trasero por aprobar ese coche. —Después de una ligera duda, Kade preguntó—: ¿Cuánto te gusta?

Asha alzo la mirada hacia él, sorprendida. La voz de Kade irradiaba celos, y los músculos de su mandíbula estaban crispados. A pesar de aquellos hechos, parecía vulnerable.

—Me gusta como amigo. Era simpático conmigo. Bromeaba conmigo. Nunca he tenido eso realmente con un amigo. —Suspiró—. Pero no es tú y nunca lo será. —Asha se deslizó de la cama y se puso frente a Kade, sin dejar de mirarlo a los ojos—. Cuando creía que iba a morir, la única cosa de la que me arrepentía realmente era de no haberte dicho nunca lo que sentía por ti. Tal vez no debería decírtelo ahora, pero no quiero volver a sentirme así nunca. Quiero que sepas exactamente lo que siento sin remordimientos.

—Dímelo —respondió Kade con voz ronca.

—Te quiero —dijo Asha en un susurro bajo, apenas capaz de pronunciar las palabras por el nudo que tenía en la garganta—. Sé que no lo has pedido y que probablemente no lo quieres, pero ahí está, estoy cansada de intentar enterrarlo. Eres tú a quien anhelaba en ese dibujo que hice de mí misma, el apetito que pensaba que nunca sería satisfecho. Creo que te he añorado durante toda mi vida. Simplemente no lo sabía.

—Dime que lo dices de verdad —exigió Kade—. Pero te lo advierto, nunca te dejaré marchar si lo haces, joder. Oh, demonios, nunca te dejaré marchar de todas formas. Pero quiero que me lo digas.

—Lo digo en serio. Pero no quiero que te sientas obligado porque…

Sus palabras fueron detenidas efectivamente por la boca de Kade, que atrapó la suya, las manos a ambos lados de la cabeza para mantenerla firme mientras la devoraba. Su beso era de deseo y adoración a partes iguales, exigente y generoso; su lengua y sus labios la poseían, pero él también se entregaba a ella. Le agarró el trasero y la levantó sin romper el contacto con sus labios.

Asha se encontró sobre la cama. Kade había quitado de allí la bandeja con la comida a toda prisa, se abrió camino hasta el armario y volvió con varias corbatas. Las tiró sobre la cama y empezó a desabrocharse la camisa del pijama, dejando sus pechos al desnudo cuando llegó al último botón.

—Estás muy *sexy* con mi camisa, pero te necesito desnuda —carraspeó con gesto serio y tan tranquilo que resultaba espeluznante.

Ella lo observó, confundida, mientras se le rodeaba la muñeca con una corbata que aseguró por encima de su cabeza, para después repetir con la otra muñeca. Demasiado atónita para reaccionar mientras la ataba, Asha acabó por preguntar en tono perplejo:

—¿Qué estás haciendo?

—Atándote a la cama —comento él ausente, probando las corbatas para cerciorarse de que estaban bien amarradas.

Asha sabía que debería sentirse avergonzada, pero la sensación de estar desnuda y a merced de Kade hizo que se le inundara el sexo de deseo. Su cuerpo duro y musculoso se cernía sobre ella y Kade deslizó la ropa interior por sus piernas sensualmente, dejando que se escurriera por ellas hasta quitársela por completo.

Kade apenas había dicho una palabra desde que ella dijo sin pensar lo que sentía por él, y su silencio se estaba volviendo más incómodo para la psique de Asha, pero sus acciones hacían que su cuerpo se calentara hasta temperaturas peligrosas.

—Ya lo veo. ¿Vas a decirme por qué? —preguntó nerviosa. Había puesto su vida en manos de Kade, literalmente, pero nunca lo había visto así.

—Ya te lo he dicho. Nunca te dejaré marchar. —Le apartó de la cara unos mechones errantes y le mordió el lateral del cuello, para finalmente acariciarle la oreja con la boca—. Tengo planeado darte placer hasta que pierdas la cabeza y accedas a casarte conmigo. Imagino que esa es la única manera en que conseguiré que accedas.

Asha tembló mientras su susurro grave y ronco vibraba contra su oído, su voz un ronroneo grave y sedoso que le recordaba a un gato.

—No puedo casarme contigo, Kade —le informó tristemente.

«Soy yerma. No puedo casarme con él. No sería justo para él».

—Imaginé que dirías eso. Así que supongo que es mi trabajo hacer que cambies de parecer. Tarde o temprano entenderás que todo lo que necesito es a ti, cariño. Porque yo también te quiero. Más que a nada ni a nadie en este planeta. Y vas a ser mía —le advirtió peligrosamente—. Así que, después de saborearte hasta que grites mi nombre y follarte hasta el clímax más increíble que hayas tenido nunca, tal vez accedas. Si no, lo intentaré de nuevo.

Le caían las lágrimas por las mejillas, lágrimas de puro júbilo porque Kade también la amaba.

—Kade —gimió mientras tiraba de las corbatas que la sujetaban—. Estas son tus corbatas buenas. —Notó del tacto de la seda contra las palmas.

—Cariño, ahora mismo son corbatas muy buenas —respondió Kade con voz pícara—. Tengo la sensación de que cada vez que me ponga una de ahora en adelante tendré la verga dura todo el día. Y lo único en lo que podré pensar es en la manera como te ves ahora mismo, estirada sobre mi cama, mía para amarte y satisfacerte. Y tan jodidamente guapa que no puedo creer que me quieras de verdad.

Apenas la tocaba, las yemas de sus dedos seguían acariciándole el cabello, pero sus palabras traviesas la estaban volviendo loca. Podía imaginarse exactamente qué aspecto tenía… lasciva, necesitada y lista para que la follara. Era exactamente como se sentía, y el sexo se le contrajo tanto que casi dolía.

—Créelo. Te quiero. —Repitió las palabras que había dicho antes—. Pero no me casaré contigo.

—Ah… lo harás, cariño —respondió él con autoconfianza.

Asha se aferró a las corbatas cuando Kade emprendió el asalto a sus sentidos, con un dedo recorriendo lánguidamente sus pezones como piedras. Estar maniatada resultaba frustrante un momento y erótico al siguiente. Asha anhelaba tocar el cuerpo *sexy* y musculoso de Kade, pero las ataduras la liberaban para que únicamente sintiera.

—Nunca quiero volver a estar dentro de otra mujer. No después de haber estado dentro de ti —le dijo Kade justo antes de que su lengua siguiera el trazo de su dedo; la calidez intensa sobre su pezón sensible hizo que ella levantara las caderas de necesidad. Después, él la mordió suavemente, enviando oleadas de palpitaciones eróticas directamente hasta su sexo.

Estaba desesperada por sentir su pene llenándola, martilleándola hasta que se sintiera aclamada.

—Por favor —suplicó incapaz de tolerar cómo la excitaba Kade.

—¿Te casas conmigo? —preguntó Kade con voz ronca, bajando una mano por su vientre entre sus muslos, separando sus pliegues húmedos.

—No —gimió ella, moviendo las caderas levantadas mientras imploraba fricción en el clítoris.

Kade no le dio nada parecido a lo que quería. Jugó con el pequeño manojo de nervios ligeramente, apenas moviendo su clítoris con el dedo, aumentando su desesperación hasta hacer que gimoteara.

—Más —jadeó.

Kade le separó las piernas ampliamente, dejándola abierta y expuesta. Agarró una almohada y se la metió debajo del trasero, haciendo que fuera aún más vulnerable a él. Asha cerró los ojos al sentir su cálido aliento acariciando su piel reluciente y se estremeció de expectación.

Todo jugueteo terminó cuando Kade enterró su boca en el sexo de Asha y empezó a gruñir mientras su lengua, labios y dientes la consumían como un hombre hambriento. Cada golpe de su lengua era letal, con intención de hacer que llegara al orgasmo. El placer era tan intenso que Asha intentó cerrar las piernas en un gesto reflejo, pero Kade las abrió más, mientras se daba un festín de la nata que creaba con sus caricias eróticas.

—Ah, Dios. Kade. No puedo soportarlo —gimió Asha mientras revolvía la cabeza en la almohada y sus manos tiraban de las ataduras.

—Toma, cariño —murmuró Kade contra su piel—. Ten un orgasmo para mí.

Los dientes de Kade se abrazaron suavemente a su clítoris, moviéndolo con la lengua una y otra vez. Metió dos dedos en su canal, penetrándola duro y profundo, mientras su lengua levantaba oleadas de placer que la tenían gimiendo y revolcándose en la cama, tan desesperada por llegar al orgasmo que solo estaba centrada en Kade.

El clímax la golpeó como un tren de mercancías a toda velocidad... rápido, duro y devastador. Todo su cuerpo se agitaba mientras Kade seguía sacudiéndolo con la lengua y los dedos, sacándole hasta la última gota de placer que pudo.

Asha se quedó ahí jadeando cuando terminó, sintiéndose cruda, vulnerable y completamente amada. Observó mientras Kade trepaba a su cuerpo como un animal peligroso, fuerte, poderoso e increíblemente viril. Su expresión era casi salvaje, y Asha sintió la respuesta del deseo carnal irguiéndose en su interior.

—Fóllame, Kade. Necesito sentirte. —Necesitaba estar unida de la manera más primitiva, y la necesidad llegaba a lo más profundo de su alma.

—Te quiero, Asha —gimió él mientras la embestía con el pene en una penetración larga y profunda.

—Ah… —suspiró ella mientras su cuerpo se abría para él de inmediato, naturalmente—. Te quiero —se hizo eco ella, que necesitaba decírselo una y otra vez. Había tenido que contener sus emociones durante tanto tiempo que era un alivio poder compartir finalmente esa parte de ella con él.

Con el trasero de Asha ya levantado, Kade solo tuvo que tomarla de las caderas y embestir. No fue tierno ni relajado. La montó con la ferocidad de un hombre que se estaba deshaciendo por completo.

—¡Joder! Eres condenadamente preciosa —carraspeó mientras su pene la martilleaba—. Tan caliente. Tan apretada. Tan condenadamente mía. Nunca ninguna otra mujer. Tú eres todo lo que quiero. Siempre has estado hecha para ser mía.

A Asha le retumbaba el corazón en los oídos, su cuerpo temblaba mientras Kade pronunciaba las palabras apasionadas y posesivas que se aferraban a su corazón.

Rodeándole la cintura con las piernas, saboreó su posesión dura, sintiendo que finalmente estaba exactamente donde se suponía que tenía que estar.

—Más duro —exigió deseosa de rendirse a él por completo.

Kade enterró su miembro en ella con embestidas profundas y enérgicas, dominando sus sentidos hasta que ella alcanzó la cúspide con una intensidad explosiva.

—Kade. Kade. Kade —coreaba mientras su cuerpo se contraía alrededor del miembro de este, el sexo de ella apretaba el miembro de Kade, haciendo que la inundara con su cálido desahogo.

Dejando escapar un gemido angustiado, Kade se inclinó hacia delante y le liberó las muñecas rápidamente.

—Mierda. Te he dejado marca.

Asha respiraba con intensidad mientras sentía que la circulación volvía a sus dedos.

—Ha merecido la pena —jadeó, a sabiendas de que la única razón por la que tenía marcas era porque Kade la había echo llegar más allá del límite de la razón.

—Nunca —gruñó Kade mientras rodaba sobre su espalda para atraer la mitad de Asha sobre él y la otra mitad junto a él—. Nunca quiero dejarte ni una marca.

Asha miró las líneas débiles y sonrió.

—Llámalas marcas de amor. No he podido evitarlo —le dijo sin aliento—. Necesitaba algo a lo que agarrarme.

—La próxima vez puedes agarrarte a mí —respondió Kade irritado, besando la débil línea en su muñeca.

—No lo sé… ha sido bastante *sexy*. —Asha suspiró y se acurrucó sobre el cuerpo de Kade.

—No puedo follarte hasta someterte —respondió Kade rodeando su cuerpo con los brazos y atrayéndola piel con piel.

—Sí puedes. Cuando quieras —respondió Asha entusiasmada.

Kade la sonrió desde arriba.

—Ha estado tan bien, ¿eh?

Ella sonrió y asintió.

—He cambiado de parecer. Mi respuesta es sí. No puedes follarme hasta someterme por ninguna otra razón que el placer, pero me has hecho el amor hasta que he entrado en razón. Me he dado cuenta de que nuestro sitio está juntos. Creo que amos hemos visto suficiente dolor en nuestras vidas. Solo quiero que seamos felices juntos. Y puedo seguir recuperándome y averiguando quién soy mientras estoy contigo. De hecho, eres parte de quien soy. Una de las mejores partes.

—¿Lo dices en serio? —preguntó él bruscamente—. Dime que vas a casarte conmigo.

Asha se incorporó sobre el codo y le sonrió.

—Voy a casarme contigo —respondió amablemente.

Kade la hizo rodar hasta tenerla debajo y le sujetó las muñecas por encima de la cabeza.

—Dilo otra vez —ordenó.

Asha alzó la mirada a su rostro, tan fuerte y turbulento, pero con un rastro de vulnerabilidad en la mirada.

—Voy a casarme contigo —dijo más alto y con más convicción todavía.

—Era inevitable, sabes —respondió Kade en un tono más arrogante.

—¿Lo era? —respondió Asha felizmente. «De verdad, ¿cómo podría no estar exultante cuando un hombre como Kade me ama y quiere casarse conmigo tan desesperadamente?

—Sí. Te habría perseguido hasta que dijeras que sí. Nunca me rindo.

Ella le sonrió, el amor brillando en sus ojos. La tenacidad de Kade era una de las cosas que le encantaban de él, y estaba segura de que él habría hecho eso exactamente.

Él se retiró de encima de Asha y bajó de la cama para volver con una caja de terciopelo. Se sentó desnudo en el lateral de la cama y abrió la tapa.

—Te mereces una proposición de verdad con flores, velas y una cena romántica. Y te daré todo eso. Pero, por ahora, ¿podrías decir una vez más que vas a casarte conmigo?

Asha miró de hito en hito el anillo que había en la caja; las piedras preciosas engarzadas en el oro casi la cegaban.

—Miré unos solitarios sencillos, pero no eran tú. Sé que te gusta el color, así que me decidí por este. —Kade sacó el anillo de la caja y tomó su mano.

La mano de Asha temblaba mientras Kade le ponía el anillo en el dedo. Era tan increíble que se había quedado sin habla. En el centro había un diamante enorme, pero las piedras que lo rodeaban eran una abundancia de color, cada una de una tonalidad diferente.

—Soy india. Llevo el amor por el color en los genes —contestó ella con voz temblorosa—. Es precioso.

—¿Desde cuando las tienes? —Kade sostenía entre los dedos las finas pulseras de oro que llevaba en la muñeca.

Asha le explicó que siempre había querido brazaletes, pero que nunca le habían permitido llevarlos.

—De modo que fue mi único capricho —explicó mientras seguía moviendo el dedo por su anillo de compromiso, maravillada—. Las pulseras son importantes para una mujer india.

—Te compraré una nueva para tu colección cada semana —prometió Kade con voz ronca—. Nunca volverá a faltarte de nada, Asha. Lo juro.

Asha levantó la mirada del anillo y sus ojos se encontraron con los de Kade. «¿Cuán afortunada puede ser una mujer?». Él era todo lo que siempre había querido y más. Había pasado de ser una víctima solitaria de la violencia doméstica a ser la prometida de un hombre que haría cualquier cosa con tal de no hacerle daño. Kade le *daría* todo lo que quisiera, pero Asha veía reflejado en su mirada todo lo que necesitaba.

—Ya no quiero nada más —le respondió sinceramente.

Asha le rodeó el cuello con los brazos y lo besó, demostrándole sin palabras que su amor siempre sería más que suficiente.

Capítulo 18

Creo que lo que Devi intentaba hacerme entender es que lo que ocurrió con Ravi iba más allá de la cultura —le dijo Asha a Maddie, sentadas a la mesa de la cocina de Maddie una mañana, hablando. Habían pasado dos semanas desde que Kade le pidió que se casara con él, y todavía se frotaba el dedo cada pocos minutos, incapaz de creer que de verdad fuera a casase con un hombre como Kade Harrison.

Asha dio un sorbo a su *chai* con leche mientras Maddie bebía limonada. Maddie miró a Asha desde el otro lado de la mesa y respondió:

—Lo entiendes, ¿verdad? Tanto tus padres de acogida como Ravi tenían problemas que iban más allá de la cultura. Y Ravi tenía un problema con la bebida.

Asha hizo una pausa mientras asimilaba lo que Maddie acababa de decir y después prosiguió, asintiendo:

—Kade va a llevarme a la India. Quiero aprender más sobre el país de mi padre de primera mano, para poder contribuir con la fundación y ayudar allí también. Sé que en la India hay desigualdad de género y unos índices muy altos de violencia machista, y que hay leyes para proteger a las mujeres, pero rara vez se aplican. Creo que algunas mujeres simplemente lo aceptan como lo que les ha tocado vivir.

Tantos años de lavado de cerebro van a ser muy difíciles de superar, pero sé que puede hacerse.

—Es porque no conocen nada diferente —añadió Maddie en voz baja—. Veo un poco de esa misma mentalidad aquí, en Estados Unidos, en los problemas de violencia machista. Demasiadas mujeres la aceptan porque su autoestima ha sido socavada y manipulada por el hombre o los hombres de su vida. Por desgracia, es más normativo y más común en la India que aquí, en Estados Unidos.

El entusiasmo de Asha por su nueva causa era evidente.

—Creo que la generación más joven está empezando a moverse por la igualdad de género, pero todavía queda mucho camino por delante. Devi trabaja un poco allí para ayudar a mujeres que luchan por la igualdad y yo quiero formar parte de ello. También hay algunas cosas preciosas que me gustaría ver en el país de mi padre.

—Creo que tu padre se sentiría orgulloso de que quieras continuar con su legado —dijo Maddie con ternura.

Asha asintió.

—Yo también lo creo. Pero no lo hago solo por él. También lo hago por mí. Sé lo que es que me castiguen y me corten las alas solo por haber nacido mujer. Yo tengo la suerte de haberme librado de eso ahora. Todavía soy una obra en ciernes por lo que respecta a desembarazarme de mi bagaje, pero estoy trabajando en ello.

—¿Y Kade? —interrumpió Maddie.

—Es de gran apoyo, tanto que me hace llorar casi todos los días —Asha terminó el pensamiento de su hermana con una sonrisa.

Sostuvo entre los dedos dos brazaletes adicionales que Kade ya había añadido a su colección, intrincadas espirales de oro con diseños delicados, una de las cuales era un estallido de multitud de colores. Ambas eran mucho más detalladas que las que se había comprado ella e increíblemente bonitas. La única pelea que habían tenido realmente en las últimas semanas se debía al despotismo de Kade cuando se deshizo de su coche y le compró uno nuevo. Terminó con él pidiéndole disculpas por haberlo hecho sin su conocimiento, pero se negó obstinadamente a devolver el coche nuevo y le pidió que lo condujera por él. En realidad, Kade hacía que fuera increíblemente

difícil negarle nada cuando todos sus razonamientos giraban en torno
su seguridad.

Cuando recordó algo más de lo que había hablado con la Dra.
Miller, le preguntó a Maddie:

—Quería ver si podías recomendarme un ginecólogo. Tengo
un retraso este mes. Sé que solo se debe al estrés de todo lo que
ha ocurrido, pero creo que por fin necesito saber exactamente por
qué soy estéril. Va a ser crucial para mi proceso de recuperación y
aceptación.

Maddie levantó la cabeza de pronto y atravesó a Asha con una
mirada calculadora.

—¿Cómo de tarde?

Asha se encogió de hombros.

—Una semana o dos. Nada serio.

—¿Y te sientes sentimental todos los días? —preguntó Maddie con
cuidado—. ¿Has vomitado o has tenido náuseas? ¿Algo más fuera
de lo corriente?

—Últimamente parece que el olor del ajo me da náuseas. He tenido
que dejar de usarlo para cocinar por ahora. —Observó a su hermana;
la mirada suspicaz en el rostro de Maddie le obligó a añadir—: No
estoy embarazada, Maddie. Ya sabes que eso no es posible. Solo te lo
comenté porque creo que es hora de empezar a lidiar con la realidad
en lugar de ir por la vida con los ojos cerrados. Necesito saber por
qué no soy fértil. Entonces podré pasar página. Kade acepta el hecho
de que nunca seremos capaces de tener hijos biológicos, y a ambos
nos gustaría adoptar algún día. —El corazón de Asha se sintió más
ligero ante la idea. Kade era un hombre extraordinario, y sabía que de
verdad no le importaba si tenía hijos propios. Creía verdaderamente
que había tantos niños que necesitaban un buen hogar que en realidad
no importaba si sus hijos eran de su sangre o no.

Asha observó a su hermana ponerse en pie a toda prisa, o tan
rápido como puede levantarse una mujer embarazada de gemelos.
Poniéndose en pie de un salto, Asha agarró el brazo de Maddie y la
ayudó a enderezarse.

—¿Qué estás haciendo? Se supone que tienes que descansar —la amonestó Asha, a sabiendas de que Maddie empezaba a sentir los efectos de estar embarazada de gemelos.

—Tenemos que ver si estás embarazada —dijo Maddie emocionada antes de salir contoneándose por la puerta de la cocina sin mediar otra palabra.

Asha la siguió en silencio, llevándose una mano al vientre plano. «¡No! Ni siquiera voy a plantearme la posibilidad».

—¡Maddie…! No debería haberlo comentado. Sé que no lo estoy.

Deteniéndose en el baño de abajo, Maddie hizo caso omiso de ella mientras rebuscaba en su armario de medicinas hasta que encontró lo que quería.

—Asha… No te ofendas… pero tu ex marido era la escoria más baja sobre la faz de la tierra. ¿Crees que no mentiría? —Le entregó a Asha las dos pruebas de embarazo que tenía en la mano e hizo un gesto hacia el inodoro—. Haz pis. Ahora.

Asha se llevó al pecho las dos pruebas de embarazo, con el corazón desbocado como una manada de caballos salvajes. «¿Y si…?».

—No estoy embarazada —volvió a decirle a su hermana con obstinación.

Una pequeña sonrisa se formó en labios de Maddie mientras daba un leve empujoncito a Asha para que entrase en el baño. Mientras cerraba la puerta, dijo:

—Ya lo veremos.

Sola en el baño, Asha sacó la primera prueba de la caja. Estaba completamente familiarizada con las pruebas de embarazo. Se había hecho muchas a principios de su matrimonio, triste por no poder concebir, pero secretamente aliviada cada vez que el resultado era negativo. «Pero esta vez es diferente. Ahora, daría cualquier cosa por ver un resultado positivo, aunque no hay muchas probabilidades».

Reuniendo valor, se hizo las dos pruebas.

Kade llegó a casa antes que ella aquella noche. Cuando Asha abrió la puerta, olió algo delicioso en el aire. «¡Un hombre que cocina!». Tal vez el talento culinario de Kade fuera limitado, pero lo intentaba, e incluso Sam le había dado varias recetas fáciles.

Asha permaneció en pie a la entrada de la cocina, observando en silencio a su prometido, alucinada. ¿Cómo era posible que se hubiera vuelto tan afortunada? Hacía tan solo unos años era una mujer maltratada, y ahora era la prometida adorada del hombre más maravilloso del universo. Con su riqueza, belleza y personalidad, Kade podría tener a cualquier mujer que eligiera, pero la quería *a ella*.

«Eres valiosa. Eres valiosa». Asha canturreaba el mantra mentalmente; todavía no estaba completamente segura de creerlo por entero, pero la Dra. Miller decía que la aceptación llegaría con el tiempo. Por ahora, simplemente se sentía condenadamente afortunada.

Kade volvió la cabeza de repente, como si hubiera sentido su presencia.

—Hola preciosa… no te he oído entrar —la saludó feliz, sus ojos azules no reflejaban nada más que amor.

—Tenía una gran vista de tu trasero. No quería arruinarla —le dijo en tono jocoso mientras él la recogía en su abrazo habitual, levantándola por el trasero y besándola como si no la hubiera visto desde hacía meses. En realidad, desde aquella misma mañana.

—Desnúdate conmigo y estaré encantado de dejarte mirar todo lo que quieras —le susurró él al oído con voz grave y seductora.

Asha estuvo a punto de dejar que se la llevara. Ahora mismo, lo único que quería era estar tan unida a Kade como fuera posible.

—La cena —le recordó juguetona con los brazos alrededor de su cuello, abrazándolo con fuerza, muy juntos. Ya podía sentir la prueba, muy contundente, de que Kade podía cumplir su promesa con bastante facilidad.

—Vale. Tengo que darte comer antes —musitó dejando que su cuerpo se deslizara lentamente hasta tocar el suelo con los pies—. ¿Qué tal el trabajo?

Asha puso los ojos en blanco, preguntándose si Kade dejaría de insistir en atiborrarla hasta casi hacerla reventar.

—He reprogramado el encargo para la semana que viene —le informó con cautela.

—Entonces, ¿dónde estabas? ¿Ya has encontrado a otro tipo? —las palabras de Kade eran de broma, pero su mirada era seria.

—Fui a ver a Maddie esta mañana. Y después fui a una cita. Fue un poco larga. —Asha se mordisqueó el labio; no estaba muy segura de cómo decirle a Kade lo que necesitaba decirle.

—¿Estás bien? —La preocupación en sus ojos aumentó.

—Estoy bien. —Asha se llevó la palma a la mejilla de Kade, con barba de tres días, y le sonrió—. Pero necesito hablar de algo contigo. Algo importante.

Kade tomó la mano de su mejilla y la besó en la palma. Apagó todos los fogones, sacó una cerveza para él y puso una botella de agua en la mesa. Sacó una silla para Asha y la invitó a sentarse con un movimiento de la mano. Ella se sentó y Kade se dejó caer en la silla a su derecha.

—Habla —dijo malhumorado, centrando toda su atención en ella—. Sea lo que sea, encontraremos una solución. Siempre y cuando no estés planeando decirme que no vas a casarte conmigo o que vuelves a marcharte, puedo solucionar cualquier cosa.

—Estoy embarazada. —Asha dijo las palabras antes de tener tiempo para pensárselas. Llevaba todo el día conteniéndolas y necesitaba el apoyo de la persona que más le importaba en el mundo. Al ver la mirada incrédula en su rostro, siguió mascullando—. Fui a ver a Maddie esta mañana y le comenté un par de síntomas. Me obligó a hacerme la prueba. Dos pruebas. Ambas positivas. Hizo unas cuantas llamadas y me consiguió cita con una amiga suya, una obstetra. Me hizo unas cuantas pruebas. Parece que mi sistema reproductor está bien y estoy embarazada. —Enterró el rostro entre las manos—. Ay, Dios. Lo siento muchísimo, Kade. No sabía que él me había mentido.

No sabía que podía quedarme embarazada. Sé que dijiste que no estabas seguro de si querías…

Kade la arrancó de la silla y se la echó al regazo tan pronto que interrumpió su discurso patético. El nuestro se lleno de lágrimas, todas las emociones que la abatían en su interior de pronto salieron despedidas de su cuerpo al mismo tiempo.

Conmoción. Sorpresa. Enfado. Alivio. Arrepentimiento. Felicidad. Y muchos otros sentimientos que Asha no era capaz de identificar.

—Esto debería ser algo de lo que hubiéramos hablado, algo que hubiéramos decidido juntos —le dijo con remordimientos.

Kade levantó el borde de su camiseta y le limpió las lágrimas con unos toquecitos.

—Creo que hicimos falta los dos para dejarte embarazada, Asha —dijo con ternura—. Por favor, no llores. ¿No quieres este bebé? —Parecía inseguro, con una pizca de dolor y confusión en su tono.

—Lo quiero. Quiero tanto a nuestro hijo que duele. Pero teníamos planes. Dijiste que no estaba seguro de si querías un hijo propio. Nunca debería haber tenido sexo contigo hasta saber la verdad sobre por qué no podía concebir. Resulta que puedo. Por lo visto, Ravi mintió.

—No es exactamente una sorpresa —dijo Kade con voz áspera—. ¡Cabrón! —En un tono más amable, prosiguió a medida que posaba una mano en su vientre con ternura—. Yo también quiero este bebé. Sé lo que dije y podría haber adoptado fácilmente. Pero ahora que sé que vas a tener a nuestra hija, estoy exultante. Sé qué será tan guapa como su madre. Supongo que estoy un poco asombrado por el hecho de que hayamos creado un bebé. Nuestro bebé.

Asha se secó las lágrimas.

—¿No quieres un niño?

—No. —Kade la sonrió, una sonrisa que le llegaba a los ojos, haciendo que le centellearan de felicidad—. Pero aceptaré un niño si eso es lo que me das. Sería feliz de cualquier manera, cariño. Pero él o ella será nuestro hijo, y eso es lo que hará que el bebé sea especial, independientemente de qué sexo resulte ser.

Asha digirió aquella información y le devolvió la sonrisa a Kade.

—Estoy acostumbrada a que los hombres
Formaba parte de la cultura india querer u
Kade amaría y cuidaría de cualquiera de los au.
siendo un pequeño choque cultural. No obstante, tamp
haber sido sorprendente. Era Kade—. Cambiará mucho nuestra
—le advirtió.

—Los planes se hacen para cambiarse. Quiero que nos casemos de
inmediato. Lo quería pronto, de cualquier manera. Esto parece una
razón convincente para hacerlo mañana. —La sonrió con malicia.

Kade había estado intentando convencerla para casarse pronto
desde que le propuso matrimonio, y ella quería esperar un poco
porque Maddie saldría pronto de cuentas y quería tener a su hermana
en la boda.

—Maddie…

—Maddie puede venir si solo somos unos cuantos en casa de ella y
de Sam. Le pondremos los pies en alto y podrá estar allí —dijo Kade
de manera convincente—. Ya he hablado con ella porque le dije que
no podía esperar. Ella se ofreció.

Asha le levantó una ceja.

—No me lo dijo.

—Le pedí que no dijera nada. Planeaba convencerte esta noche
—respondió él con una sonrisa malvada que resultaba seductora.

—¿Vas a volver a atarme a la cama? —preguntó Asha impaciente,
ligeramente ruborizada—. Siempre podrías intentar follarme hasta
someterme. —«Yo me apuntaría».

—No voy a atar a mi prometida embarazada a la cama —respondió
Kade en un tono vehemente pero asombrado.

—No puedo creer que esté embarazada de verdad —susurró Asha,
poniendo su mano sobre la de Kade, en su vientre—. Todos esos años
en que pensaba que no podía. Esto parece surrealista.

—¿Qué ha dicho la doctora? ¿Va todo bien? Deberías haberme
llamado. Habría ido contigo. —Kade sonaba tanto enojado como
preocupado.

—No se me ocurrió. Pensaba que era todo un error. Creo que
debo haber concebido en el despacho de Travis, en el circuito. La

...ora ha dicho que todo va bien. —Dudó durante un momento ...tes de comentar—: Supongo que eso significa que no haré el curso de conducción para sacarme el permiso de moto ahora mismo.

—¡Claro que no! —estalló Kade—. Ni siquiera vas a acercarte a una bicicleta ahora mismo.

Asha suspiró.

—Supongo que esto va a convertirte en un tirano. —Su naturaleza protectora probablemente iba a llegar a ser casi insoportable, pero todo lo hacía con amor. Aquello era nuevo para los dos—. Te acostumbrarás —le dijo en tono informal—. Ambos lo haremos.

Kade estrechó su abrazo alrededor del cuerpo de Asha.

—No, no lo haré. Sam no lo ha hecho nunca. Cuanto más se acerca Maddie a salir de cuentas, más exhausto parece. Ya me siento como si estuviera a punto de darme un ataque al corazón, y el óvulo apenas acaba de ser fertilizado, ¿verdad? Maldita sea. Tengo que pedirle prestados algunos de los libros sobre el parto a Sam. Y tenemos que ir a comprar cosas para la habitación de bebé. Y el bebé necesita ropa y montones de otras cosas. Y, decididamente, esta casa no está construida a prueba de niños. Tengo que trabajar en eso.

Asha se llevó su cabeza entre las manos y lo besó, acallando sus palabras apresuradas, y esperaba que también su mente hiperactiva. Le encantaba la manera en que le importaba lo suficiente como para proteger su bienestar y ahora el del bebé, pero cuando se obsesionaba, tenía que encontrar la manera de calmarlo. Y besarlo parecía ser la única manera de hacerlo.

Kade tomó el control del abrazo casi de inmediato, besándola con una intensidad apasionada que la dejó sin aliento. Ambos terminaron jadeando, con Asha apoyando la cabeza sobre su hombro.

—Tienes tiempo para hacerlo todo —dijo ella sin aliento—. Y lo último que necesitas ahora es hablar con Sam. Está hecho una pena. Maddie va tener gemelos, así que probablemente te contará un montón de historias de miedo sobre lo que podría salir mal. Las mujeres tienen bebés todos los días.

—Es diferente. *Mi* mujer no tiene *nuestro* bebé todos los días —musitó Kade.

—Te quiero. Llévame a la cama —le instó con su voz de «fóllame», a la que Kade nunca había podido resistirse—. Podemos hablar de todo más tarde. Ahora mismo solo quiero estar cerca de ti.

El alivio ante el hecho de que Kade verdaderamente quisiera aquel bebé tanto como ella hizo que se sintiera mareada de felicidad, y lo único que quería era estar unida al hombre al que amaba de la manera más elemental.

—La comida —discutió Kade.

—Tú —contradijo Asha mientras deslizaba la mano al frente de sus pantalones y agarraba su miembro duro con delicadeza a través del *denim*—. Tengo hambre de ti.

Kade gimió.

—Yo también te quiero, y me estás empujando, mujer.

—Lo sé. Planeo empujarte al abismo del placer —respondió traviesa—. Todo lo que necesito es a ti dentro de mí ahora mismo.

El cuerpo grande de Kade se estremeció, todas sus defensas se derrumbaron cuando la miró a los ojos.

—Quiero darte cualquier cosa y todo lo que te haga feliz. Eso es lo que quiero.

—Entonces no necesitas darme nada más que tu amor —le dijo ella sinceramente, con el corazón reflejado en los ojos mientras le devolvía la mirada.

—Cariño, siempre lo tendrás —le dijo Kade con autoconfianza, poniéndose en pie con ella en brazos.

—Entonces siempre seré feliz —suspiró Asha mientras Kade se dirigía al dormitorio a grandes zancadas.

A Kade no se le olvidó darle de comer, pero comieron más tarde. Mucho más tarde.

Epílogo

Dos meses después

Tiene buena pinta. Es exactamente lo que yo haría —le dijo Kade a Asha por encima del hombro en tono alentador mientras ella permanecía sentada mirando su cartera financiera en el ordenador, la cartera que ahora levantaba para el hijo de ambos.

Le explicó su razonamiento mientras invertía. Kade la alentaba e indicaba pros y contras, pero dejaba que averiguase las cosas por sí misma cuando le pilló el truco a pensar como una inversora.

Kade se había calmado considerablemente en cuanto al bebé, pero nunca dejaba de preocuparse. En lugar de enojarse por su comportamiento de macho alfa, se sentía reconfortada por él. Estaba aprendiendo, especialmente de las mujeres de su vida, cómo lidiar exactamente con el comportamiento, excesivo en ocasiones, de Kade. Principalmente, Asha se sentía amada, y ese era un sentimiento que no cambiaría por nada. Kade la consentía, la estimaba y, directamente, la mimaba. A cambio, ella intentaba hacer lo mismo por él. Suponía que no había nada que pudiera hacer realmente para demostrarle cuánto lo quería, pero aquello no impedía que lo intentara.

Los últimos meses habían sido un periodo de adaptación, pero, de una manera extraña, no había sido difícil. Teniendo en cuenta que se casaron unos días después de descubrir que estaba embarazada, Asha se habría esperado algunos baches. No los hubo. En realidad, no. Ella y Kade simplemente parecían... encajar; se unían más cada día que pasaba hasta que Asha ya no recordaba cómo había sido su vida sin él en ella, y no quería recordarlo. Kade era su mejor amigo, su amante y ahora su marido y el padre de su hijo en camino. Después de su historia traumática, se sentía como si estuviera viviendo un sueño, un sueño precioso que esperaba que nunca terminara.

—Viniendo de ti, me lo tomaré como un cumplido —respondió ella—. Eres el hombre más inteligente que conozco. —Se desconectó de su cuenta y se levantó de la silla—. Supongo que es hora de ir a casa de Maddie. Quiero volver a tener en brazos a los bebés.

Su hermana había dado luz un poco antes de salir de cuentas, pero ambos bebés eran sanos y ya estaban volviendo felizmente locos a sus padres porque no tenían los mismos horarios para comer. Ella y Kade se habían prestado voluntarios a darle una noche libre a Sam y Maddie para que pudieran salir de casa. La verdad es que no era sacrificio para ninguno de los dos, ya que ambos estaban completamente enamorados de su sobrina y su sobrino nuevos.

—¿De verdad crees que seremos capaces de alejarlos de los bebés? —preguntó Kade dubitativo.

—Se marcharán —respondió Asha obstinadamente—. Ambos parecen agotados. Necesitan un descanso.

—Sam ha pasado de preocuparse por el parto a preocuparse por la universidad donde irán. Eso me hizo pensar...

—Ni se te ocurra empezar —le advirtió Asha mientras le rodeaba el cuello con los brazos. Kade y Sam eran una mala influencia el uno para el otro cuando empezaban a hablar de niños. Y cuando Simon se unía al grupo, era aún peor. Todos y cada uno de ellos estaban más que dispuestos a planificar los próximos dieciocho años de las vidas combinadas de sus hijos por ellos antes de que pudieran hablar siquiera.

—¿Qué? —preguntó Kade en tono inocente, abrazando la cintura de Asha con más fuerza—. Solo estamos pensando en sus futuros.

—Podéis esperar hasta que tengan algo que decir sobre ese futuro —le respondió Asha con vehemencia—. Puedo decirte por experiencia que apesta que planifiquen tu futuro por ti.

—Yo nunca haría eso —dijo Kade con voz ronca—. Sabes que nunca obligaría a nuestro hijo a nada.

Asha lo sabía.

—Lo siento. Es un tema delicado. Sé que no lo harías. —Kade estaba emocionado, y no quería quitarle la emoción—. Son mis propias inseguridades. No eres tú. Son las hormonas. Parece que siempre estoy malhumorada, llorando, hambrienta o excitada.

—Pero eres preciosa en cualquier estado de ánimo —le recordó Kade con una sonrisa—. Aunque yo te prefiero excitada.

A Asha se le escapó una carcajada de sorpresa. No importaba en qué estado de ánimo se encontrara; Kade podía hacer que pasara de estar irritable a excitada en cuestión de segundos. Alzó la mirada hacia su amado rostro apuesto de mirada líquida con un suspiro.

—Mi alma gemela. Resulta que yo también prefiero ese estado de ánimo —le dijo con una sonrisa.

—Eres mi alma gemela, Asha. ¿Recuerdas cuando me preguntaste si creía que había una persona para cada uno de nosotros? Entonces no estaba seguro de lo que pensaba, pero ahora lo sé. Si me pongo dominante y molesto, solo recuerda que ya no puedo vivir sin ti.

Asha asintió.

—Lo sé. Yo siento lo mismo. —Subió el pie a la silla—. He rehecho mi tatuaje. —Su tatuaje de alheña se había borrado, y lo había sustituido con otra imagen utilizando materiales que sabía que eran seguros para el bebé.

Kade lo examinó durante un momento antes de caer en la cuenta.

—Lo has cambiado por completo. Es un fénix renaciendo, como el mío.

—Ya no me siento como una mariposa —admitió—. Siento que he renacido y que estoy lista para empezar a vivir por primera vez. Por ti. Una mariposa es demasiado frágil. Me siento más fuerte que eso.

Kade le levantó el mentón y la besó.

—Eres fuerte. La mujer más fuerte que he conocido nunca. —Acarició y trazó con el dedo el delicado fénix—. Hay muy pocas personas lo bastante valientes como para escapar del condicionamiento al que tú fuiste sometida y convertirse en sus propias personas, cueste lo que cueste.

—Yo no fui valiente. Solo estaba sobreviviendo —le dijo Asha, perpleja.

—A veces sobrevivir es mucho más valiente que la alternativa —dijo Kade con gesto adusto—. Eres un milagro. Mi milagro.

Asha pensaba que era al contrario.

—Tú me salvaste a mí.

—Tú me salvaste a mí, cariño —la contradijo él.

—Tal vez simplemente deberíamos decir que nos salvamos el uno al otro —respondió Asha, consciente del importante papel que había representando Kade en que ella empezara a reunir las piezas de su vida destrozada.

—El fénix es perfecto. Tienes razón. La mariposa es demasiado frágil —musitó—. Y por fin vuelas.

—Todavía no. Pero estoy trabajando en ello.

—¿Hay algo que pueda hacer para que vueles más alto? —preguntó Kade solemnemente. Apoyó a la cabeza de Asha sobre su hombro y la meció con ternura, su abrazo reconfortante y tranquilizador.

—Sólo ámame —farfulló ella.

—Entonces puedes estar segura de que siempre volarás alto —respondió él.

Asha se echó atrás para mirar de nuevo al fénix que renacía y supo que Kade tenía razón. La mariposa que no podía escapar de su capullo había desaparecido por fin, sustituida por una poderosa criatura mitológica que siempre volaría. En ese momento, el fénix apenas renacía de sus cenizas, pero con el amor de Kade, pronto volaría alto durante el resto de su vida.

¿Cómo podría no hacerlo? Se había casado con un hombre que la amaba y quería casarse con ella aun cuando ella creía que era yerma, pero que se mostró exultante ante la idea de tener un hijo propio no planificado con la misma facilidad. Kade la amaba incondicionalmente y eso no dejaba de sorprenderla día tras día.

—Te quiero —susurró mientras besaba con ternura la fuerte línea de su mandíbula. Era como si no pudiera decirle aquellas palabras lo suficiente. Las había contenido en su interior durante tanto tiempo que todo lo que quería hacer era decirle lo mucho que significaba para ella todos los días, varias veces al día.

Kade la abrazó más fuerte y ella bajó el pie al suelo para mantener el equilibrio.

—Sabes cómo me pone oírte decir eso —gruñó Kade dándole una palmada en el trasero.

Lo sabía, pero se lo decía de todas maneras porque necesitaba decirlo y porque le encantaban las consecuencias.

Kade le dijo que la quería mientras le arrancaba la ropa y la llevaba al dormitorio.

Aquella noche llegaron un poco tarde para hacer de niñeros, pero Sam y Maddie no dijeron nada. Su hermana miró los labios hinchados, el pelo revuelto y la sonrisa satisfecha de Asha y le guiñó un ojo mientras ella y Sam salían por la puerta con desgana.

Asha le devolvió el guiño, sonriendo mientras echaba el pestillo de la puerta tras ellos. Entró al salón para encontrarse a Kade con los dos bebés, uno en cada brazo, los tres dormidos. El corazón le dio un vuelco cuando vio la manera protectora en que sostenía a los bebés, con un brazo rodeando cada cuerpo diminuto.

No ocurría a menudo que los gemelos durmieran al mismo tiempo, pero Kade parecía tener el toque mágico. Asha se acercó al sofá sin hacer ruido y se acurrucó junto a Kade y apoyó la cabeza sobre su pierna.

Fue uno de esos momentos durante los cuales todo lo que había en su vida era perfecto. Estaba con Kade, su sobrino y su sobrina. «¡Familia de verdad!».

Asha sabía que por fin había encontrado el lugar donde pertenecía realmente. Durante toda su vida, lo único que había querido era un hogar de verdad. Por fin, se había dado cuenta de que el *hogar* no solo era un lugar. Era un estado mental. Y era él. Todo en la vida se reducía realmente al amor y, siempre que estuviera con Kade, estaría en casa.

~*Fin*~

Biografía

J.S Scott es una de las autoras más vendidas de novelas de romance eróticas. Aunque es una lectora ávida de todo tipo de literatura, escribe lo que más le gusta leer. J.S. Scott escribe historias eróticas de romance, tanto contemporáneas como paranormales. En su mayoría, el protagonista es un varón alfa y todas terminan con un final feliz porque no parece que la autora esté dispuesta a terminarlas de otra manera. Vive en las hermosas Montañas Rocallosas con su esposo y sus dos muy consentidos Pastores Alemanes.

Visita mi sitio de Internet:
http://authorjsscott.com

Facebook
http://www.facebook.com/authorjsscott

Facebook Español:
https://www.facebook.com/JS-Scott-Hola-844421068947883/

J. S. Scott

Me puedes mandar un Tweet:
https://twitter.com/AuthorJSScott @AuthorJSScott
https://twitter.com/JSScott_hola @JSScott_Hola

Instagram:
https://www.instagram.com/authorj.s.scott/

Instagram Español:
https://www.instagram.com/j.s.scott.hola/

Goodreads:
https://www.goodreads.com/author/show/2777016.J_S_Scott

Recibe todas las novedades de nuevos lanzamientos, rebajas, sorteos inscribiendote a nuestra hoja informativa en:
http://eepurl.com/KhsSD

Otros Libros de J. S. Scott

Visita mi pagina de Amazon España y Estados Unidos en donde podrás conseguir todos mis libros traducidos hasta el momento.

Estados Unidos: https://www.amazon.com/J.S.-Scott/e/B007YUACRA
España: https://www.amazon.es/J.S.-Scott/e/B007YUACRA

Serie La Obsesión del Multimillonario:

La Obsesión del Multimillonario~Simon: (Libro 1)
La colección completa en estuche
Mía Por Esta Noche, Mía Por Ahora
Mía Para Siempre, Mía Por Completo

Corazón de Multimillonario ~ Sam (Libro 2)
La Salvación del Multimillonario ~ Max (Libro 3)
El Juego del Multimillonario ~ Kade (Libro 4)

Próximamente

Multimillonario Desatado
La Obsesión del Multimillonario~Travis

La Serie de Los hermanos Walker:

¡Desahogo! ~ Trace (Libro 1)

88031107R00140

Made in the USA
Lexington, KY
05 May 2018